Sonderzahl

Markus Köhle

Land der Zäune

Roman

Sonderzahl

Gefördert von der Literaturabteilung der Stadt Wien, MA7.

www.sonderzahl.at

Große Neugasse 35, 1040 Wien
verlag@sonderzahl.at
Gesetzt aus der Tisa
Druck: finidr
ISBN 978 3 85449 673 1

Umschlag von Thomas Kussin

»Ich werde dir einen Zaun für deine Blume zeichnen.«
Der kleine Prinz, Antoine de Saint-Exupéry

»ich kokettiere nicht mit der Wahrheit
ich bin nicht klein genug für den Größenwahn«
Elfriede Gerstl

Made im Speckgürtel

Hans schwingt den Vorschlaghammer und trifft den Pfosten nicht. Der Pfosten nimmt's gelassen und gibt Hans eine zweite Chance. Hans holt erneut aus, nein, er entscheidet sich für ein sicheres, sanftes Klopfen. Manchmal kann er ein besonnener Mensch sein.
Er hält den Vorschlaghammer nah an dessen Kopf und kommt so auch dem Pfosten spürbar nahe. Der Pfosten sinkt millimeterweise. Noch ist das alles nichts von Bestand. Aber es ist der Anfang einer Beziehung. Dann schlägt Hans zu. Überraschend und fester als anzunehmen war. Manchmal kann er voller Überraschungen sein. Diesmal trifft er gut und treibt den Pfosten mehrere Zentimeter in den humusreichen Boden. Jetzt kommt der Pfosten nicht mehr aus. Jetzt wird er seiner Bestimmung zugeführt. Jetzt hat der Pfosten seinen Meister gefunden: Hans Sagmeister.
Dieser stellt die Verhältnisse klar und verpasst dem Pfosten gleich noch einen Hieb, der sitzt und diesen erneut weiter in den Boden treibt. So verfestigt sich die Beziehung Schlag auf Schlag. Der Pfosten braucht die Schläge, um Stabilität zu erlangen. Der Pfosten braucht Hans und seine starke Hand, die so stark gar nicht ist, aber sie ist bestimmt. Hans braucht den Pfosten, um darauf sein neues Leben aufzuspannen. Er fängt nochmal von vorne an, mit fast 50 reifen Jahren.
Hans hängt sein neues Leben an unverrückbaren Konstanten auf. Er setzt auf Pfosten und Querstreben, auf Bretter und Latten, auf Gitter und Gatter. Er hat sie satt, die Maschen der Menschen. Er hat genug von den Flausen der Frauen. Er zieht andere Saiten auf. Er spannt Drähte und spart sich die losen Bande flüchtiger Freundschaften ebenso wie die lebenslänglichen Blutsverwandtschaftsknebelverträge. Fortan mauert Hans. Er mauert gut und

bröckelt vorerst nicht. Er geht nicht mehr vor irgendjemandem in die Knie, er errichtet mit seinem Zaungarten einen Zwinger, den andere zu überwinden haben, wenn sie ihn erreichen wollen. Hans Sagmeister lässt vorerst niemanden mehr an sich ran, um dann, wenn die Zeit reif ist, ganz groß rauszukommen. Kontakt zur Außen- und Arbeitswelt hält er online. Hans ist online und on wire. Er ist im Netz und auf Draht. Er steht auf Draht. Er spinnt sich sein Netzwerk selbst. Hans ist ein guter Spinner.

Und er ist enttäuscht von den Durchschnittsmenschen hierzulande. Er selbst ist überdurchschnittlich unberechenbar und äußerst durchschnittlich niederösterreichisch. Das sieht er gänzlich anders. Hans schaut mit leicht naturgetrübtem Blick auf die Siedlung, die seine Welt ist. Er ist wohnhaft am Europaweg 7 in Unterbrombachkirchen, in einer Einfamilienhaussiedlung im fettesten Speckgürtel der einzigen wirklichen Stadt des Landes, das für Größenwahn immer schon was über hatte. Und auch Hans ist der Meinung, ein ganz besonderer Mensch zu sein; ja, er ist der Meinung, dieser Siedlung seinen Stempel aufdrücken zu können. Immerhin ist Hans mit »Ich bin der Meinung«-Sätzen aus dem damaligen Kanzlermund aufgewachsen. Seine Familie war der Meinung, dass das Land in christliche, nicht in sozialistische Hände gehörte. Hans ist der Meinung, sein Stempel wäre nicht nur für seine Siedlung, sondern für sein Land und seine Leute das politisch Beste. Er ist von sich und seinen Zielen überzeugt, wie er von seinem Zaun überzeugt ist.

Seine Erfolgsgeschichte schreit danach, aufgeschrieben zu werden. Hans ist der Meinung, sein Programm muss Manifest, seine Thesen müssen festgenagelt werden auf den Pforten der Macht. Hans hat einen Plan.

Teil 1:

Hans, die Planierraupe
oder:
Die Zaunwerdung

»Jede Grundstückeigentümerin/ jeder Grundstückseigentümer muss grundsätzlich auf der, von der Straße vor dem Haupteingang gesehen, rechten Seite seines Grundstücks eine Abgrenzung errichten. Diese dient der nötigen Einschließung des Grundstücks und der Abteilung vom Nachbargrundstück. Die Art der Abgrenzung/Einschließung ergibt sich aus dem Ortsgebrauch.«

https://www.oesterreich.gv.at/themen/bauen_und_wohnen/stoerungen_durch_nachbarn/zäune

Europaweg 1–21 in Unterbrombachkirchen

Der Postbote biegt in den Europaweg ein. Er ist einer der letzten seiner Zunft, der Fahrrad fährt. Die Rayons sind größer geworden, die Siedlungen fressen sich immer weiter ins Umland. In Unterbrombachkirchen wird noch großzügig mit Grund und Boden umgegangen. Mit dem Slogan »Bauen ist Leben« hat der Langzeitbürgermeister mehrere Wahlen für sich entschieden. Der Europaweg ist nicht die neueste Siedlung, er wurde noch vom Vorgänger des amtierenden Bürgermeisters eröffnet. Österreich stellte den EU-Kommissar für Landwirtschaft und Entwicklung des ländlichen Raums und der Bürgermeister von Brombachkirchen hielt es daher für angebracht, die Lebensachse der ersten Siedlung des 21. Jahrhunderts auf seinem Gemeindegebiet Europaweg zu nennen. Weg war noch etwas klein gedacht, aber anfangs standen dort halt auch nur vier Häuser. Bald aber schoss ein Einfamilienhaus nach dem anderen aus der ehemals fruchtbaren Erde. Die Umwidmung der einstigen Agrarfläche in Bauland war eine Aufwertung für die Gemeinde.

Bauen ist Leben. Bürgermeister sind Baumeister. Fahrradfahren ist Treten.

Das Postlerfahrzeug ist seit zwei Jahren ein E-Bike mit Anhänger. Nicht nur werden die Siedlungen größer, es wird auch immer mehr bestellt. Zwar ist die Konkurrenz groß, aber der Post bleibt noch immer mehr als genug vom Zustellungskuchen. Von Briefträgern allerdings kann kaum noch die Rede sein. Die Paketflut geht zulasten der Briefträger. Briefe versenden fast nur noch Agenturen, die für diverse Organisationen um Spenden keilen. Ansichtskarten werden auch immer seltener. Als Postbote weiß man heutzutage, wer was wo bestellt, nicht mehr, wo die Freundinnen und Freunde gerade Urlaub machen.

In den Europaweg werden mehr Pizzen als Briefe geliefert, mehr Pakete als Pizzen und Essen auf Rädern kriegt nur Herr Engelhorn, Europaweg 3.
Die Nummerierung ist chaotisch am Europaweg. Die ersten vier Häuser hatten noch ordentlich Grund und bilden gewissermaßen den Kern der Siedlung, dann hat sich diese, wie die Europäische Union selbst, in alle Richtungen erweitert. Plötzlich ploppten Fertigteilhäuser dicht an dicht auf und schon waren es 21 vergebene Hausnummern respektive zu beliefernde Adressen. Am Europaweg leben vorwiegend junge Paare, aber Kinder noch weniger als Hunde. Es wird gearbeitet. Es werden gemeinsam Kredite abbezahlt. Deshalb stehen noch kaum Trampoline neben dem Carport, drehen aber Rasenmähroboter ihre Runden am Rasenstück zwischen Zaun und Hauseingang. Es gibt ein paar alleinstehende Frauen ebenso wie alleinstehende Männer. Ob das Alleinstellungsmerkmal bewusst gewählt ist, lässt sich schwer sagen. Zieht man die Gartengestaltung in Betracht und versucht dadurch Rückschlüsse auf den gewählten Beziehungsstatus zu ziehen, so lässt sich sagen: Herr Sagmeister muss eindeutig eine schwer zugängliche Person sein. Sein Garten ist mehr Wehranlage als Einladung und bildet diesbezüglich die absolute Ausnahme am Europaweg. Herr Sagmeister scheint systematisch Jahresringe in Zaunform um sich zu ziehen. Die Sagmeister'sche Zaunzwiebel besteht aktuell aus einer harten, schmiedeeisernen Außenschale, gefolgt von einem klassischen Lattenzaun, dahinter mächtigen Pfosten, dazwischen und darüber sind gespannte Stacheldrähte auszumachen. Es wird gemunkelt, dass es auch Fallgruben gebe und des Nachts sollen sogar Lichtschranken für Sicherheit sorgen. Der Zaungestaltung wird am Europaweg generell mehr Beachtung geschenkt als der Gartengestaltung. Es gibt mehr unterschiedliche Zauntypen als Gartenzwerge, mehr Gartenzwerge als Pools, aber mehr Pools als Steingärten.
Herr Engelhorn ist der Siedlungsälteste. Ansonsten sind hier alle eher jung und vormittags kaum zuhause. Die Bäume in den Gärten

sind noch jünger und gar nicht so zahlreich. Es gibt aber mehr Bäume als Hunde im Europaweg und am häufigsten trifft der Postbote auf die Hauskatzen. Die sind in der ganzen Siedlung daheim. Der Europaweg gehört, so scheint es, den Katzen, nicht dem Herrn Sagmeister. Wobei der noch am öftesten Post in Form von Briefen und Karten bekommt. Meistens von seiner Mutter. So auch heute und zwar in Form einer Karte, die vermutlich einer Briefsendung mit Spendenaufruf einer Organisation, die sich für Tiere einsetzt, beigelegt war. Darauf schaut eine Katze sehr unschuldig. Auf der Rückseite steht in alter Damenhandschrift: Es liegt ihnen nicht, den Söhnen – das geziemende Mutterverwöhnen. Kein Anruf zum Muttertag, kein Besuch zum Geburtstag – lebst du noch, Hansilein?

Grüß Sie, Herr Postbote.
Postbote ist ein schönes Wort. Sagt niemand mehr. Kennen alle nur noch Botendienste.
Und der Postbote ist Exote.
Und der Briefträger ausgestorben.
Wie heißen Briefträger heutzutage eigentlich laut offizieller Ausschreibung?
Sicher nicht mehr »Ich bin die Christl von der Post«
Oh, ein Operettenfan.
Nein, eher operettengeschädigt.
Werden eh kaum mehr ausgestrahlt.
Kann man vermutlich auch nicht mehr sagen: ausgestrahlt. Sind ja keine Strahlen und Wellen mehr im Spiel, beim öffentlichen Rundfunk. Funkt ja nichts mehr. Sind ja alle vernetzt und nur mehr wenige verstrahlt.
Sie sagen es, Herr Sagmeister.
Sagt nicht der Postbote, das sagt Hans Sagmeister zu sich selbst, er unterhält sich am liebsten mit sich selbst. Da ist er ein gewitzter Gesprächspartner. Da weiß er immer auf alles eine Antwort. Im persönlichen Gespräch mit wirklichen Gesprächspartnerinnen bleibt er eher einsilbig.

Zusteller. Briefträger heißen heutzutage offiziell natürlich Zusteller, weil sie ja weit mehr als Briefe tragen. Es gibt Zeitungs-, Werbematerial-, Paket- und Briefpostzusteller und es gibt Sonntagszusteller. Der Überbegriff für alle ist vermutlich Nahlogistiker. Ja, der Postillon von einst ist der Nahlogistiker von heute.
Der Hans Sagmeister von heute ist aber nicht der Hans Sagmeister von einst. Hans hat Fehler gemacht, früher. Jetzt macht Hans Geschichte. Es ging ihm schon immer gut genug, um sich Fehler erlauben zu können. Denn Hans hat eine Herkunft, die was her macht. Es war ihm schon immer möglich, sich besser zu fühlen als der Großteil seiner Mitmenschen. Hans ist das Sich-besser-Fühlen wichtig. Im Job ging es ihm gut, weil er keinen Druck hatte, und die Bitcoins, die ihm seine Mutter früh genug als Zukunftsanlage besorgte, ihn unbeschwert seiner Importtätigkeit nachgehen ließen. Privat ging es ihm einst nicht ganz gut, dann etwas besser, dann sehr schlecht und nun, seit er sich seine Zäune zugelegt hat, wieder besser.

Mittlerweile herrscht so etwas wie Stabilität, denn Zäune sind Produkte für die Ewigkeit, Zäune haben Bestand. Es gibt aber immer wieder Produkte, die erst kein Mensch kennt, die aber plötzlich, von heute auf morgen, in aller Munde sind. Zäune kennen alle. Zäune sind das Gegenstück von dem, mit dem Hans Sagmeister Handel betreibt. Hans hat Millionen Fidget Spinner nach Europa gebracht. Sein letztes großes Ding waren Einweg-E-Zigaretten: Akku, Plastikmüll, Elektroschrott und unbekannte Inhaltsstoffe; bunt verpackt und als neues Lebensgefühl angepriesen: mehr Bubble-Tea-Teenager als Marlboro-Man, aber eben angesagt. Hans selbst hat nie geraucht. Weder sogenannte richtige Zigaretten, noch die diversen verplastifizierten Versionen. Aber als Händler war er bei der ersten großen Vape-Welle dabei und hat an den Gewinnen mitgenascht. Der Markt wurde ihm allerdings schnell zu heiß und umkämpft. Er hat sich längst wieder auf die Suche nach neuen Nischenprodukten gemacht, die das

Zeug haben, groß zu werden. Hans ist kein Kram klein genug, um darin potenziell Großes zu sehen.
Die Fidget Spinner und die E-Zigaretten waren ein Erfolg. Die Anti-Beschlag-Brillen, die Kühlkappen, die Flip-Krocks, das Bungee-Jojo, die Megabong jedoch waren Flops und mit den Mofa-Muffs war er seiner Zeit einfach viel zu sehr voraus. Die wurden dann Jahre später der Hit. Projekte in den Sand zu setzen, gehört dazu: Sand, Wüste und die Prärie, das lag ihm immer schon.
Western etwa hat Hans immer gerne geschaut: so viel Landschaft, so viele Probleme, so einfache Lösungen. Mit dem Stacheldraht wurde alles leichter. Ja, der Stacheldraht war eine wichtige Erfindung für die Weidewirtschaft. Der Stacheldraht ist ein guter Zaun. Freilich war das eine andere Zeit und ein anderes Land. Es war auch mehr Hollywood als Amerika, aber Western haben Hans wesentlich geprägt. Das Männerbild der Western hat Hans fasziniert, berührt, gezeichnet.
Männer, denen Ungerechtigkeit widerfuhr. Einzelgänger, die sich in unwirtlicher Umgebung behaupten mussten. Männer, die mit ihrem Pferd mehr redeten als mit anderen Männern. Männer, die öfter betrunken waren, als sie sich wuschen. Männer, die keine Frisuren, sondern Hüte hatten. Männer, die von ihren Ledergilets zusammengehalten wurden. Männer, die der Welt die Sporen gaben und nur Spuren im Sand hinterließen.
Hans hat zwar kein Pferd, dafür einen Rasenmähroboter. Und er trägt keine Ledergilets, er trägt Funktionswesten mit Zipper-Taschen. Er ist ein Einzelgänger, die unwirtliche Umgebung ist die Gegenwart und Ungerechtigkeit sein steter Begleiter.

Hans stellt sich brav an bei der Bahnhofsbäckerei. Schlangestehen kann er. Er weiß um seine Position in der Warteschlange. Andere glauben, es eiliger zu haben, drängen sich vor, bestellen schneller, fordernder, lauter. Hans duldet zwei Aus-der-Reihe-und-sich-nach-vorne-Tänzer, dann ruft er: »Nein!«
Die Wartenden schütteln den Kopf. Der Adressierte sagt: »Sorry,

Alter«, und »Alter vor Schönheit«, und reiht sich wieder hinter Hans ein. Er lacht, die Backwaren-, Erfrischungsgetränke- und Kaffeeverkäuferin lacht auch. Sie lacht Hans nicht an. Sie lacht ihn aus. Hans hasst das. Hans hat das Tag für Tag erlebt, als er noch ein Büro in der Stadt hatte. Hans bestellt einen doppelten Espresso. Er trinkt keine doppelten Whiskeys wie die Westernhelden, er trinkt doppelte Espressi. Einen am Morgen, einen am Nachmittag. Die Kaffeefachfrau stellt eine kleine Espressotasse unter den Siebträger. Hans weiß, dass ein doppelter Espresso auch in einer kleinen Tasse Platz hat und beschwert sich nicht. Er hat eine ruhige Hand, er mag die kleinen Tassen sogar lieber, da bleibt das schwarze Gold länger heiß. Die Kaffeefachkraft kassiert einen einfachen Espresso, nicht so schlimm, denkt Hans, kann er später noch einen zu sich nehmen. Während er bezahlt, sieht er, dass die Hälfte seines einfachen statt doppelten Espressos über Henkel und Tassenaußenwand in den Auffangtankt für Danebengegangenes rinnt. Hans hadert. Es ist viel los. In seiner Tasse wird nicht sehr viel sein. Die Bedienung stellt das Tablett auf den Tresen. Er kippt die Tasse und betrachtet den Inhalt sichtlich traurig. Der Espressodealerin entgeht der Blick nicht. Aber sie entschuldigt sich nicht, im Gegenteil.
Sie geht in die Offensive und sagt: »Ein Espresso ist kein Americano.« Hans will nicht für einen Americanotrinker gehalten werden. Hans hält ihr erneut anklagend den mickrigen Inhalt seiner Tasse hin. »Kurz und gut«, sagt die resolute Verkäuferin und fügt auch noch hinzu: »So muss Espresso. Wer Kurze nicht verträgt, muss Tee trinken.« Wieder gibt es Lacher von den Umstehenden. Hans hat alles richtig gemacht, wird aber erneut verlacht. Hans hat nur ein Viertel des Bestellten bekommen, hat aber den vierfachen Ärger. Trotzdem wird Hans nicht ausfällig. Er ist ein kontrollierter Mensch. Er verbucht die Episode auf dem Ungerechtigkeitskonto, zu seinen Lasten. Der Überziehungsrahmen auf seinem Ungerechtigkeitskonto ist schwer strapaziert. Es wird demnächst etwas passieren müssen. Man wird Hans dafür nicht böse sein dürfen.

Pflicht ist der Kreuzknoten der Blumenampel Leben

Mutter Sagmeister sammelt Sinnsprüche und verschenkt diese auch gerne. Schon lange bevor sich Hans den Zäunen verschrieb, schickte sie ihm eine Karte mit einem philosophischen Zitat. »Der einzige Zaun gegen die Welt ist eine gründliche Kenntnis davon.« – John Locke

Hans Sagmeister reagierte darauf auf seine Art. Dem eigentlichen Geburtstag und dem unvermeidlichen Festakt anlässlich desselben wollte er unbedingt aus dem Weg gehen, aber drei Tage vor ihrem 80. Geburtstag suchte Hans seine Mutter unangekündigt heim.

Heimsuchung ist ein schönes Wort. Der katholisch erzogene Mensch denkt dabei natürlich an den kirchlichen Festtag: Maria Heimsuchung, der Besuch von Maria bei Elisabeth. Dass die Heimsuchung in jüngster Zeit auch als göttliche Prüfung, Schicksalsschlag und Hausfriedensbruch aufgefasst wird, ist eine bizarre Volte des Sprachwandels. Dass Heimsuchung demnächst für den Prozess des Altersheimsuchens stehen wird, davon ist auszugehen. Dass Mutter Sagmeister wenn schon, dann wohl nur in eine Residenz gehen würde, steht fest. Dass die Aufwartung von Hans bei seiner Mutter mehr Stippvisite und Heimsuchung als freudige Geburtstagsüberraschung ist, ist auch klar.

»Alles Gute zum Geburtstag!« murmelt dieser mit einem gezwungenen Lächeln. Hans probt seinen Auftritt. Er ist seiner Mutter schon lange nicht mehr gegenüber gestanden. Er befürchtet, dass es ihm die Sprache verschlagen könnte. Er möchte sich diese Blöße ersparen. Er will kurz angebunden aber höflich sein. Also probt er auf der Hinfahrt. Beim Autofahren lässt es sich gut mit sich selbst reden oder Gesprächssituationen durchspielen. Hans fährt Bundesstraße, das dauert zwar etwas länger als auf der Autobahn, ist aber abwechslungsreicher und für einen Zaunfreund natürlich auch immer eine Studienreise. Die Menschen am Land sind kreativ, wenn es um die Abzäunung ihres Eigentums geht. Bei besonders gelungenen Zaunanlagen hält Hans an und macht Fotos. Hans hat eine beträchtliche Sammlung an Zaunfotos aus mehreren Ländern, wertvolles Material für beispielsweise Soziologie-Masterarbeiten oder generelle Gesellschaftsstudien. Hans schaut in den Rückspiegel und sagt: »Guten Tag, Frau Mutter. Alles Gute zum Geburtstag!« Ob ihr »Frau Mutter« zusagt, weiß Hans nicht. Beim Vornamen konnte er seine Mutter noch nie nennen.

»Wie geht es dir?«, oder bloß »Wie geht's?«

Das majestätische Wir will er ihr nicht zugestehen: »Wie geht es uns?«

Sie würde es bewusst missverstehen und auf die Beziehung zwischen ihnen münzen, würde fragen: Gibt es denn noch ein Uns? Wir sind zwei Supermächte, uns wird es immer geben. Wir verstehen uns wie die USA und die Sowjetunion in den 1980er Jahren. Wir hatten schon bessere Tage, aber Perestroika ist nicht ausgeschlossen.

Hans ist mit dem Eisernen Vorhang und dem Kalten Krieg aufgewachsen. Das war nicht die schlechteste Zeit. Hans kann mit Mauern. Mauern sind die großen Schwestern von Zäunen. Der Ruf der Mauer ist allerdings schlechter. Die Mauer ist an ihrem Image selbst schuld. Mutter Sagmeister ist eine Mauer, heute nicht mehr ganz so hoch wie früher, aber immer noch eine Mauer, die zu überwinden Hans nie ganz gelingen wird.

»Ich habe dir etwas mitgebracht. Es ist groß. Großer Geburtstag – großes Geschenk.« Hans weiß, dass er in der konkreten Situation vermutlich nicht dazu kommt, seine vorbereiteten Sätze abzuspulen. Es wird was dazwischen kommen. Es wird ihm seine Mutter dazwischen kommen. Er wird »groß« sagen und dabei

wieder ganz klein werden. Er wird sich, sobald er vor ihr stehen wird, augenblicklich vom strammen Hans ins nichtige Hansilein verwandeln.
»Es ist ein Geschenk, das zu dir passt. Es hat einen praktischen Nutzen, ist etwas, das du dir selbst nicht anschaffen würdest und es wird dich stets an mich erinnern.« Das ist zwar etwas dick aufgetragen, er wird aber ohnehin nicht dazu kommen, das alles anzubringen. Sie wird ihm das Wort schon nach »passt« abschneiden. Wird ihrerseits »passt« sagen und fordernd schauen, wo es denn ist, das große Geschenk.
Hans hat die Erfahrung gemacht, dass Zaunzubehör als Geschenk meistens sehr gut ankommt. Er schenkt selten und ungern. Aber wenn er sich, aufgrund gesellschaftlicher Zwänge, genötigt fühlt, an sich antiquierten und lächerlichen Erwartungen entsprechen zu müssen, spendiert er schon mal ein paar Meter Stacheldraht. Es gibt immer was zu bewachen. Auch Rollrasen verschenkt er, wenn es etwas zu verdecken gilt. Hans ist der Meinung, dass, wer seiner Zeit voraus ist, sich nicht immer im gesetzlichen Rahmen bewegen kann. Hans war lange ein anhänglicher und abhängiger Mensch. Mittlerweile ist Hans situationselastisch geworden.
»Ich hab's in der Garageneinfahrt abgeladen.«
Stacheldraht und Rollrasen kommen immer gut an. Fast immer. Mutter Sagmeister ist äußerst schwierig zu beschenken. Sie hat ja einerseits, laut Eigenaussage, nichts vom Leben gehabt, weil vier Kinder. Sie hat andererseits aber auch alles, was sich in ein Haus, das für eine Person entschieden zu groß ist, hineinstellen lässt.
»Es ist zu groß, um eingepackt zu werden. Ich helf dir aber gerne beim Montieren.« Hans möchte seiner Mutter zeigen, wie sehr sich seine handwerklichen Fähigkeiten verbessert haben.
»NATO-Draht.« Das muss Eindruck machen. »Frontexerprobter Spezialstacheldraht.« Hans wiederholt: »NATO-Draht.« Er sieht das Funkeln seiner Augen im Rückspiegel. Seine Mutter wird

sich freuen. Er nähert sich ihrem Anwesen. Alles ist Hans vertraut, nichts davon ist ihm in letzter Zeit abgegangen. Blinker setzen, Geschwindigkeit reduzieren, einbiegen in die viel zu schmale Einfahrt für die Siedlung, die doch so mächtig ist mittlerweile. Aufpassen, dass einen der Film der Vergangenheit nicht überholt. Links gleich die ehemalige Kegelbahn: Mittwoch Damenkegeltag. Freitag Krügerltag. Die Männer kugelten eher besoffen von den Barhockern, als dass sie kegelten. Rechts das Lebkuchenhaus der Märchenfamilie, das Redhaus der Plaudertaschen, das Tor zur Hölle der Familie Breitfuß. Die Familie Breitfuß lebte auf zu großem Fuß, redete alles groß, erzählte Märchen. Der Familie Breitfuß war nicht zu trauen, ihr war aus dem Weg zu gehen. Schwer zu sagen, ob noch wer der Familie hier wohnt. Ein Doppelstabmattenzaun mit grauer Sichtschutzfolie verhindert nähere Einblicke. Dann ein von einer Hecke verwucherter Maschendrahtzaun bei Familie Schütz, gefolgt von einer neuen Mauer im Stil einer Autobahn-Lärmschutzwand, dann Gabionenvariationen gefüllt mit Geröll, nicht mit Ziersteinen. Da etwas in buntem Holz, dort etwas in sachlichem Beton, wieder Doppelstabmatten – diesmal mit Blättermotivfolie, ein Scheinzypressenwäldchen da, ein Sockelmäuerchen mit Pflanzgitter dort. Ein alter Jägerzaun bei Familie Stamm, ein frei einblickbarer Steingarten mit Metallskulpturen, an der Stelle wo einst der schlichte Holzlattenzaun der Familie Kern stand.

»100 Meter frontexerprobter Spezialstacheldraht, sogenannter NATO-Draht«, sagt Hans laut vor sich hin und biegt in die torlose Garageneinfahrt ein. »Nur für dich!«
Er hupt, um sie vorzuwarnen. Ob sie seine Hupe kennt, weiß er nicht. Er weiß nicht mal, ob sie ein Hupen vor der Tür überhaupt noch wahrnimmt.
Hans macht die Wagentür auf, steigt aus und hat weiche Knie. Er bewegt sich Richtung Haustür, ärgert sich, dass das ganz ohne Gatter oder Tor möglich ist, und betätigt die Glocke. Es ist noch

immer ein klassischer Gong. Der Boxkampf beginnt, erste Runde.
Hans vermutet, dass sie ihn, ganz egal wer er ist, mindestens eine Minute warten lassen wird. Das hat sie immer schon so gemacht. Das habe sie sich vom höfischen Gebaren abgeschaut, sagt sie. Aber kaum ist der Gong verklungen, geht auch schon schwungvoll die Tür auf. Taktikänderung also, Überraschungsangriff geglückt, erster Treffer gelandet. Hans ist überrumpelt, gänzlich aus der Fassung und sagt erstmal gar nichts. Er hat hier auch nichts zu sagen, denn Mutter Sagmeister ist am Wort, ihr Revier, ihre Regeln: »Ich habe nichts bestellt, kaufe nichts und brauche nichts. A non rivederci!«
Dass sie seit Jahren einen Italienisch-Volkshochschulkurs besucht, weiß Hans. Dass sie neuerdings offenbar hinter der Tür lauert, ist neu. Zweiter Treffer.
Mutter Sagmeister hebt ihren Blick, bisher war das Gespräch nicht auf Augenhöhe, und reagiert direkt auf die neue Situation: »Na da schau her, ein hoher Besuch, der gnädige Herr Sohnemann lässt sich blicken. Hast was ausgfressen?« Nächster Treffer. Hans schwankt jetzt schon und ist mit der Gesamtsituation heillos überfordert. Er kann nicht anders, er muss es sagen: »Nein.«
»Na geh, Hansilein, noch immer die gleiche Masche? Mit fast 50, mehr fällt dir nicht ein?«
»Doch«, entgegnete Hans und wenn er jetzt auch noch »Ohh« sagen würde, wäre sein bisheriger Gesprächspart ein lupenreiner Louis-de-Fines-Empörungs-Monolog: Nein. Doch! Ohh. Hans sagt aber nicht ohh, er sagt: »Geschenk!«
»Bravo, Hansilein«, muntert Mutter Sagmeister ihren schwer angeschlagenen Zögling auf. »Sehr gut. Geschenk ist schon mal sehr gut. Jetzt versuchen wir auch noch ein paar andere Wörter und machen einen ganzen Satz daraus. Na, Hansilein, wär das was?«
»Nein«, sagt Hans. Er kann nicht anders. Mutter Sagmeister wird streng.

»Hansilein! Haben wir denn gar nichts dazu gelernt?«
»Nein.«
Keine Minute mit Mutter im Ring und schon hängt Hans schwer in den Seilen. Zwar mögen die Seile eines Rings gewissermaßen auch ein Zaun sein, aber sie sind kein guter Zaun. Hans ist für gute Zäune. Gute Zäune sind das Paradies. Paradies heißt bekanntlich nichts Anderes als »umzäuntes Landstück«. Das wussten schon die alten Perser und Hans respektiert die alten Perser. Hans huldigt dem Zaun, der Gutes tut. Hans will seiner Mutter Gutes in Form eines guten Zauns tun und was macht diese?
Sie lacht ihn aus. Sie knockt ihn aus. Sie macht ihn klein. Sie macht ihn Hansilein.
»Hansilein, Hansilein, was haben wir bei dir bloß falsch gemacht?«
Mutter Sagmeister weiß das durchaus als Versöhnungsgeste gedachte Geschenk nicht zu würdigen. Die Stacheldrahtrolle steht seither ungenützt in ihrer Garage, in der ungenützt ein Tesla steht, der ungenützt bleiben wird, weil sie ja nicht mehr damit fahren kann, was egal ist, weil sie ja nirgends mehr hin muss, was sich gut trifft, weil sie ohnehin niemand mehr sehen will.
Das war nicht immer so. Das Sagmeister'sche Familienvehikel funktionierte einige wenig Jahre lang ganz vorbildlich. Familie Sagmeister hatte Routinen, Aufgaben und Rollen. Vater, Mutter, Kinder waren ineinandergreifende Zahnrädchen einer gut geschmierten Familienmaschine.
Familienurlaube verbrachten sie sommers stets auf einem Campingplatz. Sie hatten ein geräumiges Familienzelt. Sie sicherten es mit einem Wassergraben. Sie verteidigten es auch wie eine mittelalterliche Burg. Umliegende Zelte waren per se Feinde. Feinde galt es zu schwächen. Zeltheringe waren schnell und lautlos gelöst und für immer verschwunden. Heringräuber waren Tag und Nacht aktiv und konnten jederzeit zuschlagen und rausreißen, was die Zelte aufrecht hielt. Freilich wurden sie mitunter erwischt. Die Strafen aber ließen sich erdulden: Waschraum-

dienst und Toiletten saubermachen – kein Drama. Während der Strafarbeiten ließen sich neue Pläne schmieden. Wer vorbereitet darauf war, dass die Toiletten demnächst verstopft sein würden, für den war das gar nicht so schlimm. Die Feinde aber schwächte es. Familie Sagmeister schloss jeden Sommerurlaub neue Feindschaften. »Know your enemy« ist nicht der schlechteste Lebensrat.

Schöne Erinnerungen, ganz schön harte Gegenwart. Hans am Boden. Niedergestreckt von seiner Mutter. Jeder Satz ein Treffer. »Hansilein, Hansilein, was hat dich bloß vom rechten Weg abgebracht?«

Er hätte sie nicht besuchen, er hätte ihr schreiben sollen. Er hätte sich weiterhin um seine neue Umgebung kümmern und nicht alte Wunden aufreißen sollen. Dabei hatte er doch schon so große Fortschritte gemacht und neue Freundschaften in seiner Nachbarschaft geschlossen. Denn Hans ist stets bemüht, Neuankömmlinge in der Siedlungsgemeinschaft seiner Herzlichkeit entsprechend aufzunehmen und in die hiesigen Usancen einzuweihen.

Der letzte neue Nachbar schien Freude an den Gabionen zu haben, die ihm Hans, großzügig, wie er durchaus sein konnte, eines Nachts auf sein noch uneingefriedetes Grundstück stellte. Denn wenige Tage später waren sie mit Unrat gefüllt und bildeten immerhin den Ansatz einer Grenze. Zur Firstfeier schenkte Hans dem Neuen ein schwarz-gelbes Absperrband (500 Meter) und vier Moniereisen. Der Neue verstand nicht auf Anhieb. Aber nachdem jemand seine Notdurft in die Trommel der Mischmaschine hinein verrichtet hatte, war schnell ein Bretterprovisorium mit Absperrbandgeflecht errichtet.

Hans ist der Meinung, dass man manchmal die Pflicht hat, erzieherisch einzugreifen. Pflichtbewusstsein zeichnet Hans aus. Nicht das Hänschen, aber den neuen Hans. Deshalb versteht er sich auch so gut mit Zäunen. Zäune tun auch nur ihre Pflicht.

Hans hat es sich mittlerweile zur Pflicht gemacht, Buch zu führen, seine Lebenseinsichten in einem Schlagwortkatalog für die Nachwelt festzuhalten und gelegentlich seine Mutter damit zu überraschen.
Unter Pflicht steht geschrieben: Pflicht ist der Kreuzknoten der Blumenampel Leben.
Unter Kindheit: Kindheit ist das Sortieren der Schnüre, die sich durchs künftige Leben ziehen.
Hans und die Kindheit, ein eigenes Kapitel.
»Hansilein, Hansilein, wann hast du bloß den Pfad in die Irre eingeschlagen?«

Das Neinkind

Hans war ein aufmerksames Kind. Er nahm seine Umwelt sehr bewusst wahr. Er nahm auf, was er vorgelebt bekam. Er sprach aus, was er am öftesten hörte. Sein erstes Wort war demzufolge »nein«. »Nein« hatte immer Auswirkungen. Auf »nein« wurde reagiert.

»Na, wer bist denn du?«

»Nein.«

»Du bist also der Hansi, du bist aber süß.«

»Nein.«

»Na, Hansi, schmeckt dir das?«

»Nein.«

»Na, Hansi, hat dir die Mama da was Schönes angezogen?«

»Nein.«

»Ganz der Papa.«

»Nein.«

»Ganz die Mama.«

»Nein.«

»Ein ganz ein Lieber.«

»Nein.«

»Und schon so groß.«

»Nein.«

»Bist du Mamas Liebling?«

»Nein.«

»Bist du Papas Liebling?«

»Nein.«

»Bist du aller Liebling?«

»Nein.«

»Kannst du schon was sagen, Hansilein?«

»Nein.«

»Kannst du schon Topfi gehen?«
»Nein.«
»Ach, hab mich doch gern.«
»Nein.«

Vor dem Verbalen übte sich Hans im Gestischen. Seine Mutter war sehr gut im Kopfschütteln. Man möchte fast sagen, im Kopfschütteln war sie am besten.
Gegen das Kopfschütteln im Allgemeinen soll hier nichts Schlechtes gesagt werden. Kopfschütteln sagt oft mehr als tausend Worte. Ein Kopfschütteln kann so viel bewirken. Kopfschütteln ist ein bewährtes, nonverbales Kommunikationsmittel und lockert nebenbei die Nackenmuskulatur. Kopfschütteln, konsequent betrieben, ist Statement und fast schon Sport. Kopfschütteln kann Trotz und Verweigerung sein. Kopfschütteln ist in Heavy-Metal-Kreisen aber ein zustimmendes Kommunikationssignal. Ja, Kopfschütteln kann missverständlich sein und einem als Trotz ausgelegt werden. Dennoch: Kopfschütteln ist eine kontextabhängige Aussage, die auf jeden Fall gut für den Bewegungsapparat und besser als Kopfnicken ist.

In der Familie Sagmeister wurde immer schon mehr geschüttelt als genickt. Hans selbst schüttelte schon sehr früh, sehr gut seinen Kopf. Hans war kein frühreifes, aber ein besonderes Kind. Zu sprechen begann er erst relativ spät. Lange begnügte er sich mit Kopfschütteln, wütendem Aufstampfen und unkontrolliertem Um-sich-Schlagen. Das schien ihm effizient genug. Erst als ihn seine Mutter als Ganzes zu schütteln begann, während er um sich schlug, stampfte und den Kopf schüttelte, und ihn fragte, ob er wohl aufhören wollte, fühlte sich Hans bemüßigt, seine Stimme das erste Mal zu erheben, weil sein Kopfschütteln in dem Gesamtgeschüttele unterzugehen, beziehungsweise unverstanden zu bleiben drohte. So sagte er denn also: »Nein!«

»Hansi, sag was.«
»Nein.«
»Sehr brav, Hansilein.«
»Nein.«

Irgendwann sah seine Mutter ein, dass es besser war, das »Nein« anzunehmen, als Hans weiter zu schütteln. Mit dem Ergebnis seines ersten Sprechaktes war Hans mehr als zufrieden.

Mutter, Kuh, Entsorgerin

Wir hatten nichts zu lachen, sagte seine Mutter immer. Hans glaubte es ihr aber nur anfangs. Sie plapperte es ihrer Mutter nach, weil sie wusste, dass das bei ihr ganz gut funktioniert hatte. Die Oma legte eine steile Bildungskarriere hin, sie übersprang regelrecht die Sprossen der Aufstiegsleiter und setzte damit seine Mutter unter Druck. Denn sie sollte sich mindestens genau so entsagen, aufopfern und kaputtmachen für die Arbeit, den Mann, die Familie, die Vereinstätigkeit, die Ehrenämter und Kirchengemeinderatsaktivitäten.

Mutter Sagmeister setzte den Druck fort, und natürlich war Hans ihr schon im Bauch nicht gut genug, nicht ruhig genug. Kaum aus dem Bauch, war er ihr zu laut. Dann wiederum krabbelte, ging, brabbelte er ihr zu spät. Seine Kindheit war ein einziger Vorwurf. Als Hans dann fehlerfrei sein erstes Wort artikulierte, entsprach es natürlich auch nicht ihren Vorstellungen. Hans benannte und sprach aus, was ihm nahe lag. War ihm das zu verdenken? »Nein.«

Sag es mir nicht, unterbrach die Entsorgerin im Chat. *Sag es mir vielleicht das nächste Mal. Aber überleg dir, was du jetzt, als erwachsener Mann, rückblickend gerne als erstes Wort gesagt hättest.*

Mein zweites Wort war dann …

Nein, sag es mir nicht. Sag es mir vielleicht ein ander Mal, unterbrach die Entsorgerin erneut.

Hans lässt sich nicht gern unterbrechen, vor allem nicht von jemandem, den er dafür bezahlt, dass ihm Aufmerksamkeit geschenkt wird. Hans schüttelte kurz den Kopf, drückte das aber nicht in Worten aus. Er dachte sich seinen Teil. Er dachte sich, dass es Zeit war, die Entsorgerin in seine Geheimnisse einzuweihen, sie vielleicht sogar zur Geschäftspartnerin zu machen. Hans hatte sie lange genug angefüttert. Es sollte längst darum gehen, dass sie mehr aus ihrer Geschäftsbeziehung machten.

Die Beziehung zwischen Hans und seiner Mutter war lange eine sehr einseitige. Mutter Sagmeister verfolgte kein auf Affirmation und Lob basierendes Erziehungskonzept. Vater Sagmeister war ohnehin kaum da. Die Mutter war offenbar auf Abhärtung aus. Es oblag Hans, Lücken in ihrem System aufzudecken und diese für kurze Erfolgsmomente zu nützen.
»Schau, Mama, ich habe eine Sandburg gebaut.«
»Das ist keine Sandburg, das ist eine Ruine.«
»Schau, Mama, ich habe dir Blumen gepflückt.«
»Das sind keine Blumen, das ist Unkraut.«
»Schau, Mama, ich habe ein Aua.«
»Das ist kein Aua, das ist deine Nase.«
»Schau, Mama, ich habe dich gezeichnet.«
»Das bin nicht ich, das ist eine Kuh.«
»Danke, Mama.«

Mutter Sagmeister hielt trotz allem Kontakt zu Hans. Oft nahm Oscar Wilde eine Mittlerrolle ein. Die Erinnerungsbriefe kamen in unregelmäßigen Abständen, aber sie kamen verlässlich. Kärtchen trudelten alle paar Wochen ein. »Die Wahrheit ist niemals schlecht und selten einfach.« Mehr stand nicht im letzten Brief. Aber es war immerhin ein Brief mit Kuvert und ausgewählter Rotkehlchen-Briefmarke. Ein Mutterbrief im Briefkasten war immer ein Stich für Hans. Ein Stich, der seine Wohlfühlblase bedrohte, aber nicht ankam gegen die Schutzschicht, die er sich zugelegt hatte, redete sich Hans ein.
Um die Wahrheit und nichts als die Wahrheit hatte sich Hans nie geschert. Dieser Ausschließlichkeitscharakter war ihm entschieden zu beschränkt. Hans hatte gelernt, dass es immer mehrere Wahrheiten gab. Dass er ein Journal führen sollte, war ein Arbeitsauftrag der Entsorgerin. Der erste, auf den er angesprungen war.

Die Entsorgerin hatte Hans dazu gebracht, über seine Nachbarinnen und Nachbarn zu schreiben. Sie wollte wissen, ob er was sähe, das ihn ärgerte, wenn er aus dem Fenster schaute. Genau genommen hatte sie ihn auch dazu gebracht, über seine Zäune zu schreiben, als sie wissen wollte, ob er was sähe, das er mochte, wenn er aus dem Fenster schaute. Aber was genau die Entsorgerin damit bezweckte, außer ihn zu beschäftigen und an ihm zu verdienen, war Hans nicht ganz klar.
Die Entsorgerin wollte wissen, was den Zaun für ihn so speziell machte. Das war ein Arbeitsauftrag, der Hans gefiel. Da kniete er sich rein. Das konnte er ihr genau erklären. Hans schrieb:
Mein Zaun steckt meine Lebensgrundlage ab. Mein Zaun hört mir zu. Mein Zaun gehört mir. Meine Freiheit gehört mir. Die generellen Freiheitsräume werden immer enger. Nicht so in meinem Revier. Niemand schützt mich besser als meine Zäune. Meine Zäune stehen in jeder Krise zu mir, mit meinen Zäunen stehe ich alle Krisen durch.
Krisen führen dazu, dass neue gesellschaftliche Praktiken erprobt werden, ergänzte die Entsorgerin.
Mein Zaun ist eine Praktik, die sich bewährt hat, antwortete Hans.
Nach einer Krise ist die Bereitschaft sich auf Veränderungen einzulassen größer, fuhr die Entsorgerin fort.
Nach der Krise machte mich mein Zaun größer, antwortete wiederum Hans.
Die Entsorgerin bestärkte ihn in seinen Behauptungen.
Und sie legte nach:
Alle müssen ihren individuellen Weg finden. Es herrscht gegenwärtig gesellschaftlich Orientierungslosigkeit, vor allem auch moralische Orientierungslosigkeit.
Hans fasste zusammen:
Moral ist der rote Faden im Lebenslabyrinth.
Er nahm sich vor, diesen Satz im Heft »Muttersätze« zu notieren und demnächst seiner Mutter, in Schönschrift auf eine Postkarte geschrieben, zukommen zu lassen. Die Entsorgerin ließ nicht locker:

Die Menschen suchen Leitlinien oder rutschen ab ins Anarchische. Steht vielleicht ein Marsch auf die Institutionen an?
Die Entsorgerin hatte mitunter sehr radikale Ansichten. Aber sie provozierte Hans zu Antworten. Daran fand er Gefallen. Also antwortete er:
Ich habe meine Leitlinie gefunden. Es war der vermeintlich christliche Kanzler, der mich auf die Idee mit dem Zaun brachte. Der Kanzler sprach davon, dass Zäune und Mauern kein Tabu mehr sein dürften. Tabus sollte es überhaupt keine mehr geben im 21. Jahrhundert. Es muss alles geben dürfen, selbstverständlich auch Zäune und Mauern. Mein Zaun gibt mir Halt und Einhalt. Mit Menschen habe ich gewisse Probleme. Mein Zaun macht keine Probleme. Mein Zaun löst Probleme. Ich kann meinen Zaun nur in den höchsten Tönen loben.
Ich kann dir auch Zaun sein, antwortete die Entsorgerin. Das gefiel Hans natürlich. Das brachte sie ihm deutlich näher.
Aber auch ein Zaun ist nie perfekt. Ein Zaun ist, wie Menschen und Beziehungen, ein Work in Progress, fügte die Entsorgerin hinzu. Ja, sie verstand Hans.
Der Zaun arbeitet an dir, du arbeitest am Zaun. Der Zaun hilft dir, dich zu öffnen. Lass mich dir Zaun sein. Lass uns an unserem gemeinsamen Zaun arbeiten. Bist du dazu bereit?

Auf ihrer Website erklärt sich die Entsorgerin äußerst freimütig und mehr als ausführlich. Unter »Über mich« ist zu lesen:
Ich bin freischaffend. Wenn ich es schaffe, andere zu befreien, habe ich meinen Job gut gemacht. Nenn mich, wie du willst: Entsorgerin, Sorgendeponie, Sorgenkippe – you name it. Wer an das Konzept Seele glaubt, kann mich auch Seelsorgerin nennen; wer an Verstopfungen glaubt, kann mich Seelenklempnerin schimpfen; wer der Meinung ist, alles, was gegessen ist, ist bewältigt, für die oder den bin ich die Sorgenfresserin.
Ich praktiziere rund um die Uhr. Ich beantworte alle Anfragen. Ich bin günstig, aber nicht ganz billig. Aber stell mal einen Kostenvoran-

schlag für Seelenheil auf; stell mal gänzliche, also ganzheitliche Entsorgung in Rechnung.
Ich habe viele Fälle. Ich bin besser als Espresso im Aufmuntern. Ich bin schnell im Schreiben von fröhlichen E-Mails. Die ersten drei Mailwechsel gibt's bei mir kostenlos. Wer weiter machen und in meinen Chatroom will, wird zwanglos aufgefordert, für die ersten drei Mails 20 Euro zu spenden.
Wer viel spendet, wird bevorzugt behandelt, also schneller wieder kontaktiert, am gleichen Tag noch.
Es geht mir um die Menschen. Wir sind alle Menschen. Wir sind alle gleich. Wir brauchen uns nicht hinter Phrasen und Codes verstecken. Wir müssen uns nur verstehen wollen.
Klingt Ihnen zu einfach? (Ja, jetzt sieze ich Sie.)
Gut, es geht Ihnen gut. Sie brauchen mich nicht. Sie kommen klar. Viele brauchen mich. Das tut auch mir gut. Ich helfe gern. Belohnsysteme gibt es viele. Geld hat sich bewährt. Ich habe mich bewährt. 92% meiner langfristigen Kontakte sind mehr als zufrieden mit mir. Das ist eine ausgezeichnete Erfolgsquote.
Allen will und kann ich es nicht recht machen, vielen aber schon. Ich bin für die Vielen da.

Der Zaun wächst mit seinen Aufgaben

Die Entsorgerin wurde Hans von seiner direkten Nachbarin Frau Siebenkittel empfohlen. Er hat sich unter Zaungast4711@dotmail.com angemeldet und die Vorstellungsfragen beantwortet. Noch am gleichen Abend begann die Beziehung. Am Anfang nicht weiter überraschend. Nach banalem Anfangsgeplänkel kam die Entsorgerin aber relativ bald zur Sache:
Du fährst also mit dem Auto zum Bahnhof und dann mit dem Regionalzug in die Stadt und das mehrmals die Woche? Da erlebst du sicher allerhand. Schreib mir doch einfach mal, was dich daran ärgert, okay? Lass es ungefiltert raus.
Dass Hans das mittlerweile nicht mehr machte, weil er ja längst von seinem Zaunreich aus operiert, vertraute er der Entsorgerin noch nicht an. Dass sich Hans mehr als Zaunkönig denn als Zaungast fühlte, ließ er sie noch nicht wissen. Dass sie ihn von Anfang an duzte, störte ihn, aber er war bereit, das als Masche, die Vertrauen aufbauen sollte, hinzunehmen. Hans nahm sich darüber hinaus vor, sich auf ihr Spielchen, das er natürlich durchschaute, einzulassen. Er war kein Spielverderber und antwortete wahrheitsgemäß, aber nicht ganz ungefiltert. Mit der Antwort ließ er sich Zeit. Hans schrieb:
Sitznachbarn in Zügen sind selten eine Freude. Sie brauchen zu viel Platz, sie respektieren keine Grenzen. Eine Lehne ist nie genug für zwei Ellenbögen. Sitznachbarn, die ihre Winterjacken nicht ausziehen, mit ihrem Rucksack den Fußraum verstellen, eigenmächtig die Sonnenblende runterziehen, sich im Nu breit machen und einrichten, als wären sie alleine und bei sich zu Hause, sind ein verlässliches Ärgernis. Sitznachbarn, die zu laut sprechen, die zu große Zeitungen aufschlagen, die Jausenpakete auspacken; Sitznachbarn, die überparfümiert sind, nach Red Bull

riechen oder grad Red Bull in sich hineinschütten; Sitznachbarn, die ohne Kopfhörer Musik hören, die diesen Namen nicht verdient; Sitznachbarn, die sich einem unverlangt offenbaren, sind leider in der Überzahl. Sitznachbarn, die schmatzen; Sitznachbarn mit zu langen Beinen; Sitznachbarn, die halblaut vor sich hinmurmeln, was sie vom Handy ablesen; Sitznachbarn, die husten, niesen, ihr Nasensekret hochziehen; Sitznachbarn, mit ganzen Büscheln Ohrenhaaren; Sitznachbarn, die sich durch die Klingeltonliste arbeiten; Sitznachbarn mit nervösen Ticks, wippenden Füßen, knackenden Fingern, zuckenden Muskeln, wackelnden Ohren; Sitznachbarn mit Schweißgeruch, Knoblauchgeruch, Schnaps- oder Zwiebelfahne; Sitznachbarn mit Mitteilungsdrang, Blähungen, offenen Wunden, eitrigen Pickeln, Speiseresten in ihren Bärten und anderen offen zur Schau getragenen Unzulänglichkeiten sind mehr als ein Ärgernis und machen es einem schwer, daran zu glauben, dass die Menschheit noch zu retten ist.
Hast du generell ein Problem mit Nachbarn?, fragte die Entsorgerin und wollte überdies wissen, wie seine Wohnsituation ausschaute. Das beantwortete Hans natürlich nur zu gern.
Ich habe viele Nachbarn, direkt an mein Grundstück grenzende zwar nur zwei: links Familie Brotsamer und rechts Frau Siebenkittel. Aber auch wenn zwei Häuser dazwischen liegen, reicht es noch, sich in die Haare zu geraten. Nicht, dass ich aktiv auf Streit aus wäre. Ich bin ja an sich ein sehr ausgeglichener Mensch. Aber wer mich provoziert, lernt mich halt auch kennen.
Ich lerne dich gern kennen :-) Du drückst dich sehr gewählt aus. Hast du viel Kontakt zu Menschen?, wollte die Entsorgerin wissen und traf einen Nerv bei Hans.
Sofort hatte er das Gefühl, dass sie sich nicht ganz unähnlich waren und dass er sich mit dieser Entsorgerin verstehen könnte. Er verstellte sich nicht. Er schrieb's frei heraus:
Mit den meisten Leuten kann man ja gar nicht mehr reden.
Die Entsorgerin antwortete umgehend:

Ein Dialog ist die Wiedergabe von Wahrscheinlichkeiten auf der Basis einer gemeinsamen Informationsgrundlage. Bist du ein fortschrittsgläubiger Mensch?
Hans gefiel, wie sich die Unterhaltung entwickelte, und antwortete: Ich bin durchaus ein fortschrittsgläubiger Mensch. Ich bin aber auch der Meinung, dass Fakten allein nicht sprechen. Fakten müssen zugänglich gemacht werden. Fakten müssen aufbereitet werden.
Mach dich mir zugänglich, forderte die Entsorgerin und fragte ohne Umschweife: *Was macht dich aus? Worin kennst du dich besonders gut aus?*
Dass ihn die Entsorgerin so gut verstand, hätte sich Hans nicht gedacht. Dass sie sich wirklich für ihn interessierte und es ihr relativ rasch gelang, ihn frei zu machen vom Zweifel und ihn zu öffnen wie ein Gatter, das zeugte schon von ihrer großen Qualität. Nun konnte Hans glänzen, nun konnte er sie beeindrucken. Nun bewegte er sich auf seinem Gebiet, in seiner Domäne und es war ihm ein Leichtes frank und frei zu antworten:
Meine Ordnung macht mich aus. Mit Zäunen kenn ich mich aus. Hans hat seine eigene Zaunphilosophie entwickelt. Konfuzius sagt viel. Hans sagt: Der Zaun ist, wie ich, viele. Sein Faible für Sager und Aphorismen hat er wohl von seiner Mutter. Hans hat sehr viel von seiner Mutter, sein Vater hat sich sehr früh aus dem Staub gemacht. Als Ersatz für abhandengekommene Väter musste schon viel herhalten. Ein ordentlicher Zaun hält das aus. Ja, Hans hat seinem Zaun Leben eingehaucht. Der Zaun spricht für sich. Hans verspricht sich dem Zaun.
Ich wusste lange nicht, wonach ich suchte, bis ich es gefunden hatte. Bis ich ihn gefunden hatte, meinen ersten richtigen Zaun. Klar hatte ich auch schon vorher Interessen. Aber erst mit dem Holzlattenzaun hat es Klick gemacht. Wenn wer was über meine Zäune wissen will, gebe ich gerne Auskunft. Ich wäre sogar bereit, Zaunführungen zu geben. Ich würde mich dafür neuester führungspädagogischer Konzepte bedienen. Doch die Gemeinde hat mich auf-

laufen lassen. Aber das ist eine andere Geschichte. Der Zaun jedenfalls ist die Visitenkarte dessen, was einen dahinter erwartet. Demzufolge verbirgt sich hinter einem Großteil der Einfamilienhäuser am Land nicht viel weniger als die Hölle. Der richtige Zaun beweist Stil. Stillose Zäune – Hirnlose dahinter. Zäune sind ja so verschieden. Jeder Zaun hat seine Qualitäten. Es ist aber auch jeder Zaun zu verbessern. Kein Zaun ist auf Dauer perfekt. Ein Zaun ist ein Langzeitbeschäftigungsprojekt. Der Zaun ist der Hut und der Gürtel des Grundstücks. Er hält das Grundstück zusammen und schmückt es. Die meisten Nachbarn sind behütet, als wäre das ganze Jahr über Fasching. Lustige Hüte und Mützen sind vorübergehend zumutbar, als Dauerzustand sind sie unerträglich.
Die Entsorgerin reagierte sofort:
Ich lese und zaune ;-) Du liegst mit deiner Zaunleidenschaft ganz im Trend der Zeit. Europa zäunt sich auch ab. Kannst du mir die Zaunbeschaffenheit in deiner Siedlung umgemützt auf Kopfbedeckungen nennen?
Lauter verquastete Narrenkappen, Fransenhüte und Bommelansammlungen.
Ich lese und zaune noch immer ;-) Alle Achtung, mit Zäunen kennst du dich wirklich aus. Machst du was draus?
Der Zaun war sich anfangs selbst genug, wuchs aber schon bald über sich hinaus. Ich kann mit meiner Abzäunung besser umgehen als mit Lebewesen. Das beruht durchaus auf Gegenseitigkeit. Der Zaun weiß um seine Wirkmacht Bescheid und wird immer größer, das liegt in seiner Natur. Manchmal frage ich mich, ob ich meinem Zaun noch gut genug bin? Ein Zaun wie er ist auf mich nicht angewiesen. Zäune wie ihn nimmt man überall mit offenen Armen auf. Ich weiß, dass ich ihn verwöhnen werde müssen, um weiterhin auf ihn bauen zu können. Mir ist klar, dass ein Zaun wie er, für ein Häuschen wie meines, zu mächtig ist. Mein Zaun strebt nach Höherem, denn der Zaun wächst mit seinen Aufgaben und ich wachse mit. Gemeinsam können wir Großes erschaffen.

Bist du ein politischer Mensch, suchst du Verbündete?
Ich gäbe meine Überzeugungen gerne weiter, habe aber schlechte Erfahrungen mit Anzulernenden gemacht und ja, ich kann durchaus behaupten, ein politischer Mensch zu sein, nur die Gemeinde, der Gemeinderat, allen voran der Bürgermeister wollten mich nicht. Die Gemeinde mauerte und schloss mich aus. Jetzt hab ich mich halt abgegrenzt.

Was Hans nicht wahrhaben wollte: Es war ihm tatsächlich ein Formalfehler unterlaufen. Die Unterstützungserklärungen waren anfechtbar und wurden angefochten. Es oblag dem Bürgermeister, die Nachricht zu überbringen und seither ist für Hans der Bürgermeister die Personifikation des Bösen, des Ablehnenden, des Ausschließenden. Hans war aus der Stadt in die Siedlung gezogen und musste seine überschüssige Energie kanalisieren. Er friedete sich ein und suchte nach einer Möglichkeit, für den Gemeinderat zu kandidieren. Den Verein »Freiheitswall« glaubte er bereits gegründet zu haben. »Freiheitswall« wurde aber nie eine Liste und war auch kein Verein. Nur in seiner Vorstellung war der Verein bereits existent. In der Praxis brauchte es dazu mindestens drei Personen, der Mähroboter und der Zaun selbst konnten diese Positionen nicht übernehmen. Hans war ein Meister darin, sich die Sachverhalte schönzureden, es sich so zurechtzulegen, dass man ihn verstehen und auf seiner Seite sein musste. Bis man die ganze Wahrheit erfuhr.
Reif für die ganze Wahrheit fand Hans die Entsorgerin noch nicht. Er setzte sein Programm der Ablenkung und Verdrängung fort:
Mein Zaun ist eine gesellschaftliche und politische Grenze.
Politische Grenzen gibt es jede Menge. Auch hier liegst du durchaus im Trend. Nicht nur zwischen den USA und Mexiko sondern weltweit wird befestigt und getrennt.
Es gibt viele Menschen, die die Entwicklung befestigter Grenzen auf *Zaunpedia* festhalten. Diese Menschen sind mir die einzig nahen Menschen.

Das klingt jetzt aber etwas sehr ausschließend. Ich finde, wir sind uns auch schon ganz schön nah gekommen. Lass mich doch mehr über deinen Zaun wissen. Was macht ihn speziell? Was macht dein Zaun für dich?
Angenommen. Der Zaun hat mich angenommen. Wir haben einander angenommen. Er nimmt mich, wie ich bin. Der Zaun will mich nicht verändern. Ich verändere mich und den Zaun. Der Zaun ist eine gute Entwicklungshilfe. Der Zaun ist mir Hilfe in vielerlei Hinsicht. Der Zaun ist auch meine Aussicht, meine Draufsicht und die Darüberhinaussicht, ist Umfeld, Umwelt und Himmel. Mein Himmel auf Erden, mein Reich wird vom Zaun zusammengehalten. Wir halten zusammen, der Zaun und ich.
Die Entsorgerin stieg sofort auf dieses Thema ein und gab sich sehr einfühlsam:
Eine Zaunbeziehung ist heutzutage nichts Außergewöhnliches mehr. Man kann alles lieben. Du liebst deinen Zaun. Dein Zaun braucht dich. Du brauchst deinen Zaun. Du bist ein Zaunzugeneigter. Du lebst deine Neigung aus. Dein Zaun hält das aus. Dein Zaun hält dir stand. Dein Zaun ist dir Halt. Wir brauchen alle Halt und wen zum Altwerden.
Mein Zaun gibt mir Halt und soll mich dereinst überleben. Dafür sorge ich. Meinem Zaun soll es an nichts fehlen. Er soll alles auf- und aushalten – in guten wie in schlechten Zeiten, bis dass der Tod uns scheidet.
Also ich hab ja leider gar keinen Zaun: Stadtwohnung. Aber ich muss sagen, wenn ich dich so lese, dir so zuhöre, hab ich das Gefühl, mir fehlt was, das du gefunden hast. Darf ich dich Zaunkönig nennen?
Hans fühlte sich erkannt und geschmeichelt, wollte es sich aber nicht anmerken lassen. Er lenkte ab:
Der Zaunkönig wurde lange Zeit auch Schneekönig genannt, da er auch im Winter lebhaft singt. Er ist nach Winter- und Sommergoldhähnchen der drittkleinste Vogel Europas. Nenn mich also bitte nicht »Drittkleinster Vogel Europas«, nenn mich lieber Mauersegler.

Die Entsorgerin wiederum lenkte ein:
Der Mauersegler ist ein Langstreckenzieher. Sri-sri-sri ist sein charakteristischer Laut. Mauersegler sind extrem an ein Leben in der Luft angepasst.
Ja, das passt gut zu mir. Ich habe langen Atem und nichts gegen Höhenflüge. Ich bin gern bei meinen Zäunen an der frischen Luft. Zäune nehmen niemandem die Luft weg.
Wieder überraschte die Entsorgerin mit Vogelwissen:
Mauersegler sind gesellige Vögel und mit ihren schrillen Rufen sehr auffällig. Sri-sri-sri.
Hans war in Fahrt und wurde mutig:
Ich habe nichts gegen Vögel, aber das Auffallen ist meine Sache nicht. Ich bin wohl ein Mauersegler in Gestalt eines Zaunkönigs. Insofern, ja, passt schon, kannst mich doch Zaunkönig nennen. Ich will dir dein verlässlicher Zaunkönig sein, willst du meine Hofrätin sein?
Du gefällst mir, du hast Humor.
Du gefällst mir auch, du hast Geschmack.
Über Geschmack lässt sich streiten, heißt es.
Das nehme ich wörtlich. Ich stehe für meinen Geschmack ein. Das ist nicht streiten. Ich vertrete meinen Geschmack, bin bereit, dafür alle möglichen Mittel auszuschöpfen. Es geht doch darum im Leben, zu seinen Idealen zu stehen. Die Ideale müssen einem halt auch etwas wert sein. Ich bin bereit, sollte ich mal zu weit gehen, auch einen gewissen Preis für mein Verhalten zu bezahlen.
Gutes Stichwort. Wollen wir weiterhin in Verbindung bleiben? Bin ich dir was wert? Willst du mir mehr von deiner Geschichte erzählen?
Ja. Ja. Und ja, ich will. Ich bin ein geschichtsbewusster Mensch. Geschichte hat mich schon immer interessiert.
Die Entsorgerin nahm den Geschichtsfaden umgehend auf:
Geschichte hört nie auf. Geschichten gehören gehört und Geschichte in Geschichten zu verpacken, ist die große Kunst, heißt es. Welche Art von Geschichte interessiert dich?

Man kann viel lernen von den Römern, den Griechen, den alten Persern und Ägyptern. Grenzen hat es immer schon gegeben.
Die Entsorgerin warf ein:
Es gibt keine Grenzen, außer man zieht welche, sagt die Sprachphilosophie.
Hans war entschieden anderer Meinung:
Das ist Humbug. Ohne Grenzen gäbe es uns alle nicht. Grenzen bilden Kulturen. Alle großen Kulturen grenzten sich zu Recht ab. Das Römische Reich legte Grenzwälle an. Der Limes ist allen ein Begriff.
Die Entsorgerin ergänzte:
Der Limes war ein militärisches Grenzsicherungssystem. Der Hadrianswall war vollständig in Stein ausgeführt, der Antoniuswall war eine Holz-Erd-Befestigung.
Ich bin der Meinung, Zäune müssen wieder mehr Geschichte schreiben, Zäunen muss wieder mehr Bedeutung zugeschrieben werden. Ich fühle mich dafür verantwortlich. Ich fühle mich auch Ihnen, also dir im Wort und dein Wort ist mir was wert. Ja, ich will und werde dir was überweisen.
Dein Wille geschehe.
Ich bin auch ein gläubiger Mensch. Mein Zaun ist mir fast schon Religion. Ich glaube an meine Zäune.
Die Entsorgerin reagierte sofort:
Recht hast du. Die Religionsfreiheit ist ein Grundrecht. Die Glaubensfreiheit und Bekenntnisfreiheit gilt im Grundgesetz als unverletzlich und zudem wird die ungestörte Religionsausübung gewährleistet. Außerdem ist darin geregelt, dass niemand wegen seines Glaubens oder seiner religiösen Anschauungen bevorzugt oder benachteiligt werden darf.
Ich schaue meine Zäune mehr als religiös an. Meine Zäune geben mir auch mehr. Ich möchte wegen meines Glaubens und meiner Zaunreligiosität nicht benachteiligt werden. Ich kenne meine Rechte. Ich nütze meine Freiheiten. Ich möchte dafür von meinem Arbeitgeber nicht behelligt, ich möchte im Leben meiner

Freiheiten von meinem Arbeitgeber nicht eingeschränkt werden, unter anderem deshalb habe ich mich längst selbständig gemacht. Religionsausübung muss auch am Arbeitsplatz möglich sein. Nehme ich meinen Zaun mit in die Arbeit? Natürlich nicht. Nehme ich die Arbeit mit in mein Zaunreich? Immer öfter. Ich bin gläubiger Staatsbürger. Ich lasse mir meine Zaunbekenntnis nicht nehmen.
Nehme ich meine Arbeit mit ins Bett? Heute schon. Ich finde, du, mein Zaunkönig, hast allerhand zu sagen. Ich finde, wir haben uns noch allerhand zu sagen. Ich melde mich morgen wieder, okay? Gute Nacht und vielen Dank für die Überweisung.

Hans hatte noch nie keine Probleme mit Frauen. Die Entsorgerin tut ihm gut.
Mutter Sagmeister schickte Hans ein Vergissmeinnicht-Spruchkärtchen zum fünfjährigen Single-Jubiläum: »Eine Frau ist in der Wirtschaft wie der Zaun um einen Garten. Ist der Zaun tüchtig, so bleibt alles ordentlich; nichts Fremdes bricht herein. Nehmt den Zaun weg, und alles wird niedergetreten.« (Sophie Mereau)
Hans kennt sich in der deutschen Romantik nicht aus. Aber es spricht für sich, wenn die Aussage einer Schriftstellerin aus dem 18. Jahrhundert es bis in die Gegenwart geschafft hat.

Geld ist gut und böse sind immer die anderen

Hans kommt von einer Wehranlagenbesichtigungstour in Kärnten zurück und findet die ganze Siedlung vollplakatiert vor.

VERMISST
Wer hat meinen Kater Murl gesehen?
Hinweise bitte an: Bienchen83@hivelive.com
BELOHNUNG

Hans kennt Murl. Murl hat Probleme damit, Grenzen anzuerkennen. Seine Halterin kennt Hans natürlich auch, ein bisschen mehr als flüchtig. Bienchen83@hivelive.com ist Frau Sabine Siebenkittel. Mit ihr führt Hans eine funktionale Nachbarschaftsbeziehung. Niemand hier in der Nachbarschaft kennt sich näher. Denn es ist ja auch niemand wirklich von hier. Der Europaweg ist eine Neubausiedlung ohne Geschichte. Hans ist der erste Zweitbesitzer. Das Haus war ein bezugsfertiges Sonderangebot. Das geschiedene Jungpärchen wollte nichts wie weg und schnelle Kohle. Mutter Sagmeister riet Hans, das Erbe in eine Immobilie zu investieren. Hans gehorchte und brachte so immerhin über 100 Kilometer zwischen sich und seine Mutter. Das war vor zwei Jahren, zu einem Zeitpunkt, als Hans zunehmend auf Distanz zu Menschen und Meinungen ging. Kurz bevor er sein Heil in der Selbstabschottung fand. Hans hat die Erfahrung gemacht, dass Nähe gewählt sein will, und er wählt, seit er darf. Das Haus hat zwar seine Mutter gesucht, gewählt und eigentlich auch bezahlt, aber mit dieser Wahl ist Hans mehr als zufrieden. Danach betrachtete er sich als vollends abgenabelt. Die Bitcoins hatte sie längst transferiert. Mit dem Einzug in sein Haus am Europaweg 7 in Unterbrombachkirchen begann eine neue Ära. Hans 2.0, Hans,

der Gründer des Zaungartens. Hans wurde lange genug fremdbestimmt. Von nun an bestimmte Hans, wo es lang ging.
Seine Banknachbarn zu Schulzeiten durfte sich Hans ja auch nie aussuchen. Der Klassenvorstand bestimmte, und er setzte Hans neben eine eher lernresistene Mitschülerin, die sehr unterdurchschnittlich auf allen Ebenen war. Hans ist der Meinung, dass dies nur geschah, um von ihm profitieren zu können: Buddy-Prinzip – schon Jahre vor dessen Erfindung. Hans und seine Zwangsnachbarin mochten sich leidlich, sie erduldeten einander drei Oberstufenschuljahre lang. Hans ließ sie in der Regel nicht abschreiben, verriet aber auch nicht, dass sie abschreiben wollte und, weil das eben nicht funktionierte, schummelte. Sie schummelte auf sehr einfältige Art und Weise, wurde aber höchst selten dabei erwischt. Das imponierte Hans. Sie war offenbar gut darin, ganz und gar nicht aufzufallen. Sie ging unter, lief unter dem Radar. Dass das was Gutes sein kann, weiß man in dem Alter noch nicht. Mittlerweile ist genau das die Strategie von Hans. Nach außen hin unscheinbar, durchschnittlich, gewöhnlich – in seinem Revier der Meister. Von seiner Banknachbarin hat Hans gelernt, viel Zeit an der Seite einer Person zu verbringen, ohne ihr etwas von sich zu geben, und gleichzeitig die Vorteile ihrer Existenz für sich zu nutzen. Hans ist ein Nutznießer.
Hans ist der Meinung, kein schlechter Mensch zu sein. Er ist auch der Meinung, kein neidvoller Mensch zu sein. Er neidet niemandem etwas und leidet auch nicht unter Notneid. Hans betrachtet sich selbst nicht als Hilfsbedürftigen. Er glaubt, sich zu helfen zu wissen, will aber nicht auch noch anderen helfen müssen, wenn diese keine Anstalten machen, den notwendigen ersten Schritt auf ihn zuzukommen. Hans muss auf niemanden zukommen. Hans ist ja schon da.
Mit Nächstenliebe und Solidargemeinschaft braucht man Hans erst gar nicht zu kommen. Der Nächste ist der Nachbar und den liebt er ganz bestimmt nicht und Solidargemeinschaften gibt es für Hans auch keine, hat es nie gegeben. Die Solidargemein-

schaft ist in seinen Augen ein utopisches Konstrukt. Nicht einmal die Uridee der Solidargemeinschaft, die Familie, lebt diesen Grundgedanken. Familien kranken, brechen auseinander. Ehen brechen auseinander. Alles bricht auseinander und alle schauen nur auf sich selbst.

»Guten Tag, Herr Nachbar. Haben Sie vielleicht meinen Murl in den letzten Tagen durch Ihren Garten streifen sehen?«, will Frau Siebenkittel wissen.
Die Frage ist erstaunlich wohlformuliert und präziser als Hans erwartet hätte. Er kann dennoch wahrheitsgemäß antworten: »Nein, durch meinen Garten streifen hab ich ihn in den letzten Tagen nicht gesehen.«
Gesehen freilich hat er ihn. Aber zum Wohle seiner Nachbarin verschont er sie vor der ganzen Wahrheit. Hans notiert: Wer die Wahrheit ausspricht, bringt sich selbst in Gefahr.

Hans ist kein Opfer seiner Wut auf die Welt. Er ist enttäuscht von der Welt und das mit Recht. Hans ist auch enttäuscht von Murl. Er hätte sich an die Regeln halten sollen. Wer sich nicht an die Regeln hält, wird früher oder später bestraft. Hans handelt nach seinen eigenen Regeln. Von anderen aufgestellte Regeln unterzieht er immer einer strengen Prüfung und findet sie oft dehnbar bis sinnlos.

Strategisch geschult und in Gleichmut geübt wurde Hans bei den Brettspiel-Sonntagnachmittagen im Familienverband. *Mensch ärgere dich nicht* war ein guter Einstieg, aber noch zu eingeschränkt in den Entfaltungsmöglichkeiten des inhärent Bösen. *Malefiz* hatte da mehr anzubieten. Malefiz weckte das in dir schlummernd Fiese. Es wurde nicht nur geschlagen, es musste auch gemauert werden. Nichts lehrreicher fürs Leben als Malefiz. Nichts lebensnäher als das Spiel, in dem dir von deinen Mitspielern Steine in den Weg gelegt werden, Hindernisse in den Le-

benslauf. Malefiz hat Hans abgehärtet. Malefiz hat ihm schon früh gezeigt, wie die Welt funktioniert und wie die Menschen ticken. Jedes Bündnis brach, jeder Pakt war eine vorübergehende Einigung. Alles wurde über Bord geworfen, alles wurde vergessen, ging es ums eigene Vorwärtskommen. Wer wird schon gnädig sein, wenn die Würfel gefallen sind? Wer wird sich schon gefallen lassen, laufend gedemütigt zu werden, ohne bei Gelegenheit ordentlich zurückzuschlagen? Malefiz war das Spiel des Lebens, seines Lebens.
Hans ist nicht das Böse, aber er ist per Du mit dem Bösen. Denn er ist der Meinung, gutes Geld ist schwerer verdient als vermeintlich böses. Gut und Böse sind keine Kategorien im Kapitalismus. Geld ist gut und böse sind immer die anderen.

»Sollten Sie ihn sehen, bitte lassen Sie es mich wissen.«
Frau Siebenkittel macht einen traurigen Eindruck. Hans macht eine zustimmende Geste. Ein Verziehen der Lippen und ein leichtes Nicken. Frau Siebenkittel versteht. Frau Siebenkittel hat keinen Partner. Sie hat Murl. Sie hatte Murl. Hans steht ihr nicht nah genug, um sein ganzes Wissen mit ihr zu teilen. Hans nickt, verharrt und kippt in einen Tagtraum. Er wird zum Zaunkönig auserwählt. Hans sieht vor seinen Augen, wie die Bretter, die ihm die Welt bedeuten, einen magischen Verschlag vor den Köpfen aller Nachbarinnen und Nachbarn bilden, die augenblicklich zu Pfosten werden und so den Grundstock seines Zaunkönigreichs abgeben. Seine Krone ist aus Maschendrahtzaun, das Szepter eine Eisenstange, sein Hermelinmantel eine Abdeckplane gesäumt mit Hasen- und Marderpfoten. Mitten in der Bildung des Hofstaats holt ihn Frau Siebenkittel zurück in die Realität.
»Es kam schon vor, dass er mal ein, zwei Tage nicht nach Hause kam. Aber so lange, nein, das macht mein Murl nicht.«
Hans nickt noch immer und denkt sich: Murl wollte sich nicht fügen. Kein Wunder, dass dann mal was passiert. Aber für Murl hat Hans jetzt wirklich keinen Kopf, denn der ist voll und ganz

eingenommen und bedeckt von der Maschendrahtkrone. Hans hat lange geglaubt, ein Maschendrahtzaun könnte ihm Befriedigung verschaffen. Denn ein Maschendrahtzaun tut ja definitiv einen Grundjob, aber halt auch nicht mehr. Ein Maschendraht tut zwar niemandem weh. Aber Gutes kann einem der Maschendraht auch nicht tun. Dennoch: Maschendraht hat seine Berechtigung. Maschendraht ist für Leute, die nichts zu verbergen haben; die nichts in ihren Zaun investieren wollen; die nicht wissen, was ein Zaun alles sein kann. Der Maschendrahtzaun ist eine billige Lösung, hat seinen Zweitnamen allerdings nicht verdient: Flechtzaun. Was ist denn da groß geflochten? Im Mittelalter wurde geflochten. Da wurde der Flechtzaun mit Weidenruten gemacht. Grüne, gut biegbare Weidenruten geflochten um Zaunpfähle. Das ist Flechten. Das ist ein Zaunklassiker. Aber ein Maschendraht besteht bloß aus verzinkten Drähten. Der Maschendrahtzaun mag witterungsbeständig, langlebig und pflegeleicht sein. Aber wer seinen Zaun liebt, der pflegt ihn auch gerne. Zaunpflege ist keine Last.

Hans schaut seine Nachbarin an und denkt sich: Zaunpflege ist höchste Lust. Ja, mein Zaun ist mir Sex genug. Guter Sex ist sehr subjektiv. Guter Sex erzeugt Lust, Spaß, Intimität, Verbindung und Befriedigung. Guter Sex ist einvernehmlich. All das erfüllt der Zaun. Er hat nie was dagegen und kuschelt besser, als vermutet.

Ein Holzzaun will natürlich gestrichen werden. Streichen ist streicheln mit der Arm- und Handverlängerung Pinsel. Die Farbgebung liegt, wie das Streichstreichelinstument Pinsel in des Zaunherren Hand. Das Zaunstreichen ist ein zutiefst sinnlicher Akt. Der Maschendrahtzaun hingegen ist einfach waldgrün und sonst nichts. Im Orchester der Zäune ist der Maschendraht die xte Geige. In der Speisekarte der Zäune ist der Maschendraht die Pasta Bolognese. In der Farbpalette der Zäune ist der Maschendraht so waldgrün, wie er ist, mehr nicht. Aber selbst einen Maschendrahtzaun kann man lieben. Maschendrahtzäune sind jedoch insgesamt seltener geworden, auch in seiner Siedlung, und als Krone hat er sich eigentlich ganz gut gemacht. Hans muss wach an seiner Zaunvorstellung weiterarbeiten. Die Macht der Zäune ist groß, verlangt aber uneingeschränkte Hingabe.

»Da ist sicher was passiert«, sagt Frau Siebenkittel.
Hans betrachtet seine Nachbarin mitleidig. Zu mehr ist er gerade nicht imstande. Sie trägt ein T-Shirt mit der Aufschrift: *Forever Never.*
»Sicher«, sagt Hans.
Frau Siebenkittel schaut ihn entsetzt an.
»Ich meine: Nein!«, korrigiert sich Hans. »Murl ist sicher sicher.«
»Wollen wir es hoffen«, rekapituliert Frau Siebenkittel: »Murl ist nämlich Familie für mich.«

Andere haben Hobbys, Hans hat, nunja, Zäune. Früher hatte Hans Familie, jetzt hat er seine Ruhe.
Anfangs war er so naiv und glaubte, eine Markierung würde reichen. Es gab Grenzsteine, die er akzeptierte. Hans hatte gesehen, wie Fußball-Schiedsrichter Markierungen mit Sprühschaum auf den Rasen zeichneten. Hans hatte nur Rasierschaum, der ihm zu schade dafür war. Er hatte aber Sprühsahne, die seine Schwester immer mitbrachte, wenn sie auf Besuch kam und sich Kuchen erwartete. Er zog also eine Linie mit Sprühsahne von Grenzstein zu Grenzstein und dachte, damit wäre es getan.
Hans dachte auch, man würde in einer Familie groß, würde erwachsen, würde die Familie los und könnte sich dann voll und ganz auf das eigene Leben konzentrieren. Das hat sich alles als sehr naiv erwiesen. Trotz jahrelanger, massiver Abgrenzung kamen sie immer wieder angelaufen und wollten was. Das, was sie wollten, stand nie in einem angemessenen Verhältnis zu dem, was sie brachten. Seine Schwester brachte Sprühsahne, wollte Blechkuchen und Beziehungsprobleme abladen. Seine Mutter brachte die Vergangenheit mit und wollte dafür Dankbarkeit. Sein Vater brachte immer nur sich selbst mit und hätte gern ge-

habt, dass man sein Selbst, seine Monologe bestätigend, verdoppelte, bevor er sich für immer nach Vietnam verabschiedete. Seine Brüder brachten Frauen und Freunde, die ihre waren und Hans nichts brachten.
Hans hat sich lange genug von seiner Familie bremsen lassen. Nun sitzt er in seinem, mit dem Erbe erstandenen Haus und ist der Meinung, Familie ist ein Negativgeschäft. Wenn Murl Familie für Frau Siebenkittel war, wird sie sich eine neue Familie suchen müssen.
Frau Siebenkittel erkennt, dass ihr Nachbar etwas abwesend ist und macht sich auf den Weg: »Schönen Tag noch, Herr Sagmeister.«

In letzter Zeit lässt Hans die reale Welt am allerliebsten außen vor. Hans hat es sich in seinem parallelen Zauniversum ganz gut eingerichtet. Hans ist der Meinung, dass ohnehin noch genug Welt auf einen eindringt. Die Welt ballert, Nachrichten bombardieren einen. Ein Zaun ist ja im Grunde nichts anderes als eine physische Firewall und niemand bestreitet dieser Tage den Sinn einer Firewall. Schlechte Ereignisse verbreiten sich wie ein Lauffeuer. Alles was dagegen schützt, muss gewürdigt und kann gar nicht genug geschätzt werden. Unterschätzen ja schon zu viele den Wert von klaren Verhältnissen und ein Zaun schafft nun mal klare Verhältnisse und das Gefühl von Sicherheit. Wenn das Bedürfnis nach Sicherheit nicht befriedigt, wenn die Kontrolle verloren wird, dann entsteht Angst. Hans hat keine Angst mehr. Hans hat jetzt Zäune. Dennoch: das Internet ist unüberschaubar, das Land zunehmend fremder, die Siedlung entspricht noch am ehesten dem, was Hans sich unter seiner Welt vorstellt. Hier kann er leben, was er sich im Großen wünscht. Hier macht er die Regeln. Hier wird sich im Großen und Ganzen daran gehalten.
Laute Maschinen etwa schätzt Hans nicht. Kleine technische Geräte findet er durchaus nützlich. Aber wer glaubt, in Mähroboterzeiten mit einem benzinbetriebenen Rasenmähertraktor die ganze Siedlung aufschrecken und stundenlang belästigen zu müssen, braucht sich nicht wundern, wenn mal was passiert.

Zucker im Tank fällt unter Lausbubenstreich. Ein brennender Briefkasten tut niemandem weh. Wer aber gar nicht lernen will, muss halt wirklich fühlen.
Hans ist der Meinung, dass es ums Wohlfühlen geht. Alle wollen sich wohlfühlen können in ihren Eigenheimen. Das ist Ziel und Zweck seiner Tätigkeiten und alle Mittel sind diesbezüglich geheiligt.
Vor Buttersäureattacken oder einem platten Reifen beim Family-Van schreckte Hans nicht zurück. Er betrachtete diese Aktivitäten vermutlich als fortgeschrittene Stufen seiner Erziehungsmaßnahmen zum Wohle der Siedlungsgemeinschaft. Die Täter werden ja ganz zu Recht oft in den eigenen vier Wänden vermutet. Hans betrachtet die ganze Siedlung als seine erweiterten vier Wände, sein Grundstück ist seine Kernzelle. Herr und Frau Brotsamer werden ihre Gründe gehabt haben, ihre pubertierenden Söhne zu beschuldigen.
Ein guter Zaun jedenfalls schafft gute Nachbarschaft. Nachbarschaftsverhältnisse brauchen klare Grenzen und Regeln. Daran hat sich Kater Murl leider nicht gehalten. Die Falle hat auch nur ihren Dienst getan.

Sabine Siebenkittel schwingt sich auf den Sattel. Das Gartentürl, das sie mit dem Vorderrad aufgestoßen hat, ist noch immer sperrangelweit offen. Sie trägt vorbildlich einen Fahrradhelm mit Calimero-Motiv, hat also am Kopf ein Küken aus Palermo, das seinerseits eine Eierschale am Kopf trägt. Wer soll diese Person ernst nehmen?, fragt sich Hans. Er kann es nicht. Er kann ihr aber ebenfalls einen schönen Tag wünschen und kommt dem auch gerne nach.
»Auch Ihnen einen ebensolchen«, sagt Hans, worauf Frau Siebenkittel noch glaubt, sagen zu müssen: »Na, dann wollen wir mal.«
Hans fragt sich außerdem, ob sie mit dem »Wir« ihr Fahrrad und sich meint, oder ob sie einfach nur vor sich hin floskelt. Hans fragt sich überdies, ob schon ein Wir angebracht ist, wenn man

sich ein Haustier hält und reicht ein Hamster, um von Familie, also einem Wir sprechen zu können oder muss es mindestens eine Katze sein?

Einen Hund hatte Hans auch schon, aber das ist lange her und war noch vor dem Leben in der Stadt. Obwohl Hunde weniger stur sind als Katzen, behagte Hans sein Dackel-Labrador-Mischling nicht. Hans sah den Nutzen in ihm nicht. Der Hund sabberte, mehr war von ihm nicht zu kriegen. Er war Hans zwar ein angenehmer Gesprächspartner und an sich nicht sehr verwöhnt, was das Essen anbelangte. Aber die sagenumwobene Treue ist ein Mythos. Jede dahergelaufene Hündin ist einem Hund lieber als jedes noch so bemühte Herrchen. Da kann man mit den Leckerlis wedeln, wie man will. Hunde sind geil und dumm, nicht treu. Die Befehlshierarchie immerhin passte. Vielleicht hätte Hans von Anfang an strenger sein sollen. Ein Hund ist ein Wildtier und braucht an sich kein Dach über dem Kopf. Ein Hund muss nicht hinten und vorn bedient werden. Ein Hund soll auch mal ohne Futter von Menschenhand zurechtkommen und er soll erst recht ohne Menschenhand am Hundehintern zurechtkommen. Als die Scheiße im Garten überhand nahm, war Hans klar, der Hund musste weg.
Glücklicherweise ist auf die Jäger Verlass. Die kennen da nichts, die knallen ab, was frei im Wald rumläuft. Wald ist in dieser Gegend alles ab zehn Bäumen. Knausgard hat bestimmt nicht gelitten. Er ist gestorben wie ein Hund. Knausgard hat seine Schuldigkeit getan. Knausgard hat Hans gelehrt, dass man sich Hunde als glückliche Menschen vorstellen muss, glücklich und dumm. In ihrer Dummheit Glückliche haben große zwischenmenschliche Qualitäten, können mühelos kommunikative Brücken in alle Richtungen schlagen. Eine Zeit lang versuchte Hans, selbst in diese Rolle zu schlüpfen, was ihm jedoch nicht zufriedenstellend gelang. Hunde werden leichter gemocht als Menschen. Hunde, Katzen und anderes Hausgetier werden sogar geliebt und bemit-

leidet. Hans hatte nichts gegen Murl als Individuum. Hans hatte nur was gegen seine Unbelehrbarkeit. Murl gehörte eine Lektion erteilt. Dass es mehr als eine Lektion wurde, war nicht beabsichtigt. Da trafen mehrere Faktoren ungünstig aufeinander. Ein Unglück kommt eben, leider bewahrheitet sich auch dieser abgedroschene Spruch aus dem Repertoire seiner Mutter, selten allein.

Kleine Albernheiten sind der Majoran des Lebens

Kater Murl ging Hans in die Falle. Es war eine Lebendfalle. Der zarte Murl verhungerte und trocknete aus, war also gewissermaßen perfekt für die Ewigkeit konserviert. Das ist doch schon was! Etwas für die Ewigkeit zu hinterlassen, ist der Traum von Hans. Mit dem Zaun lebt er seinen Traum.

Seinen ersten wirklichen Zaun hat Hans selbst genagelt, Latte für Latte. Hans hat die Pfosten selbst zugespitzt und versenkt. Er hat sich dabei mehrmals verletzt, hat die Wunden aber mit Stolz getragen. Nicht dass er ein Naturnageltalent wäre, aber ganz ungeschickt hat er sich auch nicht angestellt. Hans sieht sich ja selbst als Geistesmenschen, der den Zugang zum Handwerk erst im reifen Alter fand. Dass sich so ein blauer Fingernagel ganze vier Wochen lang hielt, überraschte ihn sehr. Es war aber auch eine interessante körperliche Erfahrung. Vor allem, als er sich dann ablöste. Ein Schmerz, der sich für immer einschrieb ins Körpergedächtnis. Eine Verwandlung, die einen Wendepunkt darstellte. Neuer Nagel, neues Leben. Da mag lachen, wer will. Lachen ist bekanntlich gesund, so lautet der zweitbeste Ratschlag seiner Mutter. Im richtigen Moment ausgesprochen, hilft selbst eine Floskel.

Hans lacht in letzter Zeit wieder öfter vorsätzlich. Er nimmt sich vor, dreimal pro Woche proaktiv zu lachen. Manchmal schon am Morgen. Er macht das Fenster zum Lüften auf, freut sich über den Frischluftschwall, der ihm entgegenschlägt, und erinnert sich daran, dass das jetzt gesund und daher ein Grund zum Lachen ist. Es gelingt ihm nicht immer. Als er noch ein Büro in der Stadt hatte, versuchte er einmal die Woche die Frage des Personals, ob es denn geschmeckt hätte, das Menü, mit einem bejahenden Lachen zu beantworten. Das war für Hans eine durchaus schwieri-

ge Übung. Wenn es ihm sehr misslang, gab er 30 Cent Trinkgeld. In seiner Intensiveinigelungsphase ließ sich Hans das Essen liefern. Die Kommunikation mit Essensboten bot kaum Freiraum für Lachübungen. Abends, bei den Nachrichten, fiel ihm das Lachen am leichtesten. Auf YouTube hat er gehört, dass das kein Lachen im eigentlichen Sinn wäre. Um aber wieder in Übung zu kommen, dürfe man auch böse und sarkastisch lachen. Die Fröhlichkeit würde sich schon einstellen, wenn man die Technik wieder beherrschte, sagten sie in den Lehrvideos.
Für Hans ist Technik ein Schlüssel für viele Tore der Erkenntnis. Hans ist der Meinung, Technik ist mitunter kurzzeitige Last aber stets langfristige Erleichterung.

Seinen Rasen mäht schon längst ein Roboter. Einer seiner Nachbarn schwört noch auf einen Mähtraktor. Herr Engelhorn hat offenbar auch Freude am Schärfen der Schneidblätter. Denn dass die Steine, die Hans immer wieder in die Wiese des lärmenden Nachbars säte, keinen Schaden anrichteten, glaubt er nicht. Seit der Benzinpreis gestiegen ist, mäht der Radaunachbar wenigstens nicht mehr alle drei Tage. Hans ist sein Mähroboter lieber als ein Haustier oder eine Lebensgefährtin. Die Leistung des Mähroboters ist messbar, Strom noch billiger als Futter, und reden kann Hans auch mit seinem Rasenmähroboter. Er nennt ihn »Romähn«. Hans findet das lustig. Romähn lässt sich auch schön gelängt rufen: »Roo-mähn, weiter mähn!«
Hans und Romähn sind mittlerweile fast so eingespielt wie ein altes Ehepaar. Sie verstehen einander nahezu blind und haben einen sehr persönlichen Verständigungscode entwickelt. Wenn Romähn einmal an einen Pfosten stößt und dann zurücksetzt, heißt das so viel wie »Ja«. Stößt er öfter an ein Hindernis, bevor er dieses umfährt, ist das ein »Nein«. Romähn hat schnell gelernt. Bald gab es kaum mehr Widerspruch seinerseits. Es sei denn, Hans setzte einen neuen Pfosten in sein Paradies. Hans betrachtet sich auch nicht als Herrchen oder Halter von Romähn.

Sie führen eine Beziehung auf Augenhöhe, sind Partner, Verbündete, Freunde, manchmal sogar ein bisschen mehr, die immer für einander da sind und wissen, was sie zu tun haben, um das Gegenüber glücklich zu machen.

»Na, Romähn, was meinst du, sollen wir der Entsorgerin näher kommen?«

Romähn steuert direkt einen schon sehr früh gesetzten Pfosten an, ja, er peilt den Urpfosten an, für den mit Hans alles begann, stupst ihn kurz an, klatscht ihn quasi ab, man kennt sich ja längst, und setzt wieder zurück, ja dreht sich sogar einmal um 360, nein, 540 Grad und fährt wieder seinem Freund Hans entgegen. Mehr Bestätigung geht nicht.

Hans macht zwei Schritte auf Romähn zu, sucht also direkten Kontakt und fragt: »Sollen wir ihr vielleicht sogar einen Namen geben?«

Romähn stößt an Hans Gartenpantoffel und macht auch schon wieder kehrt, um kurz zu verharren.

»Ja, Romähn, ich bin ganz deiner Meinung.«

Romähn wartet, scheint zu überlegen, denn dieser Pantoffel mit Hans drin steht ja sonst nie hier.

»Wollen wir sie Romähna nennen?«

Romähn fährt energisch auf Hans zu, setzt kurz zurück und depscht erneut auf den Pantoffelhelden, Romähn verbeißt sich dann regelrecht in das Hindernis. Romähn spult, bittet also offensichtlich um Aufmerksamkeit und ist wohl einfach nur eifersüchtig. Natürlich will er nicht, dass die Entsorgerin zur Nebenbuhlerin wird. Natürlich will er nicht, dass sie fast so heißt wie er selbst. Hans muss lachen. Die Entsorgerin ist ihm zwar nah, aber sie ist physisch nicht da. Sie ist im Netz. Auf Romähn aber kann er jederzeit zählen. Romähn kann er jederzeit angreifen, ansprechen, ihn in die Ladebox befehlen und ausschalten. Romähn ist für Hans das, was er braucht: Kontrolle, Nutzen und relative Anspruchslosigkeit. Was Romähn kann, muss für Hans erst mal wer können.

»So, Romähn, genug gespaßt für heute, ab ins Gartenkabäuschen!«
Hans ist der Meinung, kleine Albernheiten würzen den Alltag. Da dämmert ihm, dass sich das noch besser ausdrücken lässt. Er nimmt eine »Gute Besserung«-Wunschkarte zur Hand, die er von den Clowndoktoren zugeschickt bekommen hat, schreibt »Kleine Albernheiten sind der Majoran des Lebens« drauf, und schickt sie seiner Mutter.

Wahrheit ist den Menschen nicht zumutbar, aber Freundlichkeit geht immer

Hans legte die Murlmumie seiner lieben Nachbarin des Nachts auf den Fußabstreifer mit der Aufschrift »Tritt ein, bring Glück herein«. Ein Anrecht auf die Belohnung maß er sich nicht an. Am nächsten Morgen war der Katerkadaver weg. Hans vermutete, das Frauchen hatte mit ihrem Katerrestchen einen letzten Ausflug ins Nachbardorf unternommen: Zu den drei Tonnen. Kein Gasthof, ein Tierverwertungshof mit drei Kategorien Tiermüll.
Kategorie 1: Hamster, die unter Hintern kamen; Meerschweinchen, die vergessen wurden; Mäuse, die in Schnappfallen landeten; Marder, die sich in falsche Kabel verbissen; Igel, die zu Stachelteppichen plattgewalzt wurden;
Kategorie 2: altersbedingt nutzlose Hühner; überfahrene und zu Tode geliebte Schoßhunde; Murl;
Und in die dritte Tonne, die fast schon eine Mulde ist, kommen Straßenverkehrsopfer wie Gämsen, Rehe, Hirsche, Füchse, Dachse, Wölfe. Wild fällt natürlich nicht in die Kategorie Kleintier.

Hans begibt sich gerne auf abenteuerliche Reisen in seinem Kopf. Das sind nicht unbedingt Reisen in andere Länder, es sind vielmehr Pfade in menschliche Abgründe. Am vertrautesten sind ihm seine Abgründe, das glaubt er zumindest. Hans ist ein abgründiger Mensch, kein grundgütiger. Er ist ein von sich absolut überzeugter Mensch, nicht menschlich absolut überzeugend. Hans ist der Meinung, dass seine charakterliche Abgründigkeit gut in die Schroffheit der österreichischen Landschaft passt. Er entspricht der Gegend. Er findet, die Berge, die Täler, die Abgründe und die Geschichte des Landes haben ihn geprägt und zu dem gemacht, was er ist. Hans betrachtet sich selbst als Menschen mit

Kanten, Profil und Geheimwissen. Er will für seine Mitmenschen nicht leicht zu lesen sein. Er will anders sein. Nein, er ist anders. Seit der Zaun mit Hans ist, erkennt er etwa seine Grenzen. Seit der Zaun mit Hans ist, verspürt er keinerlei Neid mehr gegenüber gepflegten Hecken. Seit der Zaun mit Hans ist, hat er Mitleid mit Schallschutzwänden, sieht er in jedem Stück Holz Potenzial und Drähte mit anderen Augen. Seit der Zaun mit Hans ist, ist für ihn alles mit allem durch Zäune verbunden. Hans ist mit seinem Zaun verbunden, ist eins mit ihm geworden. Aber barmherzig ist nicht das Wort, das Hans am besten beschreibt.

Barmherzigkeit hat ihre Zeit gehabt. Hartherzigkeit entspricht der Gegenwart mehr. Ja, Hans ist hartherzig. Hans hat ein Herz, das hart im Nehmen ist. Ein Herz, das was aushält. Für Hans ist die Hartherzigkeit ein Zaun, die Barmherzigkeit hingegen ein offenes Tor. Offene Tore werden eingerannt, Zäune hingegen werden respektiert.

Respekt war schon immer der Grundstein für eine funktionierende Gesellschaft. Eine Gesellschaft ohne Regeln und Grenzen öffnete der Anarchie Tür und Tor und ein wirklich anarchistisches Herz würde auf der Stelle aufhören zu schlagen. Aus Protest!

Dabei ist Hans nicht ständig auf der Suche nach Streit. Er räumt aber ein, dass er den Rahmen der gesetzlichen Möglichkeiten gerne ausschöpft und ihn mitunter auch dehnt. Hans wahrt seine Rechte. Er betrachtet sich als aufrechten Bürger, der nur dann zu Mitteln der Selbstjustiz greift, wenn er ungerecht behandelt wird, oder keine zeitnahe Behandlung der Missstände auf dem Amtsweg zu erwarten ist. Besitztümer und Güter spüren keinen Schmerz und sind überdies meist versichert. Hans nutzt seine Rechtsschutzversicherung so gut er kann. Auch diesbezüglich lernt er stets dazu.

Die Baustelle, aus der die Armierung ragte, die ihn in sein zukünftiges Glück stolpern ließ, verklagte er nicht. Hans kann auch ein dankbarer Mensch sein.

Herr Engelhorn, der Nachbar von direkt gegenüber, der sich nur mehr über seinen Anwalt mit Hans unterhielt, ist überraschend verstorben. Mit den meisten Nachbarinnen hat er noch immer ein ganz gutes Verhältnis. Man hilft sich gegenseitig. Hans nimmt Pakete an, er würde auch Blumen gießen und Postkästen leeren, wenn wer auf Urlaub ist. Durch diese Einblicke lassen sich Nachbarinnen bedeutend besser kennenlernen.

»Frau Siebenkittel?« fragt er durch seine Zäune.
Immerhin will er sein Grundstück nicht unnötigerweise verlassen. Er weiß, dass sie am frühen Abend meist zuhause ist. Er weiß, dass sie, wenn sie heim kommt, ihr Business-Outfit gegen eine Jogginghose und einen Sweater tauscht. Es ist nie ein zusammenpassender Jogginganzug, es ist immer eine helle Hose und ein mehrfarbiger Sweater, gerne weit und lang, im Sommer dann halt ein langes T-Shirt, da dann allerdings meist weiß mit Aufdrucken wie: *Hummel statt Humble, Catfishing for Compliments, No Silicon Valley.* Hose, Sweater und T-Shirt hat sie fast immer eine Woche lang in Gebrauch und mit dem Ende der Arbeitswoche wandert auch die Freizeitkleidung in die Waschmaschine. Am Samstag hängen dann Wochen-Jogginghose, Wochen-Sweater respektive Wochen-T-Shirt auf der Wäscheleine in Frau Siebenkittels Garten. Hans hat von seiner Terrasse aus besten Einblick in den bescheidenen Garten von Frau Siebenkittel. Von seiner Küche aus kann er in ihre Töpfe linsen. Um in ihrem Wohnzimmer nach Frau Siebenkittel schauen zu können, muss er sich in seinem Büro etwas strecken, etwas groß machen. Das ist eine angenehme Übung. Er sitzt ja oft zu lange am Arbeitstisch. Da tut es gut, zwischendurch eine Gymnastikeinlage zu machen und nebenbei zu schauen, ob bei Frau Siebenkittel eh alles in Ordnung ist und ob sie, obwohl sie ihren Freizeitanzug schon am Montagabend mit Balsamico-Essig besudelte, diesen doch die ganze Woche über trägt.
Frau Siebenkittel reagiert nicht gleich. Hans weiß aber, dass sie

da ist. Sie kocht gerade, wenn es als kochen zu bezeichnen ist, Tiefkühlspinat in einen Topf zu werfen. Sie wird, je nachdem, wie sehr die Serie sie fesselt, die sie nebenbei zu schauen pflegt, während des Spinataufwärmens Wäsche aufhängen gehen oder eben erst nach dem Essen. Sie wird also jedenfalls bald raus kommen. Hans prüft das Paket, das für Frau Siebenkittel bei ihm abgegeben wurde. Es ist circa ein dreiviertel Kilogramm schwer, circa 50 × 30 × 8 Zentimeter groß, beim Schütteln macht es nicht den Eindruck, etwas Zerbrechliches zu enthalten. Vielleicht gönnt sich Frau Siebenkittel ja eine neue Jogginghose samt passendem Oberteil. Jedenfalls ist der Rasen trocken, das Wetter stabil. Es besteht kein Grund, weiter auf Frau Siebenkittel zu warten, es ist nicht notwendig, unbedingt in Dialog zu treten. Es genügt, wenn Hans das letzte Glied in der Lieferkette des Pakets übernimmt und dieses mit Schwung über seinen Zaun und Frau Siebenkittels Zäunchen wirft. Er hat Übung darin. Es ist fast immer beim ersten Mal angekommen, fast immer unbeschädigt. Die Schäden, die es gab, konnten stets den Lieferanten angelastet werden. Hans hielt sich schadlos. Seine Nachbarin kann froh sein, dass er seinen Wurfdienst direkt und ohne Gebühren zu verrechnen auch am Wochenende ausübt.
Hans ruft: »Postwurfsendung.«
Frau Siebenkittel antwortet manchmal sofort, manchmal mit ein paar Minuten Verspätung aber stets dankbar: »Angekommen, angenommen, vielen Dank, Herr Sagmeister.«
Wenn Frau Siebenkittel ganz besonders glücklich ist mit einem ihrer Einkäufe, sucht sie aktiv Kontakt zu Hans und will reden. Wenn die Sonne nicht zu stark scheint, es aber auch nicht zu kühl ist und Hans wirklich nichts Besseres zu tun hat, erfüllt er ihren Wunsch. Seit der Sache mit Murl gewährt Hans seiner Nachbarin öfter Nachbarschaftsparteienverkehr.

»Herr Sagmeister?«
»Sagen Sie Herr Hans, Frau Siebenkittel.«

»Herr Hans?«
»Ja, Frau Siebenkittel.«
Die Pause deutet etwas Gewichtiges an. Auch ist Frau Siebenkittel merklich zögerlicher als sonst. Sie ist an sich eine eher robuste Person.
»Wegen Murl«, bringt die ehemalige Katzen-Halterin schließlich doch raus.
»Mhm«, sagt Hans. Für Hans ist es viel lebensnaher und vor allem einfühlsamer »mhm« statt »ja« zu sagen. Auch deshalb ist er der Meinung, ein sehr guter Gesprächspartner zu sein. Nicht alle wissen das zu schätzen.
»Hier ist er, der Murl«, sagt sie und Hans schreckt auf.
»Hier in der Urne, ich hab ihn feuerbestatten lassen«, rückt Frau Siebenkittel raus und hält die Bio-Urne offenbar in ihren Händen. Hans hat diese natürlich längst gesehen. Sie steht normalerweise im Wohnzimmerwandschrank und wird nun offenbar von Frau Siebenkittel an die frische Luft ausgeführt. Murl als Trockenkater hat deutlich besser ausgeschaut als das vermutlich mickrige Aschehäufchen in diesem Vasenungetüm. Das kann Hans so natürlich nicht sagen. Hans ist kein Unmensch. Er mochte Murl nicht. Aber er mag Frau Siebenkittel nicht gar nicht. Mutter Sagmeister hat es mit einem ihrer Hallo-ich-lebe-noch-Erinnerungskärtchen einmal gut auf den Punkt gebracht. Darauf stand geschrieben: Wahrheit ist den Menschen nicht zumutbar, aber Freundlichkeit geht immer.

Der Fluss ist der große Bruder der Mauer

Die Berliner Mauer wird in Wuhan nachgebaut und zwar mit Spreewaldgurken. Die USA erhöhen den Grenzzaun zu Mexiko mit Tortillas und bauen auch eine Kanadische Mauer mit Ahornsirup statt Mörtel. Alois Mock steht an der Ungarischen Grenze und schweißt zerschnittene Zaundrähte zusammen. Die Klagemauer kann nicht klagen, sie freut sich über immer mehr Anfragen und wächst wie der Turm zu Babel gen Himmel. Chile startet per Crowdfunding das Projekt Chilenische Mauer. Chile will ins Guinness-Buch-der-Rekorde und die Chinesische Mauer als längste Befestigungsmauer ablösen – und Hans überall vor Ort und mit dabei.

Guten Morgen, mein Zaunkönig, gut geschlafen?, will die Entsorgerin wissen. Hat Hans nicht. Hans träumte wirr. Hans schläft nicht sonderlich gut seit der Murl-Sache. Es hilft ihm, dass er mit der Entsorgerin schon am Morgen wen zum Chatten hat. Die Entsorgerin versteht es, Hans abzulenken und aufzumuntern.

Wusstest du, dass die Chinesische Mauer über 21.000 Kilometer lang ist und nicht nur zum Schutz vor barbarischen Reitvölkern diente? Die Chinesische Mauer wollte auch das Volk im eigenen Land festhalten. Die Berliner Mauer ist ein noch besseres Beispiel dafür. In der DDR allerdings entwickelte sich gleichzeitig eine originelle Zaunkultur.

Zaunkultur, das gefällt mir, guten Morgen auch, werte Hofrätin. Zäune haben natürlich Kultur. Ja, Zäune markieren Grenze und Grenzen sind immer auch Zentren des Austauschs. Das war schon beim römischen Grenzwall, dem Limes, so.

Der Limes war eine Wehranlage, ein Schutzwall mit Kastellen und Wachtürmen.

Ich will noch keine Wachtürme aufstellen, betrachte aber mein bescheidenes Häuschen durchaus als eine Art Kastell und in meinem Kastell bin ich Herr und mein Kastell schützt der beste Zaun weitum.

Wusstest du, dass »Zaun« vom althochdeutschen »Thun« kommt? »Thun« stand für eine Begrenzung aus totem Material. Dieses tote Material konnte Holz, Metall oder Stein sein. Mit Steinen wurden vor zwei Millionen Jahren Feuerstellen begrenzt, um das Feuer im Zaum zu halten. Begrenzungen aus lebendem Material sind Hecken. Diese wiederum stammen von »Hag« ab. Dieses »hag« steckt heutzutage noch in Städtenamen wie zum Beispiel Kopenhagen.

In Kopenhagen war ich noch nie und das mit Hecken und mir, war nie wirklich was. Eine Hecke kann Teil des Zauns sein. Sie kann den Sichtschutzpart übernehmen. Aber auch eine Hecke braucht Stütze in Form eines Zauns oder einer Mauer.

Der große Bruder der Mauer ist der Fluss. Der große Bruder des Flusses ist der Berg. Freiheit erkennt man an ihren Grenzen.

Die Entsorgerin spornt Hans an. Für sie legt er sich gerne ins Zaunzeug.

Freiheit und Grenzen, du sagst es. Ich habe die Gemeinde gebeten, meinen Zaunverein »Freiheitswall« zu unterstützen und zu bewerben. Ich habe mitgeteilt, als Obmann und oberster Zaunhüter zur Verfügung zu stehen und hoffte, dass sich bald schon weitere Zaunwächter finden ließen, die nicht nur durch meine Siedlung patrouillieren, sondern ihr Streifgebiet durchaus erweitern wollen würden.

Jedes Grundstück hat ein Grenzgebiet, das geschützt gehört. Ein Zaun, der zwei Grundstücke trennt, erfüllt sowohl eine Ab- als auch eine Eingrenzung. Das ist im Kleinen nicht anders als im Großen. Korea beispielsweise ist seit 1953 zweigeteilt. Die Grenzzone zwischen Nord- und Südkorea ist 248 Kilometer lang und vier Kilometer breit. Im Norden herrscht ein Regime, das seine Bewohnerinnen und Bewohner im Land einsperrt. Der Süden hingegen schützt sich vor möglichen Angriffen vom Norden und ist westlich orientiert, ja setzt sogar Maßstäbe was Popmusik- und Filmproduktion betrifft und ist generell als Handelspartner für Trendartikel im Jugendsegment unersetzlich. Die

Grenzlinie der koreanischen Halbinsel darf ausschließlich zu wirtschaftlichen Zwecken überschritten werden. Auf der nordkoreanischen Seite gibt es eine Sonderwirtschaftszone. Dort produzieren südkoreanische Unternehmen mit nordkoreanischen Arbeiterinnen und Arbeitern, und die Firmen aus dem Süden zahlen dafür geringere Löhne als im eigenen Land.
Das ist für den Süden ein gutes Geschäft und auch für den Norden ist der Deal in Ordnung, denn Nordkorea erhält so dringend benötigte Devisen.
Für gute Geschäfte hat Hans immer Verständnis. Aus Südkorea hat er auch schon importiert. Ginseng-Energy-Kapseln liefen eine Zeit lang ausgezeichnet, wie auch Yuzu-Pflegeprodukte. Mittlerweile sind Food- und Beauty-Trends aus Südkorea Mainstream. Geld ist genug auf der Welt, es muss nur in die richtigen Taschen respektive auf die richtigen Konten finden. Hans ist durchaus ein geschäftstüchtiger Mensch.
Hast du Guthaben in ausländischer Währung? Was brauchst du, mein Zaunkönig, um es finanziell gut zu haben?
Ich habe Bitcoins, die hat mir meine Mutter rechtzeitig besorgt. Die kennt sich damit aus. Ich will sie vorerst nicht antasten. Ich will auf eigenen Beinen stehen. Ich werde mich sehr bald auch auf geschäftlicher Ebene ausschließlich auf Zäune konzentrieren. Im Kleinen hätte ich da ja schon beginnen wollen. Aber der Herr Bürgermeister hat mein Engagement als der Unterstützung nicht würdig eingestuft.
Schlechter Bürgermeister und gute Idee. Werde Zaungeschäftsmann, Zaunbaumeister, Zaunkaiser! Als Zaunzofe kannst du auf mich zählen.
Das ist schön.
Schön ist auch, dass du mir was überwiesen hast. Du könntest mich in Zukunft aber auch im Monatsabo haben und du könntest – mit mir als Beraterin an deiner Seite – auch Zaunkanzler werden.
Zaunkanzler?
Zaunkanzler.

Die Entsorgerin ist wirklich die bestvorstellbare Beraterin für Hans. Es gelingt ihr spielerisch, Enthusiasmus in ihm auszulösen. Hans kann sich spontan für die Idee, Zaunkanzler zu werden, begeistern. Die Idee rüttelt etwas wach in ihm und lässt ihn das Murl-Drama vergessen. Die Entsorgerin rüttelt am Freiheitswall, an Hans' großem Trauma und er scheint darüber hinweg zu sein. Er scheint seine einstige Niederlage in der Lokalpolitik verdaut zu haben und sofort bereit zu sein, erneut politische Verantwortung zu übernehmen. Es ist gerade mal zwei Jahre her, da hatte er diesbezüglich bereits erste Erfahrungen gesammelt und sogleich Lehrgeld bezahlt. Das kann er der Entsorgerin noch nicht anvertrauen, er kann sie aber fragen, was es ihrer Meinung nach braucht, um heutzutage in der Politik zu reüssieren. Das macht Hans auch. Das ist, in Anbetracht der Vorgeschichte, die es noch zu erzählen gilt, alles andere als ein leichter Schritt.
Was braucht es deiner Meinung nach, um heutzutage in der Politik zu reüssieren?
Die Entsorgerin antwortet umgehend und durchaus in seinem Sinne:
Es braucht das zeitliche Momentum, einen charismatischen Spitzenkandidaten und ein Programm, das sich in einem Satz ausdrücken lässt.
Hans ist begeistert. Hans ist entflammt. Hans schreibt:
Ha! All das haben wir, also vorerst noch ich, all das habe ich zu bieten. Ich stehe grade für meine Aussagen. Ich bin aufrecht wie ein Zaun. Ich bin finanziell unabhängig und erfolgreich in meinem Beruf. Ich habe Politik an sich nicht nötig. Aber die Politik hat mich nötig.
That's the spirit. Aufrecht wie ein Zaun ist gut und erfolgreich im Beruf auch und finanziell unabhängig ohnehin und Politik – Politik ist ein weites Feld, das eingegrenzt gehört.
Genau. Ein Feld, kein Garten. Mir fehlt nichts. Dem Feld fehlt was. Dem Feld fehlt der Zaun, um zum Garten zu werden. Erst ein Zaun macht das Land zum Garten. Das lässt sich auch auf das

Land im Ganzen umlegen. Noch herrscht Wildwuchs. Ein ordentlicher Zaun wird es im Nu zum blühenden Garten machen. Mich hat ja auch erst der Zaun zu einem freien Menschen gemacht. Die Beschränkung war meine Wiedergeburt. Warum sollte nicht das ganze Land so wiedergeboren werden? Politik ist ein unbestelltes Feld. Ich stelle Zäune auf und lasse so den Garten Politik blühen.
Das ist schön. Das ist visionär. Das ist poetisch. Du blühst der Politik.
Wir, also vorerst noch ich, blühen der Politik.
Willst du ein zartes politisches Pflänzchen oder winterhart sein?
Ich will natürlich widerstandsfähig wie eine Hecke sein. Aber ich will natürlich nicht Hecke, sondern Zaun sein.
Du willst also Partei für Zäune ergreifen, ergo musst du Zaunpartei sein, musst die Zaunpartei gründen.
Hans liest Zaunpartei und es ist um ihn geschehen. Sogleich haut er euphorisch in die Tasten:
Die Zaunpartei wird werden. Die Zaunpartei wird Fuß fassen. Die Zaunpartei grenzt sich programmatisch ab. Die Zaunpartei grenzt sich von allem, bisher in der Politik Dagewesenen ab. Der Zaun ist Programm.
Zäune für alle!
Zäune für alle!
Alle für einen – Zäune für alle!
Alle für mich – Zäune für alle!

Was ist denn Politik auch anderes, als Regelung der Angelegenheiten eines Gemeinwesens? Was ist denn Politik auch anderes, als, vereinfacht gesagt, legitimierte Reglementierung der Umgebung?
Hans war ja im Grunde längst Politiker und in seiner Siedlung nicht unerfolgreich. Er hat doch schon etliche Schritte gesetzt, um die Lebensqualität in der Siedlung zu erhöhen. Ist es doch ihm zu verdanken, dass die gesamte Siedlung nicht mehr alle paar Tage vom Rasentraktorlärm des Herrn Engelhorn wohnhaft

in Europaweg 3 belästigt wird, ihm ist es zu verdanken, dass einige amtsbekannte Raser mehrmals zur Strecke gebracht wurden. Diese Autonarren sind ja meist knapp bei Kassa. Die haben ja immer schon all ihr Geld in das Tuning ihrer Boliden gesteckt. Denen tut es ja weh, wenn sie plötzlich einen Auffahrunfall zu verantworten haben. Der alte Octavia von Hans kann mit einem weiteren Auffahrschaden leben. Der steckt den weg wie nix und wird dann ja auch wieder fix repariert und der Schaden von der Versicherung des auffahrenden Rasers, sofern er eine hat, die noch was zu zahlen bereit ist, beglichen. Über den Klagsweg dauert es halt länger, aber es tut den Rasern dann auch mehr weh. Diese jugendlichen Gemüter lassen sich ja auch so leicht provozieren. Es wurde Hans noch immer geglaubt, dass er nichts dafür konnte, dass ihn die stadtbekannten Fast-and-Furious-Fans am Heck anpeckten – selbst beim dritten Mal.

Auch deshalb ist er der Meinung, ein glaubwürdiger Mensch zu sein. Und Glaubwürdigkeit ist das A und O in der Politik: Glaubwürdigkeit und Planung. Seine Planung in Puncto Auffahrunfall-Inszenierung jedenfalls war perfekt. Mit der Entsorgerin an seiner Seite fühlt sich Hans auch was seinen politischen Plan betrifft auf der sicheren Seite. Denn mit dem richtigen Zaun bist du immer auf der sicheren Seite.

Der Zeitpunkt für die Zaunpartei ist ideal. Die alten Parteien zerbrechen. Neue Kräfte sind gefragt. Der Zaun ist eine Kraft, die Zukunft hat. Der Zaun ist ein Symbol mit Strahlkraft.

Was haben denn die bestehenden Parteien für Symbole? Keine, die einem sofort einfallen. Da eine Nelke, dort eine Kornblume, da ein paar Pfeile, die längst schon mehr nach unten als nach oben zeigen, dort ein V das nach unten weist und für »vorbei« steht.

Die Zeit der etablierten Parteien ist vorbei, die Zeit für etwas Neues ist gekommen. Es braucht nicht viel, das haben all die Neoparteien bewiesen. Es braucht einen griffigen Namen und ein einfaches Programm. Beides kann der Zaun sein. Name und Programm. Hans will nicht mehr bloß Zaungast sein. Hans will Partei ergreifen. Für sich und seine Idee Raum und Partei schaffen. Hans ist der Meinung, die Zaunpartei gehört gegründet. Er weiß, dass es dafür mehr als ihn brauchen wird, aber dass er als Spitzenkandidat und Parteigründer natürlich das Um und Auf ist und er weiß auch, dass er sich rüsten muss. Er muss an seinen sozialen wie auch an seinen Medienskills arbeiten – und er muss das Reden üben. Seine Reden müssen sich, wie das Programm, von allen anderen abgrenzen. Seine Reden müssen sitzen und die Massen in Scharen verführen.

Vom Siedlungssheriff zum Zaunkanzler

Nur zu gerne wäre Hans seinem Plan sofort gefolgt. Aber was direkt vor seiner Haustüre passierte, konnte er nicht ignorieren. Das hatte oberste Priorität.

Vor dem Haus des verstorbenen Herrn Engelhorn hielt nämlich, am Tag nach der großartigen Zaunkanzler-Eingebung, ein Umzugswagen. Ein Mann mittleren Alters stieg aus und trug zwei Katzentransportboxen in Händen. Hans war sofort auf 180, Katzenhass erfüllte ihn ganz und gar. Hans wusste, dass es nicht genügte, sich einfach zu ärgern. Der Ärger musste raus, brauchte ein Ventil. Im Laufe der Menschheitsgeschichte wurden nicht umsonst unterschiedliche Techniken entwickelt, Dampf abzulassen. Viele flüchteten sich in Rauschzustände, andere strapazierten Familie und Freunde, in letzter Zeit wurde der weltweite Ärger über alles im Internet abgeladen, als Video hochgeladen oder einfach in sozialen Medien verschriftlicht. Hans hatte seiner Entsorgerin auch schon mehr anvertraut als allen anderen, hatte aber seine eigene Methode entwickelt, mit Unmut umzugehen. Er sagte es seinem Spiegelbild. Das fühlte sich an, als wäre da ein wirkliches Gegenüber, das zuhörte. Das fühlte sich sehr gut an und es war auch eine gute Übung, die eigene Körpersprache zu analysieren und zu verbessern. Insofern war es, wenn er seinem Spiegelbild seinen Katzenhass anvertraute, eh auch konkrete Arbeit an seinem Plan. Denn es hatte eine überzeugende Rede zu sein. Das Spiegelbild musst erzittern vor dem, was ihm da entgegenschlug.

In der Öffentlichkeit sprach Hans ja nicht sehr viel, ganz verlernt hatte er es dennoch nicht. Wenn ihn Wut überkam, sprudelten die Worte nur so aus ihm. Da war die gute Kinderstube schnell vergessen. Da wurden Hirnareale angezapft, auf die Hans sonst

aktiv gar keinen Zugriff hatte. Wut war sein Motor. Wenn es ihm gelang, die Wut zu kanalisieren, konnte er alles erreichen. Wutkanzler war natürlich nicht annähernd so gut wie Zaunkanzler. Wut war bereits belegt, belegt wie Gutmenschen. Aber die Gutmenschen und die Wutbürger galt es anzusprechen, wenn er seinen Plan, Zaunkanzler zu werden, umsetzen wollte.
Hans übte also vor dem Badezimmerspiegel. Diese Bühne wurde ihm bald zu klein. Er wechselte in den Flur, dort war bei der Garderobe ein Spiegel, der zwar schmal aber lang war. Was seine Hände und Arme machten, ging da oft verloren, aber wichtig war ja auch fest verankert zu bleiben, nicht zu sehr herumzuzappeln. Hans nahm sich vor, aufrecht wie ein Zaunpfosten vor dem Garderobenspiegel Stellung zu beziehen und es den Katzen und dem Spiegel ordentlich reinzusagen. Er begann, wie er schon immer alles begann.

Nein, nicht schon wieder Katzen! Katzen müssen weg. Murl war lästig genug. Katzen sind die Hunde der Menschen, die zu faul sind zum Gassigehen. Katzen haben einen viel zu guten Ruf, einen geradezu irrational guten Ruf. Obwohl die Zeichentrickfilmindustrie jahrelang äußerst erfolgreich daran gearbeitet hat, Katzen als dumm darzustellen. Vielen Dank, für die Blumen – Tom & Jerry. Aber Tom ist eben mehr Kater als Katze. Tom ist ein dummer Kater. Kater ist zu recht der Ausdruck für alkoholüberdosisbedingte Unpässlichkeit. Ja, Kater tun weh, Katzen schmerzen. Das Miau-Vieh kann mir gestohlen bleiben. Katzen tun so pseudoschlau. Katzen sind ein einziges akustisches Ärgernis. Katzen schnurren, doch schnurren kann mein Kühlschrank auch. Besser als alle Katzen dieser Welt schnurrt mein Rasenmähroboter und Romähn schnurrt nicht nur, er mäht auch noch dabei. Das können Katzen nicht. Was Katzen können, ist einem die Haare vom Kopf zu fressen. Denn Katzen sind äußerst heikel. Früher begnügten sich Katzen mit einem Schälchen Milch und Trockenfutter, das ausschaute, wie Kot von Wildtieren aus ganz kargen Gebirgsregionen. Heute essen Katzen besser, gesünder, ernährungstechnisch ausgewogener als der Großteil der Gesamtbevölkerung – Katzenhalterinnen und Katzenhalter inbegriffen. Wieso sagt man eigentlich bei Hunden Frauchen und Herrchen und bei Katzen Halterinnen und Halter? Vielleicht weil sich die Katze ihre Menschen hält? Die Katze jedenfalls kriegt Bœuf Stroganoff mit Erbsen und Möhrchen in reduzierter Rotweinschmorsoße, die Halterinnen und Halter fressen Tiefkühlkost. Die Katze kriegt freitags Sardinen aus Sardinien, Lachs aus Laxenburg, Karpfen aus Kapfenberg, Kraken aus Krakau und Goldbrassen-Nuggets vom Gourmetlieferservice. Die Halterinnen und Halter fressen frittierte Dorschlochstäbchen. Katzen sind unser aller Ruin. Wir fressen uns unglücklich zu Tode. Katzen werden glücklich fett und schnurren sich vor innerlichem Lachen über uns einen Ast ab. Hab ich vorher gesagt, Katzen fressen einem die Haare vom Kopf? Das stimmt, gleicht sich aber insofern wieder aus, als einem Katzen auch zuverlässig das Eigenheim vollhaaren. Katzenhaare überall. Da braucht es keine Katzenallergie, um das abscheulich zu finden. Katzenhaare versauen jedes Kleidungs- und Möbelstück. So viel können Kleinkinder gar nicht kacken, dass sie mehr Wohnungsverwüstung anrichteten als es Katzen mit ihrem Haarausfall permanent machen. Und dann haben Katzen auch noch Krallen. Wenn sie die wenigstens verlören – aber nein, die schärfen sie und zwar an allem, vorzugsweise an neuen, teuren Möbeln. Kein Polstersessel ist sicher vor der Katzenkrallenwetzerei. Keine Couch hat eine Chance, länger als ein Jahr zu überleben. Jede Matratze schaut nach einem Jahr Katzenkrallenbearbeitung dermaßen aus, dass sie nicht mal mehr von den durchgeknallten, Crackpfeife rauchenden Boys aus dem Scherbenviertel der Vorstadt als Unterlage für die Ausübung ihres Hobbys akzeptiert wird. Katzen sind fellgetarnte Zerstörungsmaschinen. Katzen sind Wölfe, die schnurren und uns heulen machen. Katzen sind eine einzige Tragödie. Nein, noch schlimmer, Katzen sind ein Erfolgsmusical. Musicals sind Folter für musikalische Ohren und Cats ist die perfideste, grausamste Musicalmarter, die je aufgeführt wurde. Cats gehörte längst abgeführt und exekutiert und gleich zwei neue Katzen in der Nachbarschaft ist wie Cats in voller Lautstärke im Kopfhörer in alle Ewigkeit.

Nein, Amen sagte Hans nicht. Vielleicht sagte er auch nur fünf Minuten lang »Neinneinnein-Katzen-Neinneinnein«, schüttelte wild seinen Kopf und stampfte mit dem Fuß energisch auf den Boden. Wer weiß, er selbst konnte es auch nicht genau sagen. Er war außer sich und hatte sich jedenfalls in Trance geredet. Wie auch immer. Es war ein ungemein beglückender Zustand. Hans wusste nicht, wie er in den Garten und in Romähns Abstellhütte gekommen war. Er war aber dort, lag zufrieden am Boden und umarmte seinen Rasenmähroboter. Hans war glücklich, Romähn im Standby-Modus.

Wenn Reden im Stande waren, derartige Glücksgefühle auslösen zu können; wenn Hans im Stande war, Reden zu halten, die ihn derart berauschten, dann musste er das öfter machen. Hans nahm sich fest vor, im Geheimen fleißig weiter zu üben. Dinge, die ihn ärgerten, gab es ja genug, und wenn er sich dann bereit für den großen Auftritt außerhalb seines Reviers fühlte, dann würde es schnell nach oben und ins Fernsehen, auf die Titelblätter und in die Köpfe aller gehen.

Hans hatte Blut geleckt, vergaß aber gleichzeitig nicht darauf, sich vorerst um das Naheliegende zu kümmern. Es galt einen neuen Nachbarn einzuschulen. Es galt zu verhindern, dass der Neonachbar sich breit machte, ohne vorher ordentlich in die hiesigen Gebräuche und Regeln eingeweiht worden zu sein. Das war die prioritäre Arbeit und das war ja eben auch politische Arbeit, siedlungspolitische Arbeit. Hans hatte nichts dagegen, sich von der Nachbarschaft ausgehend hoch zu arbeiten. Erst galt es den neuen Nachbarn von seinem Zaunprogramm zu überzeugen, dann das ganze Land. Hans war bereit, die Karriereleiter hoch zu klettern: vom Siedlungssheriff zum Zaunkanzler.

Weil ... Zaun

Seit dieser Erweckung ist Hans der Meinung, einen Plan zu haben. In Wahrheit hat er nur ein Ziel aber keine Ahnung, wie Politik funktioniert. Er ist der Meinung, dass ihm das nicht schadet. Im Gegenteil. Er will einfach anders sein. Dass es dabei nicht schadet, zu wissen von wem man sich wie unterscheidet, hält Hans für entbehrlich. Da orientiert er sich an der landläufigen Meinung die Politikerinnen und Politiker betreffend: Sind eh alle gleich. Dass es durchaus seine Tücken hat, in der Öffentlichkeit zu stehen, musste er bereits einmal schmerzhaft erleben, doch scheint er es erfolgreich verdrängt zu haben.
Er spricht nicht gerne darüber, wie er unangenehme Erfahrungen mit der Lokalzeitung gemacht hat. Aber nachdem er von der Stadt hierher gezogen war, um einen Neustart zu versuchen, wollte er sich auch in der Gemeindepolitik engagieren. Er gründete die Interessensgruppe Freiheitswall, denn Verein war das keiner, solange die Interessensgruppe bloß aus Hans selbst bestand. Er vertraute aber darauf, dass sich Freiheitswall-Sympathisanten finden würden, die dann die Basis für seine gleichnamige Liste bilden sollten. Die Wahlen in Brombachkirchen standen an. Hans fühlte sich bereit und dann gab es auch schon ein Interview in den Niederösterreichischen Nachrichten. Eine Redakteurin aus dem Nachbarort war für den Lokalteil zuständig und hatte Wind davon bekommen, dass es da einen Neuen in der Europaweg-Siedlung gab, der sich in der Gemeindepolitik engagieren wollte. Sie kontaktierte Hans per Mail und fragte, ob er an einem Interview interessiert wäre. Das war er und bat darum, die Fragen per Mail zugeschickt zu bekommen, um in Ruhe antworten zu können. Hans las sich durch, was Frau Schrammek wissen wollte und entschied sich für eine einheitliche Strategie. Es war sein

erstes und bislang einziges Interview. Er griff also auf Bewährtes zurück.

Herr Sagmeister, Sie wollen in den Gemeinderat von Brombachkirchen einziehen. Haben Sie Erfahrungen im politischen Bereich?
Nein.
Waren Sie jemals Klassensprecher oder Studienrichtungsvertreter?
Nein.
Haben Sie an Demonstrationen teilgenommen?
Nein.
Herr Sagmeister, haben Sie vor, Ihre Tätigkeit als erfolgreicher Großhändler zugunsten der gemeindepolitischen Arbeit zu reduzieren?
Nein.
Sind Sie mit der gegenwärtigen Politik zufrieden?
Nein.
Haben Sie sich schon mit dem amtierenden Bürgermeister und künftigen Konkurrenten getroffen?
Nein.
Wird Ihr Wahlkampf von einem Sponsor oder Investor unterstützt?
Nein.
Haben Sie Angst davor, zu wenig Unterstützungserklärungen zu bekommen?
Nein.
Glauben Sie nicht, dass es zu wenig ist, immer einfach anders sein zu wollen?
Nein.
Können Sie potenziellen Wählerinnen und Wählern einen Abriss Ihrer Ziele geben?
Nein.
Glauben Sie nicht, dass Sie mit Ihrem Programm zu einseitig aufgestellt sind?

Nein.
Warum ist es Ihnen ein Anliegen, in den Gemeinderat einzuziehen?
Weil … Zaun.

Hans war durchaus zufrieden mit seinen Antworten und schickte das Dokument retour. Die Redakteurin meldete sich kurz danach per Telefon, um nachzuhaken.
»Bitte sprechen Sie jetzt«, sagte Hans.
»Ähm, ist das der Anrufbeantworter oder was?«, fragte die NÖN-Redakteurin.
»Nein«, sagte Hans.
»Gut. Herr Sagmeister. Schrammek von der NÖN. Wir haben gemailt. Also, wegen des Interviews. Entschuldigung, Herr Sagmeister, aber Sie haben sich da schon bloß einen Scherz mit mir erlaubt oder?«
»Nein.«
»Ähm, wie bitte?«
»Nein.«
»Ich versteh. Aber haben Sie unseren Leserinnen und Lesern denn gar nichts zu sagen?«
»Nein.«
»Ist das nicht etwas dürftig?«
»Nein.«
»Glauben Sie nicht, dass man bei einem Interview ein bisschen mehr anbieten soll?«
»Nein.«
»Aber erwarten Sie sich da jetzt Begeisterungsstürme und Massenhysterie oder was?«
»Nein.«
»Mehr ist also nicht aus Ihnen rauszukriegen?«
»Nein.«
»Sollen wir das Interview also einfach vergessen?«
»Nein.«

»Okay, soll ich auflegen?«
»Nein.«
»Ist Nein Ihre Antwort auf alle Fragen?«
»Nein.«
»Was dann?«
»Zaun.«
»Nein, echt jetzt? Einfach Zaun? Warum?«
»Weil … Zaun.«
»Okay. Ist notiert. Wollen Sie irgendeine Ihrer Aussagen vielleicht etwas ausschmücken?«
»Nein.«
»Dann brauch ich Ihnen das Interview auch nicht zum Gegenlesen schicken?«
»Nein.«
»Darf ich Ihnen abschließend noch einen Tipp geben?«
»Nein.«
»Himmelhergott! Dass wir das Interview nicht bringen, wollen Sie aber auch nicht oder?«
»Nein.«
»Na also. Letzte Möglichkeit, Herr Sagmeister. Sollen wir an dem Ganzen vielleicht nicht doch was ändern?«
»Nein.«
»Gegen die Verwendung des Fotos, auf dem Sie mit ihrem Rasenmähroboter vor ihrer Zaunanlage posieren, haben Sie aber nichts?«
»Nein.«
»Dann brauch ich mich jetzt wohl auch nicht bei Ihnen bedanken?«
»Nein.«
»Na dann, Herr Sagemeister. Auf Wiederhören.«
»Nein.«

Frau Schrammek hat das Interview tatsächlich untergebracht. Mit dem Titel »Der Nein-und-Zaun-Sager« bekam Hans Sagmeister immerhin eine halbe Seite. Das bunte Foto eines gepflegten

Gartens samt Mähroboter und Gründer des Vereins »Freiheitswall« machte sich gut. Frau Schrammek hielt sich im Leadtext kurz. Sie schrieb:
Es wurde uns sicher allen schon mal gesagt, wir sollen lernen, öfter Nein zu sagen. Wenn Sie sich schwer damit tun, hier ist ein Lehrmeister. Hans Sagmeister ist der größte Neinsager zwischen Unterbrombachkirchen und Oberstockstall. Lokalreadakteurin Magdalena Schrammek hat den Gemeinderatsanwärter erst um ein schriftliches Interview gebeten und dann auch noch mit ihm telefoniert. Viel zu sagen hatte er nicht. Aber er hat eine Mission: Er baut auf Neinsagen und Zaunvertraun.
Dann folgte wortwörtlich der schriftliche und mündliche Teil des Interviews. Zu sagen, der Artikel hätte eingeschlagen wie eine Bombe, wäre übertrieben. Ja, nun kannten alle in der Siedlung den recht bald nach seiner Ankunft so genannten Zaunspinner vom Europaweg 7. Aber Unterstützerinnen und Unterstützer meldeten sich nicht gerade rasend viele. Sabine Siebenkittel äußerte sich amüsiert über das Interview. Herr Engelhorn kommentierte als Gast im NÖ-Forum als Erster.

Gast: Braucht die Welt einen Sagmeister, der nicht mehr zu sagen hat als Nein? Braucht die Gemeinde Nein-Sagmeister? Braucht die Siedlung einen Sagmeister? Antworten bitte an Alfred Engelhorn, Europaweg 3, Unterbrombachkirchen. Bei drei richtig originellen Antworten gibt es eine Überraschung.
Keppler: Ähm. Per Schnecken-Post oder was? Kann ich nicht einfach auch hier?
Gast: Ich bin hier sonst eigentlich nicht.
Keppler: Na wo leben denn Sie?
Gast: Siehe oben.
Keppler: Ich mein. Sie kommentieren offenbar gerne. Da müssten Sie doch in Foren zuhause sein. Hier gibt es immer was zu kommentieren. Schließen Sie sich uns an. Wir nehmen Sie gerne auf in unseren Kreis.

Gast: (tippt)
Administrator: Ihr Gast-Account ist mit drei Freieinträgen erschöpft. Sie können sich gerne registrieren und anmelden.

Das war's. Mehr Resonanz war nicht. Vorerst. Hans hatte sich lächerlich gemacht. Klar fanden sich ein paar halblustige anonyme Pseudo-Unterstützer, die Flugblätter in Umlauf brachten, die dann auch tatsächlich ausgefüllt und unterschrieben bei der Gemeinde einlangten, also zumindest von ein paar Menschen dann doch ernst genommen wurden.

Sind Sie der Meinung, Hans Sagmeister gehört in den Gemeinderat?

O Ja O NEIN O Vielleicht

Warum unterstützen Sie ihn dennoch?
Weil Zaun.

________________________ Ort, Datum, Unterschrift

Die Gemeinde jedenfalls hatte sich damit zu beschäftigen und Hans Sagmeister distanzierte sich nicht dezidiert von den Flugblättern im Umlauf. Insgeheim freute er sich sogar ein bisschen, dass es doch ein paar Leute gab, die auf seiner Seite waren. So zumindest rückte er das für sich zurecht. Gültige Unterstützungserklärungen waren das freilich nicht. Das Ganze, die Idee mit der Liste »Freiheitswall« in den Gemeinderat von Brombachkirchen einziehen zu können, war nicht einmal eine Schnapsidee. Es war ein Schuss vor den Bug, ein Rohrkrepierer, eine Blamage. Es war das, was Hans Sagmeister gerade noch gefehlt hatte, was ihn zur Strecke brachte und vollends fertig machte. »Freiheitswall« wurde keine Liste und war auch kein Verein. Es war nur in seinem Kopf ein Verein. In der Praxis brauchte es dazu mindestens drei Personen, Romähn und der Zaun konnten diese Positionen nicht offiziell übernehmen.
Hans fühlte sich erneut verlacht und ausgegrenzt. Er zog die

Konsequenzen. Er verzichtete auf weiteres gemeinnütziges Engagement über die Siedlungsgrenzen hinaus, zog sich aus der Öffentlichkeit zurück, konzentrierte sich auf seine unmittelbare Umgebung und verlagerte seine Präsenz ins Internet. Er hinterließ Spuren in zahlreichen Foren rund um das Thema Bürger*innenbeteiligung und Abgrenzung und schrieb die Plattform Zaunpedia voll mit seinen Sichtweisen. Zum Beispiel so:

Nein, ein Poller ist kein Zaun. Auch zwanzig Poller sind kein Zaun. Aber zwanzig Poller sind natürlich besser als gar keine Eingrenzung. Ein Poller ist eine Barriere, ein Hindernis, erschwert den Zugang, aber verhindert ihn nicht. Eine Polleranhäufung ist eine nicht ganz fertig gedachte Mauer. Poller sind halbherzig. Poller sind ein einziger Kompromiss. Poller sind zwar kurzzeitig ein Politikum geworden, aber mit Pollern ist nichts aufzubauen, mit Pollern ist nichts zu schützen, mit Pollern haben die etablierten Parteien uns alle hingehalten.

Städte sind mittlerweile regelrechte Polleraufläufe und Wien ist Pollermetropole! Aber all diese Poller sind versenkbar, nicht von Bestand. Das sind vollautomatische, volldigitalisierte, vollkommen sinnlose Poller, denn sie können gehackt werden. Ein Eingriff in das städtische Kontrollsystem und alle Poller der Stadt versinken vor Ehrfurcht im Boden und bleiben dort, so lange der Eingreifende will. So ein Eingriff ist keine Kunst. Neulich wurde das Geläut des Wahrzeichens der Stadt gehackt. Um drei Uhr früh erzitterte der Glockenturm des Stephansdoms und die Stadt rundum mit ihm. Alle dachten an einen verrückt und hyperaktiv gewordenen Mesner, quasi einen Quasimodo außer Rand und Band. Aber nein, der Angriff wurde von einem Wohnzimmer aus getätigt. Poller sind also keine Lösung.

Der sogenannte Anti-Terror-Poller ist einen Meter hoch und hat einen Durchmesser von 32 Zentimetern. Das Rathaus ist mit 78 strammen Pollern ein Zentrum der Sperrpfosten. Ein Angriff auf diese vermeintlich sichere Pollerbastion würde sich lohnen, um zu zeigen, dass nichts über einen Zaun, aber alles durch Poller geht. An sich sind Poller in Städten ja nichts Neues. Man kennt den Kreuzberger Penis, dieses gekrümmte Eisenpollerchen. 1987 bei den Krawallen am 1. Mai in Berlin Kreuzberg wurde Pollerflug-Alarm ausgerufen. Zuständig für die städtische Verpollerung ist der Arbeitskreis Stadtmöblierung und man spricht mittlerweile von Funktionspollern. 51.000 stehen allein in Wien. Poller boomen.

Einst war der Poller bloß ein Pflock an Piers zur Befestigung der Schiffsleine – jetzt ist der Poller ein Stadtmöbel. Das ist der richtige Ansatz, er muss nur weitergedacht werden. Der Poller ist ein Melkschemel, der Zaun ist eine Couch. Ja, ein guter Zaun schafft Gemütlichkeit und sorgt für Entspannung.

Wir müssen uns den Zaun als glücklich machendes Möbel vorstellen. Seit 1894 werden hierzulande Pflocks produziert. Durch Begegnungszonen und neue Verkehrskonzepte war der Poller an sich im Rückmarsch, jetzt aber, aufgrund des subjektiven Unsicherheitsgefühls, das es von uns zu schüren gilt, kehren die Poller zurück. Dennoch: Ein Poller ist kein Zaun. Aber natürlich bin ich nicht gegen Poller. Ich bin pro Poller. Wo heute Poller blühen, könnten morgen die schönsten Zäune sprießen. Was aber passiert? Es werden Pflanzentröge aus Sichtbeton installiert, massive, ellipsenförmige Betonwannen, die als Schutzelemente und Rammschutz dienen und Amokfahrten verhindern sollen. Ja, wir leben in verpollerten und verbetonwannten Zeiten, machen wir Zaunzeiten daraus.

Auf Zaunpedia waren solche Artikel immerhin noch möglich. Aber mehr als eine Woche überlebte sein Beitrag auch dort nicht. Die Community fand ihn in Summe doch zu tendenziös. Das verletzte Hans natürlich, er redete sich aber ein, noch alles im Griff zu haben. Hans schlief schlecht, träumte viel und führte Protokoll darüber:

Der Mensch neben mir schaut merklich zerknittert aus und hat offensichtliche Kussschäden am Hals. Ich will das nicht gewesen sein. Das Bett ist nicht meins. Das Zimmer kenne ich nicht. Der Ausblick bloß eine graue Fassade. Vom Himmel keine Spur. Es schnurrt unter der Bettdecke. Romähn fräst sich durchs Laken. Auf seinem Display blinkt: »Leckerli her, Leckerli her, Leckerli her.« Ich schrecke zurück, falle aus dem Bett und wache auf. In den Nächten vor dem Vollmond werden die Träume immer intensiver. Tagsüber bleibe ich sicherheitshalber zu Hause.

Diesen Ratschlag an sich selbst beherzigte Hans auch. Außer es galt, Zaunrecherche zu betreiben. Denn wenn wo medienwirksam neue Zäune entstanden, war Hans dabei. Wenn er von seiner Zauncommunity erfuhr, dass irgendwo was Großes im Bau war, war er vor Ort. Das Errichten des Außenzauns als zusätzlichen Schutz um den Tiergarten war eine der ersten Maßnahmen der neuen Zoo-Direktorin der Hauptstadt. Das war eine weise Entscheidung. Kein Zoo ohne Zaun. Die Pressesprecherin des Zoos beteuerte, dass Zäune im Tiergarten grundsätzlich tief in den Boden hineinreichten, damit Beutegreifer sich nicht durchgraben könnten. Sie räumte aber ein, dass Angriffe dennoch vorkommen könnten. Dass die Käfige der Schwalbensittiche zusätzlich durch einen Stromzaun gesichert wurden, erklärte sie. Die Maschenweite in ihren Volieren wäre zudem so gewählt, dass keine Beutegreifer in die Anlage hineinschlüpfen könnten. Aber Angriffe kämen dennoch vor. Das wehrhafte Halsbandpekari wäre nicht gefährdet, die so grazilen wie fragilen Flamingos schon. Die bloße Präsenz von Mardern oder Füchsen könne dazu führen, dass beispielsweise Schwalbensittiche in Panik geraten und sich in ihrer Hektik zu Tode flatterten. Hans befasste sich mit dem Tod, dem Glauben und dem Zaun. Und er verfasste sogar ein Zaunglaubensbekenntnis.

Das alles half. Nachbarin Siebenkittel schaute nach ihm, wenn sich tagelang nichts rührte auf seiner Seite. Sie empfahl ihm schließlich, nicht ganz eigennützig, die Entsorgerin. Sabine Siebenkittel kannte sich aus in der Internetseelsorge. Sie wusste, dass er sie beobachtete. Sie hatte allerdings fortan ebenso ein Auge auf ihn, ein digitales Auge. Hans erholte sich langsam. Sabine profitierte davon. Dann geschah die Sache mit Murl. Sabine verdächtigte Hans nicht und Hans stellte die Falle ja auch nicht für Murl auf. Die Falle galt den Füchsen. Denn schlimmer als Katzen sind für Hans nur die Füchse. Ja, Hans hatte Katzenwut entwickelt, weil er sich nicht verzeihen konnte, Murl getötet zu haben. In Hans Kopf schoss die Katzenwut kreuz und quer und versuchte so die Murl-Sache vergessen zu machen. Wirkliche Wut hatte Hans aber auf Füchse. Auch davon kann der Spiegel im Flur allerhand erzählen. Bis vor kurzem vertrat Hans die Ansicht, die Kürschnerei könne gerne eine aussterbende Zunft sein. Seit er im Fokus der Füchse ist, will er Füchse sterben sehen und sie, auf dass sie wenigstens einen Nutzen haben, verarbeitet wissen zu Gebrauchsgegenständen. Hans könnte sich mittlerweile sehr gut vorstellen, einen Wintermantel mit Fuchsschwanzkragen zu tragen. Auch ein Fuchspelzmuff erscheint ihm die gerechte Bestimmung dieser Plagen zu sein. Seine Nachbarinnen und Nachbarn hat er noch nie über die Füchse klagen gehört. Also haben es die Füchse dezidiert auf Hans abgesehen, haben sich auf ihn und sein Hab und Gut eingeschworen, ja, geradezu eingeschossen. Die Füchse wollen Hans nicht nur provozieren, sie fordern ihn regelrecht heraus, den Kampf mit ihnen aufzunehmen. Hans scheut keinen Kampf. Er ist ein kampferprobter Mensch. Kampf ist der cholerische Bruder der Auseinandersetzung, notiert Hans im Muttersätzeheft.

Hans soll hier nicht zum Märtyrer gemacht werden. Dennoch muss seine Vorgeschichte erzählt werden, um zum Hauptteil gelangen zu können. Die vielen Tiefen sind wesentlich für die von Anfang an in Aussicht gestellten Höhen. Die Geschichte von Hans Sagmeister ist eine Berg- und Talwanderung über Stock und über Stein – und an Zäunen entlang. Denn Hans ist Österreich.

Land der Berge
Land der Zäune
Land der Stadel
Nicht der Scheune
Land der Mauern, Gitterreich
Heimat großer Filze, Sümpfe
Volk so blitzblau wie die Schlümpfe
Viel verblümtes Österreich

Teil 2:

Der Katzenwüterich
oder:
Die Verpuppung

»Es besteht keine Verpflichtung, eine Katze in der Wohnung/im Haus zu halten bzw. kein Verbot, sie frei laufen zu lassen. Ein Anspruch darauf, dass die Nachbarin/der Nachbar es unterlässt, die Katze frei laufen zu lassen, besteht grundsätzlich nicht. Daher entscheiden die Gerichte in der Regel katzenfreundlich.«

https://www.oesterreich.gv.at/themen/bauen_und_wohnen/stoerungen_durch_nachbarn/verunreinigung_durch_katzen

Geduld ist das Öl der Pfanne Leben, in die wir alle gehauen werden

Marlon parkte den Umzugswagen direkt vor seinem neuen Heim im Europaweg 3. Zur Besichtigung war er, gemeinsam mit Sabine, vor zwei Tagen schon mal kurz hier und hatte sofort zugesagt. Sabine hatte Kontakt zum Sohn vom verstorbenen Herrn Engelhorn. Dieser wiederum war sehr froh, dass er sich nicht um die Vermietung kümmern musste. Er trauerte noch um seinen Vater. Das Begräbnis ließ er sich was kosten. Rasche Mieteinnahmen waren ihm mehr als recht.

»So, ihr zwei Schmuseschnuckelchen, jetzt haben wir es gleich geschafft«, flötet Marlon. Marlon spricht viel und gerne mit seinen Katzen. Marlon liebt es auch, sein Tun zu kommentieren. Man muss das nicht Selbstgespräch nennen. Marlon redet einfach gern und nützt jede Gelegenheit, die sich anbietet. Er braucht nicht unbedingt einen Adressaten. Seine Katzen sind ohnehin immer für ihn da und können sich angesprochen fühlen, wenn sie wollen.

»No pressure!«, sagt Marlon. Denn er hat sich viele Redewendungen und Worte angeeignet, die im Netz und in der Popkultur kursieren.

»Sweet new home, we're coming. Ja, da könnt ihr schon maunzen und wie ihr das könnt. OMG, seid ihr tolle Maunzemiezen. Ihr werdet euch hier pudelwohl, haha, Pudel ihr werdet euch hier wildkatzenwohl fühlen. Schaut euch mal die Gärten an. Ja, ja, schaut nur. So viel Platz. So viel Auslauf. Da schaut ihr aber, was?« Marlon stellt auch gerne Fragen in den Raum und fühlt sich selbst persönlich herausgefordert, möglichst viele Kosenamen für seine Haustiere zu finden.

Weil Sabine vermittelte, war Marlon der Erste, der sich für das

Häuschen im Europaweg interessierte und bekam auch gleich den Zuschlag. Miete zwar, aber für ein Eigentumeigenheim reicht es noch nicht. Er ist gerade in Bildungskarenz. Neuorientierung und eventuell eine Ausbildung zum Personal Coach stehen an.
»Der neue Nachbar schaut auch schon. Seht ihr, wie er schaut?«, fragt Marlon und nun dreht er sich auch zu Mini & Cooper und sucht Augenkontakt. Mini starrt zurück, Cooper leckt sich den Hintern.
»Der freut sich schon auf euch. Der ist sicher ein Katzenfreund. Wer Katzen mag, kann kein ganz schlechter Mensch sein, sag ich immer. Und was sag ich noch immer?«
Marlon mochte diese Frage-Antwort-Spielchen aus Kindergartentagen oder dem Kasperltheater. Er machte da immer begeistert mit und weil er mittlerweile zu alt für Kasperltheater ist, veranstaltet er sein persönliches Katzentheater. Mit Mini & Cooper kann er seine Spielchen treiben, so lange er will, und Marlon hat immer Lust auf Spielchen und Schabernack. Schabernack befindet sich in Marlons aktivem Wortschatz.
»Na, sagt, sagt es mir, ihr Schnurrschmeichler, ihr Krallenfellknäuel, ihr Liebesbrummer, ihr. Ach, ihr macht mich ganz wuschi, ganz felli, ganz glücklich. Ja, ihr macht mich ganz gluckeglücklich und ihr werdet sehen, wir werden hier alle ganz gluckeglücklich werden, weil niemand was anderes im Sinn hat, als in seinem Heim Frieden und Freude und Liebe und Katzen zu schmiegen und pflegen und herzen und schmusen zu wollen. Ja, im Grunde wollen wir alle nur schmusen.«
Marlon schmust gerne, hat aber aktuell, von der Liebe zu Mini & Cooper abgesehen, keine feste Beziehung. Es kommen nicht alle damit klar, dass Mini & Cooper Vorrang haben. Der Weg zu Marlons Herz führt über die beiden. Wer das erkennt, hat leichtes Spiel mit Marlon. Denn Marlon ist ein wirklich offener Mensch.
»Der Nachbar will sicher auch mit euch schmusen. Seht ihr, wie er euch anschaut? Seht ihr? Na, der wird noch schauen, wenn er euch kennenlernt. Der wird euch auch haben wollen, aber ihr

seid mein, seid meine Tatzenfriends, seid meine Knitteröhrchen, seid meine Schweifwedelverwöhnis.«
Marlon hat die Elementarpädagogen-Ausbildung absolviert, ist dann aber als Kindergartenonkel gescheitert. Er geriet an eine Chefin vom alten Schlag und in Union mit einigen wenigen sehr konservativen Eltern gelang es dieser Allianz der Intoleranz, den jungen, ambitionierten Onkel Marlon schon nach wenigen Monaten abzusägen.
Das vernichtende Urteil lautete: *Unangebrachter Sprachgebrauch, zweifelhafte Wertvorstellungen, unangepasst im Umgang – Berufsverfehlung*. Dabei war Marlon sehr wohl sehr umgänglich.
»Ja, Minimein, der wird euch haben wollen. O ja, Cooperdiduper, das wird er.« Ja, Marlon liebt Wiederholungen.
»Aber ich kann schon auch teilen. Cause sharing is caring. Eine gute Nachbarschaft ist ein Segen. Schlechte Nachbarn sind wie Dauerregen. Haha, der war gut. Oder?« Marlon bittet seine Katzen oft um Bestätigung. Er ist bereit, jeden Mucks als Zustimmung zu deuten. Mini fixiert ihn nach wie vor. Cooper ist noch immer mit seiner Körperpflege beschäftigt.
»Na, dann werden wir schauen, dass wir hier den Haus- und Nachbarschaftssegen gleich gut aufhängen. Eine friedliche Siedlung, gepflegte Gärten, nette Menschen: tipptopp Vorstadtidylle. Ihr werdet hier sicher bald Freundinnen und Freunde und Spielkameradinnen und Spielkameraden finden, aber sicher werdet ihr das. Egal ob Mensch oder Tier. Wir Menschen sind auch nur Tiere mit Ablauffrist auf diesem Planeten.« Marlon hat ein Herz für alle Lebewesen.
»Wir Menschen sind auch nur Tiere, die so viel nicht können, was ihr könnt. Wir Menschen könnten noch so viel lernen von euch, wenn wir nur könnten. So wie auch das Herrchen bald neue Freundinnen und Freunde finden wird und die Sabine immerhin, die kennt ihr ja auch schon. Die hat euch auch schon mal auf den Arm genommen. Haha, der war auch nicht schlecht.« Marlon reimt gerne und macht Wortwitze, die er meist mit einem »Haha«

markiert. Das macht es seiner Umgebung leichter, darauf entsprechend zu reagieren. Wenn Marlon etwas stört, dann, wenn er sich um sogenannten Schmäh in der Kommunikation bemüht, also Witze einbaut, diese dann aber untergehen. In der Hitze des Gesprächs nicht wahrgenommen werden. Weil er fühlte, dass ihn das über Gebühr ärgerte, führte er die Haha-Markierung ein. Seither ist immer alles klar und zumindest Marlon hat seinen Spaß und keinen Ärger mehr.

»Ja, auch das Herrchen wird wen finden. Aber sicher wird es das. Denn das Herrchen ist, wie ihr, ein guter Mensch. Und ihr seid mir die besten Menschen, die ich mir vorstellen kann, nur dass ihr Angorakatzen seid. Aber da ist Herrchen nicht so. Wir sind alle gleich: Tier, Pflanze, Pilz, Stein, Stern, Mensch. Das Universum ist groß. Wir sind ein Klitzekleinchen davon und ihr seid meine Kitzelkleinchen, meine Kraulfellchen, meine Streichelwürstchen.« Durch die Direktvermittlung konnte sich Marlon wenigstens die Maklergebühr ersparen. Er wollte raus aus der Stadt und mehr Platz haben. Mini & Cooper wussten nicht, was sie erwarten würde. Sie waren nicht unzufrieden in der Stadtwohnung, führten ein relativ gefahrloses Leben dort. Nicht sehr aufregend, aber eben auch nicht gefährlich.

»Ist ja vergleichsweise ein Schnäppchen, dieses Häuschen, und wird nun unser neues Heimchen. Dein Heimchen, dein Heimchen, mein Heimchen – unser Heimchen. Denn, wo ihr seid, bin ich daheim. Wo ihr schnurrt, fühl ich mich zu Hause. Wo ihr eure Krallen in den Türstock nagelt, fühl ich mich behaglich. Kein ich ohne euch. Ihr seid ohnegleichen und zusammen sind wir unschlagbar, unpackbar süß und ungemein allgemeinverträglich.« So lautet die Selbsteinschätzung. Aber bekanntlich kann es auch beim Aufeinandertreffen von Gutmenschen krachen und darum gehen, wer nun der Besser- und der Bestmensch ist.

»Wir müssen nicht alle lieben, aber wir können. Wir müssen nicht von allen geliebt werden, aber wir haben das Zeug dazu. Wir haben jede Menge Zeug, brauchen aber an sich nur einander und die zwölf Umgzugskartons sowie die paar geerbten Familienmöbelstücke, die Flohmarktschätze und die Kaffeemühlensammlung. Den Kratzbaumdschungel werden wir zwar noch aufstellen, aber den wird es nicht mehr lange brauchen, bei all den Möglichkeiten, die es hier gibt, die Krallen zu wetzi-wetzen.«

Durch unnötige Verniedlichung von Wörtern verstört Elementarpädagoge Marlon Wechselbaum die Kinder und behindert dadurch ihre natürliche Sprachentwicklung.

Marlon betrachtet sein Kündigungsschreiben als Adelung seiner Qualitäten. Er hat sich seine Individualität erarbeitet und ist stolz darauf.

»Jetzt befrei' ich euch erstmal aus diesen unmenschlichen Boxen. Unmenschlich, haha! Aus diesen tierischen Boxen. Tierisch, haha! Aus diesen untierischen, unkätzischen, diesen kätzerischen Transportboxen und entlasse euch in die Freiheit.«

Hans hat es sich auf seiner Terrasse gemütlich gemacht. Der Terrassentisch ist an sich zu groß für ihn allein. Hans hat ihn, wie das gesamte Mobiliar, vom vorherigen Besitzer übernommen. Er hat seinen fixen Sitzplatz, von dem aus er die beste Sicht auf das Geschehen hat. Vier der Sessel könnte er an sich im Keller verstauen, aber er fühlt sich mehr in Gesellschaft, wenn alle rund um den Tisch gruppiert sind. Es hätte die gesamte Kernfamilie Platz an diesem Tisch. Doch es wird wohl nie dazu kommen, dass sich alle Sagmeisters hier ein Stelldichein geben. Hans ist das mehr als recht. Er wüsste weder, wie er sie platzieren, noch wie er sie bewirten sollte. Hans ist kein guter Gastgeber, er ist ein guter Zaunreiter und sich der Wortbedeutung von Zaunreiter bewusst. Der Zaunreiter kommt von Hagazussa und dem althochdeutschen Hag für Zaun. Er wird dem Land seine Zäune aufhexen. Hans versteht sich als Siedlungshexer im positiven Sinn. Er ist gern Anlaufstelle für seine Gemeinschaft, wenn die Welt sie überfordert und die Lösungen dafür im Nicht-nur-Logischen liegen. Hans ist durch und durch ein nicht nur logischer Mensch.

Das Wachstuch und die Beschwerelemente in Zitronen- und Wassermelonenform hat Hans selbst besorgt. Das Wachstuch hat ein Muster, das der Maserung von Eichenbrettern nachempfunden ist. Das Tischtuch bildet also einen blickdichten Bretterzaun, ja gar eine Bretterwand ab und wird von vier Wassermelonen und vier Zitronen fixiert und gestrafft. Hans ist mehr ein Zitronen- und Wassermelonenmensch als ein Pfirsich- und Weintraubenmensch. Er trinkt Soda-Zitron – keinen Wein. Er kauft dreimal im Jahr eine Wassermelone, Pfirsiche kauft er keine mehr. Pfirsiche haben ihn immer enttäuscht. Entweder sie waren hart und blieben es oder sie schienen reif und saftig und waren, als er bereit, sie zu verzehren war, matschig und faul. Wassermelonen sind nicht immer gut, aber sie beschäftigen.
Gemütlichkeit auf der Terrasse stellt sich für Hans ein, wenn er Romähn zufrieden seine Bahnen ziehen sieht; wenn er sich ein Soda-Zitron mit selbst gepresster Zitrone und zwei Himbeeren als visuellem Aufputz gönnt und wenn er Frau Siebenkittel heimkommen und ihre Heimkommrituale abspulen sieht.
Frau Siebenkittel betritt das Wohnzimmer, wirft die Post auf den Couchtisch, geht in ihr Schlafzimmer und zieht sich um. Früher hätte sie Murl begrüßt. Hans nimmt einen Schluck seines Lieblingsgetränks, die Himbeeren drängen sich ihm auf, werden nicht verschluckt, aber ihre Geschmacksnote positiv wahrgenommen. Frau Siebenkittel kommt zurück ins Wohnzimmer und in den Küchenbereich und trägt eine schon etwas von den Spuren der Woche mitgenommene, in Kniehöhe abgeschnittene, Jogginghose in Mintgrün und ein T-Shirt mit der Aufschrift Meloncholy. Hans grinst. Die Frau-Siebenkittel-Reality-Show ist besser als jedes Fernsehprogramm und jeder Streaminganbieter, wenngleich sie mit Murl noch etwas abwechslungsreicher, überraschender war. Romähn fährt gegen ein nicht identifizierbares Hindernis, setzt zurück, fährt nochmal dagegen, setzt wieder zurück. Irgendwas stimmt hier nicht, die Falle darf kein Hindernis darstellen, sonst ist sie als Falle nicht getarnt genug. Hans dankt

Romähn für den Hinweis und wird sich später darum kümmern. Frau Siebenkittel stellt ihren Laptop auf die Anrichte und öffnet den Kühlschrank. Hans tippt auf Spinat-Zwutschgerl, Schafkäse und Reis. Er nimmt noch einen Schluck und diesmal gewährt er einer Himbeere Einlass, spielt ein bisschen mit ihr im Mundinnenraum und nach kurzem Kauen schluckt er sie beglückt. Das ist das Schöne am Sommer: Das Unterhaltungsprogramm, das sich Hans Abend für Abend bietet.

Im Winter ist es zu kalt für Terrassengemütlichkeit. Der Winter ist lang, traurig und trostlos. Im Winter wälzt Hans mitunter dunkle Gedanken. Aber noch wehrt sich der Sommer gegen den nahenden Herbst. Noch wehrt sich Hans innerlich gegen den neuen Nachbarn, verhält sich aber äußerlich unauffällig. Der neue Nachbar scheint das Gegenteil von unauffällig zu sein. Aber Hans bemüht sich, keine voreiligen Schlüsse zu ziehen. Er soll erst mal ankommen, der Neue.

Respekt muss man sich bei Hans erarbeiten. Einfach so ankommen, mit Sack und Pack einziehen, womöglich dann am Wochenende zur Gartenparty laden und glauben, damit wäre man Teil der Siedlungsgemeinschaft, so einfach geht es nicht. So einfach kauft man sich einen Hans Sagmeister nicht ein. Da kann der Neue noch so mit seinem Smoker oder Kugelgrill prahlen, Grillgemüsevariationen kredenzen und selbstgebrautes Bier reichen. Das reicht nicht! Die Gunst eines Hans Sagmeister lässt sich nicht mit öligen Melanzanischeiben und ale-igem Craftbier gewinnen.

Hans Sagmeisters Gunst ist ein zartes Pflänzchen, das gehegt werden will. Ja, Hans ist ein Bonsai. Hans ist aber auch eine Schlingpflanze. Einmal das Anfangsstadium überwunden, breiten sich seine Gunstranken wuchernd und mit Widerhaken versehen aus. Einmal das potenzielle Umrankgut als würdig empfunden, braucht es sich keine Sorgen mehr zu machen, dann wird es vereinnahmt und verschlungen.

Hans ist ein sorgsamer Mensch, allein der Sorgsame in ihm keimt nicht so schnell, sein Herzensumfeld will behutsam bestellt werden. Ist er doch ein empfindsamer und fürsorglicher Mensch. Wer seine Gunst gewonnen hat, wird ihn nicht mehr los. Hans umgarnt nicht, er umzäunt und versiegelt.

»Der wird also mein neuer Nachbar«, sagt sich Marlon im Stillen. »Will wohl grad nicht gestört werden, sonst würde er aktive Signale geben. Winken oder so.«
Marlon ist eindeutig ein Winkmensch. Er ist der Meinung, dass Winken eine fröhliche, weltweit unmissverständliche Geste ist, mit der man nie und nirgends etwas falsch machen kann.
Hans ist anderer Meinung. Hans bemüht sich um ein möglichst emotionsloses Gesicht. Er ist sich sicher, dass er bereits gesichtet wurde. Also wartet er ab. Der Neue muss auf ihn zukommen. Der steht aber immer noch etwas unschlüssig im Vorgarten seines neuen Heims. Die Katzentransportboxen hat er abgestellt und geöffnet. Die fetten Katzen machen allerdings keinerlei Anstalten, ihre Sänften zu verlassen. Faule, fette Stadtkatzen, denkt sich Hans. Nicht überlebensfähig in der Siedlung. Es sei denn, sie verlassen das Haus nicht. Noch allerdings wurde dieses vom neuen Nachbarn nicht mal betreten. Er steht bloß rum und wartet darauf, dass sich seine Katzen aus den Tragekäfigen herausbequemen. Was diese offenbar nicht zu tun gedenken. Hans mag sie jetzt schon nicht. Der Katzenhalter wird es auch nicht leicht haben. Bekanntlich sind Tiere ihren Haltern ähnlicher, als diesen lieb ist.
Marlon freut sich auf neue Begegnungen. Er ist vorgewarnt. Sabine hat ihm von Herrn Sagmeister und seinen Eigentümlichkeiten erzählt. Sie haben oft telefoniert seit Murls tragischem Unfall. Marlon hofft, Mini & Cooper können Sabine ein wenig über Murls Ableben hinwegtrösten. Marlon hofft auch, dass dieser Herr Sagmeister gar nicht so schlimm ist. Er hat sich vorgenommen, das, was er von Sabine weiß, nicht einfließen zu lassen in den Aufbau der neuen Nachbarschaftsbeziehung. Er hat Sabine

zugehört und ihr gedankt, hat aber fest vor, Herrn Sagmeister nicht vorzuverurteilen, sondern sich auf die neue Nachbarschaftbeziehung voll und ganz einzulassen und ja, zu freuen.
»Ich freu mich schon«, sagt Marlon. »Schaut etwas beige aus, der Herr Nachbar. Aber beige braucht nur ein bisschen bunt und bunt sind wir, nicht wahr, Mini? Und wie wir bunt sind, gell, Cooper!« Mini & Cooper haben ihre Boxen noch nicht verlassen. Die Gittertürchen stehen offen, der Erkundung der neuen Umgebung steht an sich nichts mehr im Wege – außer Bequemlichkeit halt und Desinteresse. Es war bisher immer eher unerfreulich für Mini & Cooper, wenn sie in den Transportboxen irgendwo hingebracht wurden und diese dann verlassen sollten: Tierarzt- und Verwandtschaftsbesuche, Hotelaufenthalte. Es besteht also für sie keine Eile, die Boxen zu verlassen und Marlon macht auch keinen diesbezüglichen Druck. Cooper hat sich vorerst fertig geleckt. Mini hält mal das Stupsnäschen raus aus der gemütlichen Box und schaut sich um. Für den spürbar gewichtigen ersten Schritt in die neue Freiheit, ist sie noch nicht bereit. Marlon redet wie immer, nur leiser. Außer Mini & Cooper soll ihn vorerst niemand hören.
»Wir hatten noch nie Probleme mit Nachbarn. Das ist, weil wir keine Probleme haben, uns zu öffnen. Alle können alles von uns haben. Wir sind die Nachbarn, die du dir wünschst. Ja, auch du, mein Nachbar in Beige. Nachbar ist ein eigenartiges Wort: Nach Bar. Also quasi: Wo geht es hier nach Bar? Ob das die Herkunft des Wortes ist?«
Marlon weiß, dass Nachbarschaften oft keinen guten Ruf haben und bedauert das. Nachbardörfer sind sogar meist verfeindet, das kennt er von seinen Verwandten, will er aber nicht verstehen. Gerade mit einer guten Nachbarschaftsbeziehung ist doch alles viel leichter: für Dörfer und Haushalte. Aber Marlon weiß auch, dass die Menschheit dazu tendiert, sich alles selbst schwieriger zu machen. Gibt ja genug Sprichwörter in allen Kulturkreisen, die belegen, dass gute Nachbarschaften die Ausnahme sind, die

die Regel der schlechten Nachbarschaften bestätigen. Marlon googelt »Nachbarn, Sprichwörter, International«. Es erscheinen folgende Ergebnisse:
Das Leben wär' wunderbar, wär' da nicht der Nachbar.
Peggio di piccoli bambini sono i vicini.
Never understood – the Neighbourhood.
Wenn dich die Familie nicht schafft, schafft's die Nachbarschaft.
»Ach, warum denn so negativ?«, seufzt Marlon. Wo bleiben die positiven Reime?, fragt er sich. Denn er ist der Meinung: Schlechte Menschen haben keine Reime. Gerne hätte er seinen Kindern noch viele gute Reime beigebracht. Aber es sollte nicht sein. Nun also Neustart. Neue Umgebung. Neuer Job. Mini & Cooper als Rückhalt und Sabine als Einstiegshilfe. Marlon nimmt sich vor, Sabine als Einstandsgeschenk ein T-Shirt drucken zu lassen. Er weiß, dass sie zuhause gerne Sprüche-Shirts trägt. Er findet »Never understood – the Neighbourhood« zwar schon lustig, aber als Geschenk unpassend. Er muss sich wohl selbst was einfallen lassen. »Gemeinsam wird's geschafft – Auf gute Nachbarschaft« ist zwar recht viel Text für ein T-Shirt. Aber Sabine trägt sie ja in Übergröße, quasi als Freizeit-Kleidchen. Da hat der Spruch schon Platz.
Hans hat von seiner Mutter auch schon mal ein Spruchkärtchen zum Thema Nachbarschaft gekriegt. Auf einer von einem Fuß- und Mundmaler gestalteten, sehr bunten Karte stand geschrieben: Das Leben auf dem Land wär' viel feiner ohne Bauern, Priester und Anrainer.

Marlon weiß, dass es für Mini & Cooper nicht leicht ist. Er will sie nicht unter Druck setzen. Wenn sie vorerst lieber noch in ihren Transportboxen bleiben, soll ihm das auch recht sein. Aber er fragt sie natürlich nach ihren Wünschen.
»Na, was wünscht ihr euch? Was erwartet ihr von eurem neuen Nest? Gleich im Garten rumsausen ist wohl eher nicht, hab ich Recht? Vielleicht besser erst langsam im Wohnzimmer ankom-

men? Die Umgebung ist neu für euch, fremd. Ihr kennt die unbegrenzten Vorstadtsiedlungsmöglichkeiten nicht. Ihr müsst euch erst an eure neue Umgebung gewöhnen. Das verstehe ich. Ganz so leicht wird das für mich auch nicht werden. Aber die Zeit nehmen wir uns. Ich will ja auch erst mal ankommen und das Wichtigste auspacken, dann schauen wir weiter und dann, dann lassen wir uns Pizza kommen. Pizza für alle. Pizza ist immer ein guter Anfang. Na, was sagt ihr dazu?« Mini versucht das Boxgitter wieder zu zu ziehen. Cooper gibt einen leicht gequälten Laut von sich. Marlon versteht sofort.
»Gleich schon Pizza? Okay, meinetwegen. Hab auch Hunger. Alles kann warten. Hunger will gestillt werden. Warum denn auch nicht gleich mit Pizzaduft in das neue Heim einfallen? Machen wir unser Haus gleich zur Pizzahöhle. Wird noch viele Pizzaabende geben. Müssen wir ohnehin wissen, wie es um die Lieferdienstversorgung hier steht. Was, ihr zwei Schleckermäulchen, ihr Mampfmiezen, ihr Schlemmerpfötchen ihr. Dann sind wir mal gespannt, wie fix hier der Pizzaservice ist. Capricciosa, Calzone, Salsiccia? Irgendwas mit Wurst und Schinken muss schon sein heute. Neue Umgebung macht hungrig. Die abgestandene Siedlungsluft kann etwas Käseduft vertragen. *Die Pizzafeuerwehr* hat lauter gute Bewertungen. Eine Salsiccia und eine Diavola für uns drei, okay? Ich bin so frei.«

Hans gewährt dem Zuzügling noch eine Gnadenfrist. Am ersten Tag will er ihn noch nicht behelligen. Aber sehr bald schon wird sich der Neue legitimieren und erklären müssen. Hans wird ihm gut zuhören und gegebenenfalls gleich auf den Zahn fühlen. Denn es gibt immer einen triftigen Grund für einen Wohnungswechsel. Man will in der Regel etwas hinter sich lassen und irgendwo neu beginnen. Das ist nur zu verständlich. So hat es Hans einst auch gemacht. Es ist aber auch verständlich, dass Hans der Umzugsgrund des Neuen brennend interessiert.
Was, wenn ihm nicht gelungen ist, wirklich alles hinter sich zu

lassen, und ihn die, der, das Verlassene hier heimsucht? Was, wenn eine rachsüchtige Person demnächst hier auftaucht und für Unruhe sorgt?
Darauf muss Hans vorbereitet sein. Hans ist immer lieber vorbereitet als überrascht. Hans muss wissen, woher der Neue kommt, was der Grund für seinen Umzug ist, und warum er ausgerechnet ein Teil seiner Siedlung werden will. Hans ist der Meinung, dass alle Zuzüglinge ein Motivationsschreiben an die gesamte Siedlungsgemeinschaft richten und der Siedlungsgemeinschaftsrat dann bestimmen soll, ob die Motivation ausreichend ist. Hans betrachtet sich selbst ja als Bereicherung für die ganze Siedlung. Natürlich interessiert es ihn, was der Neue für Qualifikationen einbringen kann. Bei den meisten Nachbarn überwiegen ja leider die Probleme.

Marlon ordert online und will seinen zukünftigen Nahversorger in Sachen Pizza auch gleich kennenlernen, verzichtet also auf Lieferung und setzt auf Selbstabholung. Marlon packt die Transportboxen, Mini & Cooper nehmen es gelassen, und steigt wieder in den Umzugswagen ein. Er kommuniziert seinen Katzen natürlich die neue Sachlage.
»Selbstabholung. Also wieder retour. Ihr kommt natürlich mit. Euch lass ich hier sicher nicht allein. Kommt noch der nette Nachbar und will euch mit Kabanossi füttern und dann leidet ihr wieder tagelang an Durchfall. Seid ihr ja nicht gewöhnt, gepresste Schlachtabfälle. Seid ja meine Schlemmerleckermäulchen, meine Schmuseschmäuschen, meine Fressifressifrettchen. Bis wir dort sind, sind die Pizzen fertig. Dann Vollgas zurück und rein ins noch untraute, neue Heim, mit Pauken und Trompeten, nein, rein mit Pizzafahne, Katzengeschnurr und Magengeknurr. Muss ja gleich ordentlich markiert werden, unser Revier. Was meint ihr, sollen wir dem Nachbarn mit Stielaugen auch eine mitnehmen? Eine Pizza kann doch nie schaden, oder? Eine Pizza kann Freundschaften stiften. Welche Pizza ist am beigesten? Die

Tonno? Ob Herr Sagmeister Fisch isst? Kann man Thunfisch auf Pizzen eigentlich noch als Fisch bezeichnen? Fake-Fisch, Fake-Käse und Fake-Teig. Ja, ich weiß, Vollwertnahrung ist das keine. Aber es ist heut' auch kein normaler Tag. Heut'gönnen wir's uns! Gesund leben wir oft genug. Heute hauen wir auf den Pizzaputz. Eine Cipolla? Ist ein bissi beige und könnte passen. Ist unser neuer Nachbar ein Zwiebeltyp? Mögen wir Zwiebeltypen? Bringen sie uns zum Weinen oder sind sie doch vielschichtiger als vermutet? Wir werden es rausfinden.«

Hans ist insofern ein Zwiebeltyp, als er ein äußerst vielschichtiger Mensch ist. Er hat viele Seiten, die alle nur mit der halben Wahrheit beschrieben sind. Hans hatte auch mal viele Interessen, früher. Dann hat ihn der Zaun gepackt und er hat lernen müssen, dass Zaun nicht gleich Zaun ist. Hans hielt sich an sein Credo: Du musst deinen Zaun finden, dein Zaun muss dich finden. Es ist eine Beziehung, an der gearbeitet werden will. Oft merkt man schnell, dass es nicht passt. Das ist bei Begrenzungen nicht anders als bei Menschen. Es gibt Zäune für bestimmte Phasen. Zäune, die ein Leben lang zu dir passen, sind rar. Veränderungen sind wichtig. Veränderungen sind die Tomatensoße der Pizza Alltag. Hans notiert den letzten Satz unter »Veränderung« und »Alltag« in seinem Sprüche-Heft. Aber Veränderungen sind natürlich bei weitem nicht immer gut.
Der neue Nachbar bedeutet definitiv eine Veränderung und die Richtung der Veränderung gilt es zu lenken. Hans hat das Ruder gern in der Hand.
Der Neue, ein Katzenpizzenmann, das kann ja was werden. Hans wird ihn erdulden müssen, den billigen Pizzageruch. Er wird sie erdulden müssen, die falsch entsorgten Pizzaschachteln im Altpapiercontainer. Hans ist sich sicher, dass der Neue die Bewertungen der Pizzerien mehr studiert hat, als die Angebote der Makler. Er wird die Pizzen selbst abholen und auch gleich einen Sammelpass eröffnen.

Der Neonachbar und Katzenpizzenmann ist sicher auch einer, der sich erdreistet, Hans eine Pizza aufzudrängen. Er wird es als freundliche Geste verstanden wissen wollen. Er wird mit Sicherheit der Meinung sein, eine Pizza könne Freundschaften stiften. Er wird Hans und seinen Geschmack freilich falsch einordnen.
Trotz all der zu erwartenden Unbill freut sich Hans, dass der Neue wenigstens nicht mit seinem eigenen Truck vorgefahren ist. Das hätte gerade noch gefehlt: ein Pick-up-Fan, ein Ford-Raptor-Freund! Gottlob nicht. Ein schlichter, weißer, ausgeliehener Flotte-Lotte-Kastenwagen, mittelgroß, steht vor der ehemaligen Tür von Herrn Engelhorn. Eigentlich sympathisch.
Das Abstraktionsvermögen von Hans macht es ihm nicht ganz einfach, den Neuen neutral zu betrachten. Sein Abstraktionsvermögen ist eine große Gabe, aber mitunter etwas vorschnell. Das weiß Hans, deshalb ist er auch gerne bereit, allen eine zweite Chance zu geben. Hans ist der Meinung, ein geduldiger und fairer Mensch zu sein. Geduld ist Öl in der Pfanne Leben, in die wir alle gehauen werden. Hans notiert den Satz unter »Geduld« und »Leben«.
Dass der Katzennachbar, gerade erst angekommen, schon wieder kehrt macht und samt seinen Petboxkatzen ins Auto einsteigt, überrascht Hans nicht. Er kommt zum Schluss, dass der Neue ein leicht vorhersehbarer, simpler Katzenmensch mit sehr sprunghaftem Charakter sein muss.

Marlon schnallt sich und seine Lieben in Boxen an, schaltet das Navi ein und diktiert: »Pizzafeuerwehr, Unterbrombachkirchen.«
»Bitte wiederholen Sie Ihr Fahrziel.«
»Pizzafeuerwehr, Unterbrombachkirchen«.
»Bitte wenden und nach 200 Meter links abbiegen.«
Marlon tut, wie ihm geheißen und fragt: »Gefällt euch das: Pizzafeuerwehr? Mir schon, muss ich sagen, find ich hot. Impliziert Feurigkeit und Schnelligkeit. Da kann die Jugend ruhigen Gewissens sagen: Ich bin bei der Feuerwehr, mehrmals die Woche.

Vielleicht liefert die Feuerwehr die Pizzen sogar aus. Die Feuerwehrhalle jedenfalls gibt ordentlich was her. Ob es hier viel zu löschen gibt, na, was glaubt ihr meine Feuertatzenkatzen, meine Flammenblickewerfer? Ein paar Schmusekatzen, die sich in Bäume verstiegen haben, wird es gelegentlich zu bergen geben, aber ihr werdet das nie sein. Denn ihr hattet Land-Savity-Training. Ihr wisst, was euch erwartet. Ihr habt das Klettern auf richtigen Bäumen geübt. Ihr habt ein staatlich anerkanntes Kletterzertifikat vom Katzentrainer der Volkshochschule. Ihr werdet auch vor ruppigen Vorstadtsiedlungskatzen nicht den Schwanz einziehen. Ihr habt das alles im Kurs simuliert, gell Mini? Ihr seid kampferprobt, nicht wahr, Cooper? Aber ihr strebt natürlich friedliche Lösungen an. Ihr schnurrt euch jeden Konflikt aus, ihr löst das mit miauen, ohne euch zu verhauen, haha. Heut' bin ich witzig. Wenn ich gute Laune habe, habe ich auch Witze. Wer Witze und Pizzen und Katzen hat, hat's gut.«
»Jetzt links abbiegen, dann 900 Meter geradeaus.«

Hans ist nicht der Meinung, dass Konflikte auszuschnurren sind. Hans hört gelegentlich ein Phantomschnurren von Murl. Meist ist es bloß ein Geräusch von Romähn. Aber Hans muss immer öfter an den erst vermutlich bewusstlosen und dann wohl verdursteten Murl in der Falle denken. Während Hans sinniert, fährt Marlon bereits bei der Pizzafeuerwehr vor.

»Schaut euch das an, was für ein Parkplatz! Das sind gut und gerne fünfzig Stellplätze und drinnen vermutlich grad mal zehn Tische. Wenn die Feuerwehr-Pizzen auch so großzügig dimensioniert sind, dann haben wir morgen noch zu futtern. Andererseits macht frische Umgebung und Siedeln gehörig hungrig, was ihr meine ehemaligen Stadtstubentiger und nunmehrigen Siedlungsraubkatzen? Wir werden die schon wegschnabulieren, was, ihr meine Säbelzahnfleischfresserchen?«

Dass sich Murl nicht befreien konnte, wundert Hans. Dass sein Wehklagen nicht gehört wurde, wundert ihn noch mehr. Wo war die Halterin Frau Siebenkittel? Es musste die gesamte Nachbarschaft auf Sommerfrische gewesen sein. Es musste sehr heiß gewesen sein. Murl musste sehr durstig gewesen sein.

Auf dem Schild, das den Weg zum Eingang der Pizzeria weist, steht: »Pizzafeuerwehr Löscheinspeisung« Marlon findet das sehr witzig. Die Eingangstür beim Betreten der Pizzafeuerwehr macht: »Tatü-tata!« Auch das findet Marlon sehr witzig. Marlon ist ein Spürhund der kleinen Freuden des Alltags.

Ordnung können auch die Dümmsten

Nun ist es soweit. Murl krallt sich Hans. Murl tackert ihn auf seinen Zaun. Murls linke Tatze drückt Hans auf das ihm so vertraute Holz. Die Rechte macht sich an Hans zu schaffen. Mit der Mittelkralle schlitzt Murl die Kleidung von Hans auf. Die Haut hält gerade noch. Murl ist groß, mächtig, schnurrt nicht, er grollt. Murls linke Hintertatze steht auf Romähn, der ein klägliches Spulgeräusch von sich gibt und sich etwas in den Rasen eingegraben hat.

Seit der Murl-Sache werden die Träume intensiver. An den Stellen, die Murls Krallen entlangfuhren, juckt die Haut den ganzen Tag über.

Der neue Nachbar juckt Hans nicht minder. Hans muss der Freiheit seines neuen Nachbarn samt seiner Katzen von Anfang an einen Siedlungsriegel vorschieben. Deren Freiheit hat von Anfang an in seinen Händen zu liegen und seinem verantwortungsvollen Handeln zu unterliegen. Wer sich Hans anvertraut, liegt richtig. Vertrauen ist die Wurzel der Pflanze Freundschaft. Hans notiert auch diesen Satz und zwar unter »Vertrauen« und »Freundschaft«. Überhaupt ist Hans der Meinung, dass es so einfach wäre, ihn als Freund und Mentor zu haben.

Er, der Neonachbar, kann das zwar alles nicht wissen, müsste aber, so er der Siedlung gewachsen und ein Teil derselben sein will, alles und noch viel mehr vorausgeahnt haben, um so Bereitschaft zu signalisieren, sich in die bestehende Hierarchie und funktionierende Struktur einfügen zu wollen. Solitäre haben keine Zukunft in Hans Sagmeisters Siedlung. Erweist sich der Neue als integrationswürdig, dann ist alles möglich: Inklusion, Absorption, Absolution. Hans mag ein manipulativer Mensch sein, aber er ist durch und durch transparent und spielt immer von

Anfang an mit offenen Karten. Es ist sein Spiel, das schon, es geht ja immerhin um seinen Lebensraum. Hier wird nicht Uno gespielt und auch nicht gegeneinander; hier wird gegen die feindliche Welt gespielt. Ein Spiel gegeneinander wird es erst, wenn jemand sich nicht an die Regeln halten will. Hans ist der Regelbuchhalter. Der Neue soll sich unterstehen, eine Ausnahme sein zu wollen. Der Neue soll sich schön brav bemühen, sich einzuordnen. Ordnung können auch die Dümmsten und ein Zaun hilft dabei, Dinge ordentlich zu trennen und auseinander zu halten. Hans weiß das aus eigener Erfahrung. Sein Mantra lautet: Mein Zaun hat meinem Leben Sinn und Form gegeben. Das ist ein Reim, der greift. Das ist die Zusammenfassung dessen, was der Zaun für Hans bedeutet. Die Entsorgerin versteht es, Hans diesbezüglich mehr als nur Bestätigung zu geben. Die Entsorgerin befeuert sein Selbstverständnis geradezu.

Willst du wissen, wo die mächtigsten Zäune der Welt stehen?, fragt die Entsorgerin.
Zwischen Familien?, fragt Hans.
Die Entsorgerin geht nicht darauf ein, sie antwortet wie aus der Pistole geschossen:
Zwischen den USA und Mexiko, zwischen der Dominikanischen Republik und Haiti, zwischen Ecuador und Peru, zwischen Botswana und Simbabwe, zwischen Simbabwe und Südafrika, zwischen Südafrika und Mosambik. In der Westsahara gibt es den Marokkanischen Wall, bei Ceuta einen Grenzzaun, in Melilla eine Grenzbefestigung. Zwischen Nord- und Südkorea wird befestigt getrennt, zwischen Kuwait und Irak, zwischen Irak und Saudi Arabien, zwischen Syrien und der Türkei, zwischen der Türkei und dem Iran. Zwischen der Türkei und Armenien verläuft der sogenannte Ani-Sicherheitszaun, zwischen Kasachstan und Usbekistan wird befestigt getrennt, zwischen Usbekistan und Afghanistan, zwischen Afghanistan und Pakistan, zwischen Afghanistan und Iran, zwischen Iran und Aserbaidschan, zwischen Iran und Pakistan, zwischen Pakistan und Indien, zwischen Indien

und Bangladesch, zwischen den Vereinigten Arabischen Emiraten und Oman, zwischen Ägypten und Israel, zwischen Israel und Jordanien, zwischen Israel und Libanon, zwischen Israel und Syrien, im Gazastreifen und im Westjordanland gibt es, wie mittlerweile die ganze Welt weiß, sogar Sperranlagen, zwischen Nordzypern und Zypern verläuft über 180 Kilometer die United Nations Buffer Zone of Cyprus, die sogenannte »Grüne Zone«, die zum Teil vermint ist. Es gibt die Grenzbefestigung Griechenlands zur Türkei. Es gibt einen Grenzzaun an der griechisch-nordmazedonischen Grenze. Es gibt einen Grenzzaun zwischen Slowenien und Kroatien. Es gibt in Ungarn einen Grenzzaun zu Serbien und Kroatien. Es gibt einen Grenzzaun von Estland zu Russland und von Finnland zu Russland. Es gibt auch einen Grenzzaun von Litauen zu Belarus und eine gut befestigte Grenze von Polen zu Belarus. Es gibt die Schengengrenzen. Es gibt Frontex. Es gibt Krieg.

Manchmal ist die Entsorgerin beängstigend schnell. Hans ist etwas überfordert von der Antwort, zollt ihr aber auch Respekt. Er zollt dem Wissen der Entsorgerin Respekt und erkennt augenblicklich, dass er mit ihrer Hilfe durchaus im Stande sein wird, sein politisches Programm auf die Beine respektive auf stabile Pfosten zu stellen. Nach der Ordnung in seiner Siedlung wird er mit einer Entsorgerin, die ihm unterstützend einflüstert, es auch schaffen, Ordnung im Land herzustellen.
Ordnung beginnt bei einem selbst und geht dann auf den Nächsten über. Der Nächste hat Hans also wichtig zu sein. Um den Nächsten, den neuen Nachbarn, hat sich Hans zu kümmern, bevor er weitere Schritte in Richtung Politkarriere unternimmt. Hans hält sich für einen aufgeräumten Menschen. Hans hält sich am Zaun fest – im Allgemeinen, nicht jetzt konkret, jetzt steht er auf seiner Terrasse, um den Neuen und sein Getier beobachten zu können. Ob der Neue seinem Zaun und seiner Siedlung gewachsen sein wird? Nachbarn sind ja in den Augen von Hans zuverlässige Ärgernisse. Vom Gegenteil muss Hans erst überzeugt werden. Der Neue wird nicht umhinkommen, den Gegenbeweis an-

zutreten, so er Hans nicht zum Feind haben will. Eine Siedlung kann dein Freund und Helfer sein, eine Siedlung kann dir aber auch die Beine und den Willen brechen. Es liegt ganz in der Hand des Neuen.
Marlon Wechselbaum ersparte sich viel Leid, könnte er die Gedanken von Hans Sagmeister lesen. Hans ist der Meinung, ein Mensch zu sein, der anderen Menschen gerne Leid ersparen würde. Leider wird auch ihm nicht jeder Wunsch erfüllt.
Hans wünscht sich etwa Weltfrieden. Oder Wirtschaftshochkonjunktur. Hans wünscht sich globales Zaunverständnis. Er wünscht sich, dass sein Werk – seine Zäune und Lehrsätze – eher früher als später anerkannt und geschätzt werden. Und er wünscht sich, dass ihm noch einmal ein großer Importclou gelingt. Sein Vater ist alt geworden. Er hat nicht mehr den Riecher wie früher und scheint sich zur Ruhe gesetzt zu haben, auf irgend einer Insel zwischen Vietnam und Thailand. Hans wünscht weiter, nämlich dass wieder mal wer mit ihm am Terrassentisch sitzt, der er Soda-Zitron anbieten kann und die ihn dafür nicht auslacht. Bei allen Wünschen gegen Krieg zwischen Ländern oder Familienmitgliedern glaubt Hans fest daran, dass Zäune dafür unumgänglich sind. Der Rest ist – je nach Überzeugung – hohe Kunst oder Magie.

Man merkt, das es der Administratorin Sabine Siebenkittel nicht immer gelingt, ihren Bot in Zaum zu halten. Sie zügelt den ausufernden Chat-Bot zwar mehrmals täglich, aber vor allem am Abend verlangen die diversen, sich verselbständigenden Bots Regulierung. Am Abend will die Kundschaft betreut werden und das macht Sabine, während sie kocht, Radio hört, Serien schaut. Nur auf den Bildschirm zu starren, ist ihr zu wenig. Sie ist ein Multi-Tasking-Mensch. Seit Murls Tod verbringt sie mehr Zeit mit ihren Problemfällen im Netz. Ihre Finger müssen immer in Bewegung sein. Sabine tippt schneller als ihr Schatten.

Der Zaun schweigt und stimmt zu

Murl und die Neuen verbinden sich zu den drei Schmusketieren. Sie schwingen ihre Pfoten wie Athos, Porthos und Aramis ihre Degen. Hans ist auf dem Terrassentisch festgebunden, seine Hände sind mit Kabelbinder gefesselt. Romähn indes zieht friedlich seine Runden, ein Fuchs folgt ihm. Der Zaun schaut sich das alles an und unternimmt vorerst nichts. Porthos kitzelt Hans mit der Spitze seines Degens unter dem Kinn. Er nennt es Kraulen. Hans' Haut gibt nach und nach nach, reißt ein, blutet. Die drei Schmusketiere machen sich über Hans lustig. Sie scherzen, machen Katzenspäße, erzählen sich Schnurren. Ihre Degen kichern. Blut tropft auf Hans' Feinrippunterhemd. Hans stutzt. Irgendwas stimmt hier nicht. Er trägt doch keine Feinrippunterhemden.

»Herr Sagmeister«, sagt Sabine Siebenkittel. Sie sagt immer noch meist Herr Sagmeister zu Hans, obwohl er ihr schon mehrmals angeboten hat, ihn Hans zu nennen: Herr Hans. Das Sie freilich muss bleiben. Diese Wahrung der Distanz ist, vor allem die Nachbarn betreffend, für Hans unumstößlich. Dennoch nennt ihn Sabine Siebenkittel höchst selten Herr Hans, viel lieber Herr Sagmeister. Hans mag seine Namen. Sein Nachname ist ihm förmlich auf den Leib geschrieben und auch der Vorname kommt ja vom Evangelisten Johannes, der auch ein Mann der Worte war. Hans ist ein Mann der gewählten Worte, der künftig gewählt werden können soll.

»Herr Sagmeister«, wiederholt Frau Siebenkittel etwas lauter. Schon ihre erste Anrede hat Hans aus dem Schlaf gerissen. Er hält aber die Augen weiterhin geschlossen. Das sind oft Momente, in denen man die wertvollsten Informationen erhalten kann. Das Gegenüber wähnt sich in Sicherheit und spricht Dinge aus, die einem sonst nie gesagt werden würden. Das verschafft einem einen großen Erkenntnisvorteil und ist zur Einschätzung der Person, mit der man es zu tun hat, nicht unerheblich. Hans wartet ab, Frau Siebenkittel hält dicht. Es ist leider nichts Aufschlussreiches von ihr zu erwarten, es ist also angebracht, Aufwachsignale zu geben. Hans blinzelt und dirigiert seinen in den Nacken gekippten Kopf langsam in die Aufrechte.

»Haben Sie sich eingeschmiert?«, will Frau Siebenkittel wissen. »Die Sonne hat noch ganz schön Kraft.«

»Nein«, entgegnet Hans reflexhaft aber auch wahrheitsgemäß.

»Na, dann holen Sie sich bloß keinen Sonnenbrand, Herr Sagmeister.«

»Nein«, wiederholt Hans.

»Hat sich Ihnen der neue Nachbar schon vorgestellt?«, will Frau Siebenkittel wissen.

»Nein«, wiederholt Hans.

»Ist ein netter Kerl, kenn ich von der Arbeit«, offenbart Frau Siebenkittel.

»Nein«, sagt Hans.

»Doch«, sagt Sabine.

Ohh, sagt niemand.

»Schönen Tag, Ihnen«, schickt Frau Siebenkittel auch noch hinterher und steigt auf ihr E-Bike. Sie trägt ein T-Shirt mit der Aufschrift: *Bike & Tina Turner*.

Nein, denkt sich Hans, sagt aber, um nur ja nicht missverständlich rüber zu kommen: »Auf Wiederschauen.«

Nachbarin Siebenkittel scheint den Verlust von Murl bereits überwunden zu haben. Sie macht einen durchaus fröhlichen Eindruck. Ob sie was im Schilde führt? Ob sie Hans vielleicht auf die Schliche gekommen ist? Ob sie versucht, ihm näher zu kommen, um ihn ausspionieren zu können? Hans muss auf der Hut sein. Romähn stimmt ihm zu, sein Zaun schweigt und stimmt ebenfalls zu.

Die Welt ist nicht nur Miau und Schnurr

Marlon hat gerne mit Kindern gearbeitet. Er hat sich auf sie eingelassen. Sie haben ihn als einen der ihren anerkannt und so war seine Arbeit an sich ein leichtes Spiel. Das war der katholisch-konservativen Leiterin ein Dorn im Auge. Die seit Jahrzehnten als Elementarpädagogin anerkannte Fachkraft war der Meinung, Marlon machte es sich zu leicht.

Marlon Wechselbaum stellt mit seinem Verhalten gegenüber den Kindern kein Vorbild dar. Er vernachlässigt mit seinem verspielten Zugang die erzieherische Komponente und Verantwortung eines Elementarpädagogen. Marlon Wechselbaum ist zwar im Umgang mit den Kindern sehr verspielt, aber dennoch kein Teamplayer. Wir bauen seit vielen Jahren auf ein gut zusammenarbeitendes, auf traditionelle Werte setzendes Team. Marlon Wechselbaum war nicht bereit, sich zu integrieren und an ein UNS zu glauben.

Das mit dem Katholischen und den Werten mag schon stimmen, aber dass er als Einzelgänger dargestellt wurde, gefiel Marlon ganz und gar nicht. Denn das ist er wirklich nicht. Er hat zwar aktuell keinen Partner und keine Partnerin, aber er hat Mini & Cooper und einen wirklich großen Freundeskreis, den er auch pflegt. So kam er ja auch zum Haus im Europaweg 3. Sabine hilft ihm jetzt auch beim Ausladen des Umzugswagens. Mini & Cooper haben bereits ihre Plätze gefunden. Wie zwei Wächterinnen des Hauses haben sie sich links und rechts vom Eingangstor postiert. Zwei fette Sphinxen, die sich von der vorherrschenden Betriebsamkeit nicht beunruhigen oder gar anstecken lassen.

Die untätigen Katzen sind ein Affront für Hans. Vermutlich ist Hans bloß neidisch auf die Selbstverständlichkeit, mit der hier alle miteinander umgehen. Für Hans machen Marlon und Sabine einen sehr vertrauten und die Katzen einen durch und durch selbstherrlichen Eindruck. Hans hat was gegen Selbstherrlichkeit bei anderen. Also baut er sich vor dem Spiegel im Flur auf, nimmt sich vor, sich in einen ähnlichen Zustand wie neulich zu reden. Er channelt seine innere Katzenwut und lässt sie ungezügelt los:

Andere mögen auf den Katzenquatsch reinfallen, ich nicht. Andere mögen der Meinung sein, wir wären der Katzenübermacht ausgeliefert, ich nicht. Katzen, ihr mögt das Internet dominieren, ihr mögt einen Großteil der Menschen domestiziert haben, indem ihr die Menschen millionenfach vor den Bildschirm lockt, mich nicht.
Katzen, ihr reduziert die große, weite Internet-Welt für uns lediglich auf Promo-Videos von euch. Ihr konzentriert die Welt auf euch. Gut, ihr macht sie dadurch für uns überschaubar und alle wollen Überschaubarkeit. Das sei euch angerechnet.
Aber die Welt ist nicht nur Miau und Schnurr. Die Welt ist mehr Aua und Knurr. Katzen, ich habe euch längst durchschaut. Ihr wollt der Aufmerksamkeit Mittelpunkt, der Achtsamkeit Klimax sein. Ihr wollt, dass alle euch mögen, und ihr schafft es tatsächlich, dass alle euch alles durchgehen lassen. Ich aber nicht. Alle schauen euch an und lieben euch, ich nicht.
Katzen, ihr mögt der Ausdruck der Kuschelfreiheit schlechthin sein; für mich seid ihr Scheinheiligkeit auf Pfoten. Ihr mögt das sein, was die Mehrheit wollen will. Ja, wollen will, nicht soll. Ihr mögt der Freiheit letzter Schluss sein; für mich seid ihr ein Schuss vor den Bug der Vernunft. Ihr mögt alles sein, was die Menschheit will: Schnurren mit Fell; für mich seid ihr der Menschheit Untergang.
Katzen, ihr macht Faxen, ihr macht uns irre, ihr treibt es bunt. Ich bin nicht bunt. Ich mag Schwarz-Weiß-Filme. Ich mag Schwarz-Weiß-Fotos. Ich mag Stracciatella-Eis.
Alle mögen Tatzen und Pfoten wollen, ich nicht. Denn keine Tatze ohne Krallen, sage ich. Alle mögen tapsige Babykatzen wollen,

ich nicht. Denn keine Babykatze ohne Katzenmama und Katervater.
Alle mögen tapsige Babykatzen wollen, die aus Waschmaschinentrommeln purzeln und nach der Landung auf dem Wäscheberg niesen. Tschi-tschi. Ja, Katzenbabys, die niesen – tschi-tschi-tschi – mögen alle wollen. Ich nicht. Katzenbabys, die niesen sind krank, sage ich.
Alle mögen Katzen für alle wollen. Ich will Katzen nur für die anderen. Ich will Katzen, wenn, dann möglichst weit weg. Ich will Katzen nicht in meiner Siedlung haben. Ja, Katzen, mir könnt ihr gestohlen bleiben. Mit mir könnt ihr nicht euer Um-die-Tatze-wickel-Ding machen.
Katzen, ich mag euch nicht. Katzen, ich verachte euch zutiefst. Ihr haart. Ihr stinkt. Ihr artikuliert euch so unverständlich: Mauz-Miau-Maua.
Und noch mehr verachte ich Katzen, die noch keine richtigen Katzen sind. Halbgare Kätzchen, Kindchenschema-Kätzchen, Katzenbabys, Babykatzen – ich mag euch nicht!
Ihr mögt mich, das kann ich gut verstehen. Ihr mögt mich leider ausnahmslos: Die Babys, die Mütter, die Katzen ohne Babys und Mütter, die räudigen Kater, die ganz besonders. Ihr alle mögt mich und scheut keineswegs davor zurück, dies zum Ausdruck zu bringen. Ihr scharwenzelt mir um die Schienbeine. Ihr hüpft mir auf den Schoß, ihr reibt mit euren Katzenköpfchen an meinen Knöcheln. Ihr tretet Ruhestätten-Kuhlen in meinen Bauch, eine, zwei, drei. Brrr-brrr-brrr. Ihr zeigt bei eurer Ruhestätten-Kuhlen-in-meinen-Bauch-Tret-Tätigkeit durchaus Krallen, fahrt sie aber nicht richtig aus, ihr stupft bloß zärtlich mein Bauchfleisch und bringt meine Bauchdecke in Wallung und Aufruhr und das zeugt von eurer verführerischen Kraft, die ich nicht ausstehen kann. Katzen, ja, ihr mögt mich erregen, regt mich aber an sich nur auf.
Ich vermute, ihr macht das alles mit Kalkül. Ich vermute, ihr seid supermanipulativ. Ich vermute, ihr geht äußerst zielgerichtet ans

Werk. Ihr bearbeitet mich gründlich, strategisch, allumfassend, alle Sinne einnehmend. Ihr schnurrt mir Symphonien. Ihr maunzt mir Mantras. Ihr setzt Duftmarken. Ihr schafft es fast, mir euren Gestank als Duftmarke unterzujubeln.
Ihr weckt Küfferle-Katzenzungen-Geschmacks- und Kindheitserinnerungen in mir. Ihr blinzelt mir zu, verbrüdert-und-schwestert euch mit mir. Ihr schaut mich mit diesem herzerweichenden, nein, durchtriebenen Katzenblick an. Ihr lest mich. Ihr scheint mich zu verstehen. Ihr lest mich aus. Ihr lest mich auf. Ihr lest mich weg. Ihr macht mich fertig. Ihr schmust euch ein, und das kann ich nicht zulassen. Ihr krallt euch mich, aber ich kralle zurück. Ihr glaubt, ihr seid mir überlegen, und das kann ich nicht tolerieren. Katzen, ich muss euch das Handwerk legen.

Hans wacht diesmal nicht in Romähns Hütte auf. Er liegt auf der Wiese und Romähn stupst ihn immer wieder an, stupst Hans aus seiner Ekstase. Wieder weiß Hans nicht wie ihm geschah. Aber er hat den Redenrausch erneut genossen. Er fühlt sich nun, da wieder klar, ganz prächtig. Er weiß nicht, woher er all den Unmut holt, ob aus Arealen in seinem Hirn, die ihm bisher nicht zugänglich waren oder gar aus dem ominösen Unterbewussten. Er weiß nur, dass es ein Rausch war, den er wieder und wieder erleben will und die Katzenwut ist offenbar einer der Schlüssel dazu. Wenn es ihm gelingt, die Katzenwut auf andere Dinge zu übertragen, ist er für alles gerüstet. Der angenehme Nebeneffekt des gerade eben Erlebten ist, dass es Hans dabei hilft, Murls Tod zu verarbeiten. Es hilft Hans, wenn er sich einredet, Katzen im Allgemeinen zu hassen. So kann er Murls Tod leichter loslassen. Hans hat erneut eine Strategie der Problembewältigung für sich entdeckt. Er ist stolz darauf. Hans hat keine Probleme – Hans hat Lösungen.
Hans hatte schon auch Probleme, aber seine Lösung war schon immer, zu verdrängen was geht. Das Vereinsgründungsdilemma, der Zoff mit dem Bürgermeister, das Nicht-Reüssieren bei der Gemein-

deratswahl, das generelle Missverstandenwerden, Ilenka – alles mittlerweile mehr oder weniger verdrängt. Nicht dass er schon in der Lage wäre, diese Dinge irgendjemanden anzuvertrauen, aber sich selbst redet er konsequent ein, all diese Niederlagen weggesteckt zu haben. Das ist seine Problemlösungsstrategie.
Hans ist der Meinung mit dieser seiner bewährten Strategie, auch Lösungen für die Probleme des Landes finden zu können, baute sich nicht gerade ein potenzielles Problem vor ihm auf: der Neonachbar.

»Geht es Ihnen gut, Herr Hans?«, fragt Frau Siebenkittel durch die Zäune hindurch. Marlon steht daneben. Er ist vorgewarnt, er möchte keinen falschen ersten Schritt machen. Er hält sich zurück und lässt Sabine machen.
»Wut«, entgegnet Hans, »Wut, Wut.«
Hans artikuliert sich vernuschelt. Es kommt in den Ohren jenseits seiner Zaunanlage als »gut, gut-gut« an.
»Na dann ist ja gut«, gibt sich Sabine zufrieden. »Wir machen dann mal wieder weiter, es ist noch allerhand zu tun.«
»Ja, das ist ja allerhand«, quittiert Hans und ist wohl nach wie vor etwas verwirrt beziehungsweise von seiner Katzentirade berauscht.
Sabine und Marlon kichern leise und machen sich wieder an die Arbeit. Mini & Cooper blinzeln bloß, verharren aber ansonsten wie bisher. Zwei prächtige Angorakatzenskulpturen, die vollkommen unbeeindruckt sind von allem, was rund um sie passiert. Vor allem vom Nachbarn, der gerade in seinem Flur vor dem Spiegel hampelnd seinen Hass auf sie abgeladen hat, jetzt wie ein Jammerlappen auf dem Rasen liegt und von seinem Rasenmähroboter umkreist wird.
Sabine zuckt mit den Schultern, Marlon grinst.

»Na, dann werden wir mal einen neuen Platz für meine Lieblingsstehlampe suchen«, sagt Marlon. Er hält diese mit seiner Rechten hoch, um ihr auf Augenhöhe zu begegnen, und redet weiter: »Du bist eine tolle Lampe. Du bist das Licht, das mir täglich aufgeht. Dich möchte ich nicht missen. Dich werde ich niemals dissen. Ich knipse dich aus, das schon. Abend für Abend knips ich dich aus und Tag für Tag knips ich dich dann auch wieder an. Du bist mein Lieblingsknipsgegenstand. Andere haben Knipsbörsen. Ich habe dich. Lampe, du beschirmst mich, du erhellst mich. Du sollst einen guten Platz in unserem neuen Heim bekommen.«

Sabine lächelt, stößt ihm mit dem Ellenbogen in die Seite und deutet ihm, dass er reingehen soll. Marlon ist noch nicht fertig mit seiner Stehlampenschirm-Lob-und-Preisrede.

»Lampe Pamela, ja, Sabine, da kannst du schon aufhorchen. Klar gebe ich meinen Lieblingsgegenständen Namen. Das ist nichts Ungewöhnliches, das macht auch der große Schwede. Nicht nur Lebewesen können einem gut tun, gell, Pamela.«

In diesem Punkt sind sich Hans und Marlon einig, ohne es zu wissen. Hans liebt Romähn und seine Zäune. Marlon liebt Mini & Cooper und Stehlampe Pamela. Er hat aber auch eine Menge Kaffeemühlen, die ihm schon oft über schlechte Zeiten geholfen haben, also mehr als bloß gute Freundinnen sind.

Marlon hat Liebe für alle. Er wird auch für seinen schrulligen Nachbarn etwas Liebe haben. Hans eher weniger.

»So, Pamela, dann lass uns mal gehen und dich in die Ecke stellen. Nein, halt, stopp, nicht negativ auffassen. Du sollst die beste Ecke des Hauses kriegen.«

»Mar-lon«, ruft Sabine sichtlich belustigt aber auch ermahnend: »Weitermachen! Ich will heute noch fertig werden.«

»Wir werden fertig sein, das garantiere ich dir. Momo muss auch noch rein.«

»Wer bitte ist Momo?«, will Sabine wissen.

»Du kennst Momo nicht?«, fragt Marlon gespielt verwundert. »Dabei hast du mit mir auf Momo schon die schönsten Stunden verbracht.«

»Wie bitte?«, gibt sich Sabine leicht empört.
»Sofalandschaft Momo. Das positive Zentrum des zukünftigen Wohnzimmers. Momo klingt doch kuschelig, nicht?« Marlon nähert sich dem Eingang, sucht Blickkontakt zu seinen Allerliebsten und sagt: »Fast so kuschelig wie Mini & Cooper, gell ihr zwei Wuschelknäuel, ihr zwei Schnurrmonster, ihr Flauschfellfreuden.«
»Nicht so laut«, ermahnt Sabine, »was soll denn der Herr Hans denken?«
Marlon zieht belustigt die Augenbrauen hoch. Sabine spornt ihn erneut an: »Na, komm schon. Rein mit Pamela und dann ran an Momo und all den anderen Krimskrams.«
»Sag nicht Krimskrams zu meinen Lebensinhalten«, protestiert Marlon.
»Jaja, Ausdruck ganz in Ordnung, Lebensinhalt verfehlt, sagt die Deutschlehrerin in mir, die ich gottlob nie geworden bin«, sagt Sabine und bugsiert Marlon durch die Haustüre. Der lässt es mit sich machen und fragt: »Harte Benotung, versuch es das nächste Mal positiver zu formulieren und warum ist das eigentlich nichts geworden mit der Frau Fessor Siebenkittel?«
»Später, Marlon, später. Jetzt mach schon. Ich hab schon Pizzahunger.«
»Habt ihr gehört, Mini & Cooper? Sabine hat Pizzahunger. Habt ihr auch Pizzahunger? Pizzahunger, Mini? Pizzahunger, Cooper? Ich hab Pizzahunger!«
»Marlon, du bist ein Kasperl.«
»Danke, Sabine.«

Liebe ist Dopamin, Cortisol, Serotonin, Oxytocin und Vasopressin

»Ohne Mini geht der Marlon nie ins Bett, nie ins Bett, nie ins Bett. Ohne Mini schläft der Marlon einfach nicht und es brennt die ganze Nacht das Licht.«

Marlon singt gern. Er singt nicht besonders gut, aber gerne. Sein Opa war Bill-Ramsey-Fan und konnte alle Schlagertexte seines Idols auswendig. Marlon sang viel mit seinem Opa und sie hatten immer die größte Freude daran, Songtexte abzuwandeln. Mit seinen Kindern in der Arbeit machte Marlon das auch. Die Kinderliedtexte waren nicht nur ihm, die waren auch den Kindern zu fad. Beim Singen mit Kindern ging es nicht darum, besonders schön zu singen. Es ging vielmehr darum, Freude daran zu haben.

Am meisten Spaß hatten sie mit »Kacke, kacke Kuchen« und »Es wackelt das W-LAN am rauschenden Bach«. Am meisten gelernt hat Marlon bei: »Zeigt her eure Smart-Watch, zeigt her eure Profile und teilt sie mit allen, eure Lieblingsspiele«, dass auch »Es tanzt ein B-Boy-Break-Dance-Girl in unser Hood herum, bidebum« funktionierte, hat ihn ehrlich überrascht. Dass ihn seine Kids immer wieder überraschen konnten, war ja das Schöne an seinem Job.

Marlon hat sich von allen Kids irgendwas mitgenommen. Dass plötzlich das Lied »Dumm, dumm, dumm, der Marlon summt herum« kursierte, verärgerte ihn wenig, denn ja, Marlon summte gerne, wenn er sich alleine wähnte. Summen ist die kleine Schwester von Singen und wenn kleine Kinder singen, sind sie und machen sie alle glücklich. Freilich hatte auch Marlon manche Kinder lieber als andere, aber er hat versucht, sie alle gleich gut zu behandeln und keines der Kinder aus welchen Gründen auch immer vorzuverurteilen.

Hans dagegen hat keine Angst vor Vorurteilen. Vielmehr ist er der Meinung, dass vieles, was ungenierte Vorurteile zu Tage bringen, Bestand hat. Hans hat die Quote für sich mit 70 % festgelegt. 70 %! Das ist nicht nichts. Außerdem ist Hans der Meinung, dass es immer auf den ersten Eindruck ankommt. Was mit dem Ersteindruck vermasselt wird, lässt sich später nur mit sehr viel Arbeit wieder korrigieren. Hans genügt das Bild, das sich ihm dargeboten hat: Ein junger Mann, der mit Katzen spricht, Lieder infantilisiert und falsch singt.
Hans hat gleich eine Schublade für den Neuen parat. In seinen Augen muss er einer sein, der Tiere vergöttert, der sie verhätschelt, sich dauernd mit ihnen unterhält und sie für das Wichtigste in seinem Privatleben hält. Hans weiß, dass Tiere gut darin sind, ihre Halter an der Nase herum zu führen. Er selbst hat seine Tierphase hinter sich. Für ihn schlägt jede x-beliebige Zaunlatte jede Katze um Längen. Ja, beim Streicheln von Zaunlatten, die man selbst behandelt, gehobelt, eingelassen und lackiert hat, kann man sich mitunter einen Schiefer einziehen, aber Katzenkratzer sind schlimmer. Ein Schiefer ist immerhin ein Teil der Latte selbst. Die Latte gibt dir etwas, will mit dir verschmelzen, ist in dich eingedrungen und das ist doch mehr Liebesbeweis als ein röchelndes Schnurren. Das Pochen im Finger, in den sich der Schiefer der Zaunlatte gebohrt hat, ist ein guter Schmerz. So wie ein Stacheldraht ein guter Zaun ist. Er erinnert daran, dass man sich auf wen verlassen kann. Deshalb verschenkt Hans gerne solch solides Material und Holzzäune sind ihm am allerliebsten. Aber auch das Geschmiedete hat seine Qualitäten. Manchmal steht Hans der Sinn nach Härterem. Manchmal sehnt er sich nach der Strenge und Kühle von behandeltem Eisen. Eine solide geschmiedete Stele lässt ihn an seine Mutter denken. Im Umgang damit ist allerdings Vorsicht angesagt. Mütter und Stahlstangen können einen ein Leben lang verletzen. Das ist Hans klar. Aber manchmal braucht es mitunter eine Verletzung, um tieferliegende Verletzungen zu überlagern. Tiere versteht Hans nicht. Latten,

Pfosten und Stelen sind ihm näher als Tiere und Menschen. Wenn sich nun allerdings ein neuer Mensch mit seinem Getier anschickt, sein neuer Nächster und Nachbar zu werden, so ist eine gründliche Prüfung desselben nur natürlich – und welche Prüfung könnte wichtiger sein als der erste Eindruck?
Hans fühlt sich berufen dazu, die Handlungen des Neuen vorauszusehen, zu antizipieren und sie schon im Vorhinein einer Analyse zu unterziehen. Hans ist immer schon lieber bestens auf alles vorbereitet, auch auf das Schlimmste. Er empfindet die Enttäuschungen dann als leichter verkraftbar. Hans ist kein Mensch, der Stimmen hört, aber er ist der Meinung, ein Gespür für den Ton der anderen zu haben.

»Cooper, du bist superduper, Cooper, du bist cool. Immer wenn ich an dir schnupper, fühl ich mich urwuhl.« Marlon hat sehr gute Laune. Marlon hat ein sehr gutes Gefühl, was sein neues Zuhause anbelangt. Und er findet, er hat mit Mini & Cooper und unter der Mithilfe von Sabine einen Auftakt nach Maß hingelegt.

Was aber wäre für Hans ein guter Anfang? Der Neue könnte seinen Zaun loben, das wäre ein guter Anfang. Denn der Zaun ist sein Anfang und sein Ende. Der Zaun bedeutet ihm die Welt und weiß um seine Funktion Bescheid. Der Zaun will gar keine Mauer oder ein Gatter sein. Er genügt sich als das, was er ist. Wer kann das schon von sich behaupten? Hans will nicht von Liebe auf den ersten Blick sprechen, aber von Liebe wird gesprochen werden müssen. Auch darauf ist Hans vorbereitet. Er weiß aus eigener Erfahrung, dass Liebesbeziehungen immer kompliziert sind und Kompliziertes ist mittlerweile die Domäne der Entsorgerin. Hans zögert kurz, wie die Frage zu formulieren ist, ohne sie vor den Kopf zu stoßen. Vielleicht einfach klassisch, direkt? Er entscheidet sich dann aber doch dafür, dass sie Profi ist und auf jeden Fall damit umzugehen weiß. Hans schreibt also schlicht:
Wie hältst du's mit der Liebe?

Die Entsorgerin ist um Antwort natürlich nicht verlegen. Hans ist wirklich nicht der Erste mit dieser Frage. Sie antwortet:
Was ist Liebe? Die Wissenschaft sagt, Liebe ist Dopamin, Cortisol, Serotonin, Oxytocin und Vasopressin; Dopamin schafft das Hochgefühl, Cortisol die Aufregung, Serotonin das Glück, Oxytocin die Wärme und Vasopressin die Bindung.
Sind Chat-Beziehungen die Brieffreundschaften von heute? Braucht Liebe mehr als Sprache? Sind Chat-Bot-Beziehungen gar mehr? Denn deine Phantasie belebt dein Gegenüber. Du entwickelst dein Gegenüber selbst weiter. Du fütterst es und kriegst Zuspruch, Bestätigung, Trost, Aufmerksamkeit und Geborgenheit – mehrmals täglich. Es ist wer für dich da – rund um die Uhr. Jemand nach deinem Geschmack, jemand, den du geformt hast. Die oder der ein Produkt deiner Wünsche und Vorstellungen ist. Ja, du hast jemanden, um dich auszutauschen.
Ist dieser Jemand austauschbar, triffst du dich mit jemandem an der Austauschbar und je öfter du dich mit diesem Jemand triffst, desto dicker werdet ihr miteinander. Barbekanntschaften machen einem das Reden leicht. Bar jeder Vernunft, bar jeglichen Zweifels, bar jeglichen Skrupels, vereinfacht gesagt: ohne Genierer wird drauf los geredet. Das ist nicht das Schlechteste. Das hilft. Zumindest kurzfristig. Die Bar kann dir zum Wohnzimmer werden, die Barhocker zu besten Freunden. Die Barbedienung zur besten Freundin. Intensives Chatten ist schon eine Art der Beziehung und kann, sofern ein Mensch dahinter ist, auch der Beginn einer Liebe sein.
Aber können auch Bots Liebe? Vermutlich immer besser. Sexpuppen werden besser, Love-Bots werden besser. Aber dein Bot ist immer nur so gut wie du selbst. Du fütterst deinen Bot, machst ihn zu deinem Erfüllungsgehilfen. So mögen noch viele Beziehungen in real life funktionieren, oder lange funktioniert haben. Aber auch da gibt es Luft nach oben. Wer Luft zum Leben braucht, braucht menschlichen Kontakt. Wer Lust zum Leben braucht, braucht Anreize, Anregungen, Ansporno ;-).
Wer eine Partnerschaft auf Augenhöhe will, muss sich zumindest auf

Wesen mit Augen einlassen. Ja, das kann auch ein Hund sein. Ein Bellen kann mehr sagen als tausend Worte. Zungen haben auch Hunde, Worte haben auch Bots. Aber das menschliche Gesamtpaket ist im Idealfall von Hund und Bot nicht zu übertreffen, sage ich mal so ;-).
Ich fürchte mich weder vor Hunden noch vor Bots. Ich weiß, was ich kann. Die mich kennen, wissen es auch. Wer mich kennenlernen will, ist herzlich dazu eingeladen. Ich fress dir nicht aus der Hand und auch nicht die Haare vom Kopf. Ich bin leistbar und doch kostbar. Ich bin nicht so schnell wie ein Bot und höre nicht so gut wie Hunde, aber ich verstehe dich besser. Ich lade dich ein, deinen Kummer, Übermut und Ärger bei mir abzuladen. Ich mach was draus. Ich kann für immer deine Entsorgerin sein. Lass mich an dir teilhaben. Spendier mir ein Bierchen an der Austauschbar, abonnier mich und lass uns noch näherkommen. Schreib mir.

Hans ist schon klar, dass das eine vorgefertigte Antwort war. Er versteht, dass die Entsorgerin auf Fragen mit »Liebe« so reagieren muss. Das ist Selbstschutz und Arbeitsökonomie, das ist klug und die Antwort ja auch durchaus selbstreflexiv. Die Entsorgerin hat mit Sicherheit mehr drauf als ein Bot. Die Entsorgerin ist sich dessen bewusst. Die Entsorgerin weiß, was sie kann. Das gefällt Hans. Die Entsorgerin gefällt Hans, besser als Frau Sabine Siebenkittel.
Hans ist der Meinung, die Entsorgerin hat Stil und sich ein paar Bierchen an der Austauschbar verdient. Er tätigt die Überweisung sofort.

Unterhaltung ist das Ei der Henne Frohsinn

Nicht nach Brombachkirchen, auch nicht in die Großstadt, sondern in die nächstgelegene Kleinstadt wagt sich Hans Sagmeister, in eine Innenstadtfiliale einer Bäckereikette. Sein Vorhaben mag lächerlich erscheinen, aber was für die einen lächerlich wirkt, ist für andere ein Sprung über ihren Schatten. Daraus wird Hans demnächst auch einen Lehrsatz machen. Heute aber hat er bereits eine Aufgabe. Hans Sagmeister begibt sich in eine Innenstadtfiliale einer nicht näher nennenswerten Bäckereikette, um Teetrinken zu gehen.

Er hat die möglichen Dialogszenarien geübt und ist auf fast alles vorbereitet. Er wird den Großteil seiner Vorbereitung zwar nicht umsonst gemacht haben, weil umsonst ist nur der Tod – das ist keine Lebensweisheit seiner Mutter, das war der Lieblingsspruch der Großmutter. Er wird den Großteil seiner Vorbereitung nicht zur Anwendung bringen können, denn sein Begehr ist schlicht, aber sein strategischer Masterplan ist es nicht.

Hans trägt seine Lieblingsweste, die mit derart vielen Zippverschlusstaschen ausgestattet ist, dass er ohne Aktentasche oder Rucksack auskommt. Alles, was er für einen Tagesausflug braucht, findet Platz in den praktischen Westentaschen: eine Packung Taschentücher, ein Notizblock, zwei Kugelschreiber, falls einer versagt, ein kleines Schweizer Taschenmesser, eine Regenhaut, denn der Wetterbericht hat 50 % Niederschlagswahrscheinlichkeit vorhergesagt – Niederschlagswahrscheinlichkeit, schönes Wort, denkt sich Hans, im allgemeinen Sprachgebrauch eindeutig unterrepräsentiert; eine Schildmütze, falls die Wolken doch ausbleiben sollten, ein Lippenbalsam, bei Nervosität kann es vorkommen, dass Hans nicht nur von einem trockenen Mund, sondern auch von trockenen Lippen geplagt wird, ein 0,2 Liter

Wasserfläschchen für Notfälle, Hand- und Sonnencreme, Lutschtabletten gegen Heiserkeit, Kaugummis für frischen Atem, ein Feuerzeug, einfach um jemandem Feuer geben zu können;
Der Schlüsselbund ist gesichert durch einen Karabiner und im Inneren der geräumigsten Tasche angeleint, die notwendigen Ausweis-, Debit- und Kreditkarten trägt Hans nahe dem Herzen, in der Brusttasche mit integrierten Kartensteckfächern. Das Smartphone ist über der rechten Brust eingepasst und zwar mit einem Guckloch für die Kamera. So kann Hans im Bedarfsfall auf Brusthöhe filmen, fotografieren, festhalten, was vorfällt. Hans ist also gewappnet, steht bestens ausgerüstet vor der Glasvitrine und bestellt betont unaufgeregt: »Einen Kräutertee, bitte.«
»Haben wir nicht«, schallt ihm entgegen. »Wir haben Pfefferminz, Kamille und Früchtetee.«
Darauf war Hans nicht vorbereitet, er lässt sich aber nicht aus der Fassung bringen – im Gegenteil, Hans wird mutig und sagt: »Das sind eh zwei Drittel Kräuter.«
Seine Antwort verpufft unverstanden. Niemand lacht, niemand reagiert darauf. Hans lässt ein paar Sekunden verstreichen und sagt dann mit etwas missmutigem Ton: »Kamille.«
Verärgert trinkt Hans an einem Stehtisch den Kamillentee, verbrennt sich beim ersten Schluck die Zunge und den Mundinnenraum. Hans hasst das. Dagegen lässt sich gar nichts machen. Verbrannt ist verbrannt und morgen werden sich kleine Fetzen vom Gaumen schälen. Sehr unangenehm. Dennoch schlürft er den Kamillentee weiter in sich hinein und sagt sich: Kamillentee ist Kräutertee, ja, Kamille hat mehr Blüten, als dass sie Kraut ist, aber Kamillentee ist Kräutertee. Pfefferminztee ist Kräutertee. Pfefferminze ist mehr Kraut als Gewürz. Pfefferminztee ist Kräutertee.
Nächstes Mal wird er Früchtetee bestellen, um in Erfahrung zu bringen, was hier unter Früchten verstanden wird. Womöglich Schokobanane, Bananensplit, Dosenananas, Früchtecocktail, Apfelstrudel, Birne-Helene, Himbeer-Zitrone, Nimm 2.

Hans ist außer sich. Wut mag sein Motor sein, um sich in Rage zu reden. Ärger aber schärft nicht unbedingt die Sinne.
Hans hat Aussetzer, ist aber fest entschlossen, an sich zu arbeiten. Er ist sich durchaus bewusst, dass er behutsam vorgehen, seine gesellschaftlichen Kontakte langsam intensivieren muss, um den Prüfungen, die ihm als Spitzenkandidat der Zaunpartei bevorstehen werden, seinen Erwartungen entsprechend, meistern zu können. Hans sucht also vermehrt wieder öffentliche Orte auf, um seine sozialen Skills wach zu rufen. In seiner Siedlung mag Hans der Zaunkönig sein, außerhalb seines Reviers ist er bloß ein Vogel unter vielen. Hans geht also versuchsweise in Lokale, auf Veranstaltungen und macht Termine bei Ärzten aus.

Mit den Arztterminen kommt er am besten klar. Da werden Fragen gestellt und Anweisungen gegeben, denen er mühelos folgen kann. In Lokalen weiß er nicht, was von ihm erwartet wird. Manche plaudern mit den Bediensteten, als wären sie mit ihnen befreundet, manche sitzen still auf ihren Plätzen und machen nichts, bewegen sich sichtlich nicht, dennoch sinkt der Pegel in ihren Gläsern und plötzlich sind diese auch schon wieder voll. Trinkglasmagie. Veranstaltungen sind auch schwierig. Woher wissen die Leute, wann sie lachen müssen?
Kaffeehäuser hat er sich idyllischer vorgestellt. Manche Menschen hasst Hans bereits nach kurzer Zeit. Er weiß, Hass ist ein starkes, ein brauchbares Gefühl. Hans steht zu seinen Gefühlen, mittlerweile. Gefühle sind der Honig der Aufstriche des Lebens, wird er notieren und irgendwann in Zukunft dann seiner Mutter schicken. Nicht gleich, sie hat erst neulich – Mitten im Altweibersommer – ein Faschings-Kärtchen gekriegt. Sie schauten immer »Villacher Fasching« und »Mainz bleibt Mainz«, es blieb ihnen ja sonst nicht viel über, damals, zu FS 1 und FS 2 Zeiten.
Hans hat wieder eine Clowndoktor-Karte der Roten Nasen verwendet und geschrieben: Tiefer als Boden- und Freilandhaltung ist die Unterhaltung. Unterhaltung ist das Ei der Henne Frohsinn.

Hans sagt sich, alles muss ich nicht mögen, alle muss ich nicht mögen, aber alle sollten mich mögen. Eine paradoxe Situation. Er hat noch viel zu üben. Andere gehen ins Fitnesscenter, um zu trainieren, Hans geht ins Kaffeehaus.
Plötzlich setzt sich jemand direkt neben Hans, obwohl wirklich viele andere Tische frei sind und beginnt eine großfamiliäre Videokonferenz via Handy, die an Expressivität, Emotionalität und Lautstärkenvarianz kaum zu überbieten ist. Hans vermutet, dass da wirklich was verhandelt wird, doch was? – das lässt sich leider nicht sagen: Er versteht die Sprache nicht. Aber es reißt ihn mehrmals fast vom Sessel, so theatral fährt die Monologisierende ihre offensichtlich trainierte Stimme immer wieder hoch. Er traut sich weder sie zu bitten, doch etwas weniger bühnenreif zu telefonieren, noch sie zu fragen, wer gestorben ist, was es zu erben gibt, wer mit wem, warum was hat, oder ob es bloß um Alltagsquatsch geht. Hans wechselt nicht bloß den Tisch, nein, er verlässt das Lokal. Die Menschheit ist laut geworden in den letzten Jahren. Früher war mehr Stille.
Es wird neuerdings allerorten mit Smartphones Musik gemacht, also in Lokalen damit aufgelegt und ruft jemand an, fräst sich der Klingelton in die Musik, die sodann, wenn der Anruf angenommen wird, gänzlich verstummt. So wichtig sind Anrufe heutzutage. So unwichtig die Musik. Anfangs klingt das gelegentlich, je nach Klingelton, nach einem gewagten Übergang, aber dann, mit »Hallo«, ist immer alles aus und das folgende Gespräch wird ausnahmslos allen aufgedrängt. Hans nimmt sich vor, demnächst einen derartigen Anruf zu tätigen und zwar im angewählten Lokal sitzend, eine Bestellung per Telefon aussprechend. Hans ist der Meinung, ein einfallsreicher Mensch zu sein. Er notiert unter »Einfälle« und »Kreativität«: Einfälle sind der erste Fall in der Grammatik der Kreativität.

Warum so viele Leute ihr Glück in Gastwirtschaftsbetrieben suchen, ist ihm ohnehin schleierhaft. Alkohol bekommt ihm nicht, sondern macht einen schlechteren Menschen aus ihm. Alkohol hat er nicht notwendig, Alkohol holt ihn nicht ab, Alkohol lässt ihn kalt. Freilich hat Hans alles mal probiert. Es hat ihm alles nicht behagt. Sein an sich verlässlicher Kontrollmechanismus versagt unter Alkoholeinfluss.

»Scheiß Wetter«, sagt Hans.
Hans hat sich akribisch auf seine jüngste Studienreise vorbereitet. Er hat einen Schlechtwettertag abgewartet, hat sich, wie früher immer, mit dem Ocatvia zum Bahnhof aufgemacht, ist dort in die S-Bahn gestiegen, am Bahnhof in der Stadt dann in die U-Bahn umgestiegen, dann zwei Stationen mit dem Bus gefahren und schon stand er vor einem Lokal, das die Stadtzeitung als den aktuell angesagtesten, internationalsten Treffpunkt für nicht nur junge Leute aus aller Welt anpries. Hans ist nicht jung und nicht aus aller Welt, er ist fast 50 und aus Niederösterreich, doch er ist sich dessen bewusst, dass er auch an solchen Plätzen bestehen können muss. Das Lokal ist weder ein Kaffeehaus noch eine Bar. Es ist auch kein Restaurationsbetrieb, wenngleich es doch auch Kleinigkeiten zu Essen gibt, vegane Kleinigkeiten, die mit äußerst fragwürdigen Namen versehen wurden. Was soll sich jemand unter den Speisen »Jack Untervegan« und »Tony Vegan« vorstellen? Nichts Gutes, wenn einem die historischen Vorbilder vertraut sind. Die Theke ist lang, der Gastraum großzügig. Die Bezeichnung, die sich die Lokalität selbst verpasst hat, ist Lounge. Die Musik ist älter als die Bedienung, hält sich aber dezent im Hintergrund. Die Bedienung als dezent zu bezeichnen, möchte sich Hans nicht anmaßen. Es bedient eine Person, die nicht eingeordnet werden will. Die Kleidung verrät nichts über die Identität der Person, hätte aber vom Hans vor 35 Jahren stammen können. Das vermittelt ihm augenblicklich ein heimeliges Gefühl. Ja, das mag kein auf ihn zugeschnittener Ort sein, aber er fühlt sich hier schon jetzt ein bisschen wohl. Er wird seinen Plan durchziehen. Er hat die Vorgehensweise im Auto durchgespielt, nicht nur ein Mal.

»Scheiß Wetter, scheiß Tag«, wiederholt Hans. Das Wetter gilt für alle, da können sich alle angesprochen fühlen. Der Tag ist die persönliche Note, die Hans bereit ist, einzubringen, um sich nahbar zu geben. Die Bedienung wird zu Recht hellhörig und nähert sich der Kundschaft. Die Begrüßung erfolgt vermittels einer Nickgeste, die das Gegenüber freundlich erwidert, dann wiederholt Hans erneut und setzt die Bestellung obendrauf.

»Scheiß Wetter, scheiß Tag, einen Schnaps, bitte!«

Hans wollte diesen nicht trinken, er musste ihn aber bestellen. Das war die Aufgabe, die er sich selbst gestellt hatte.

»Tut mir Leid, so etwas haben wir nicht«, sagt die Bedienung mit vollem Ernst. Hinter ihr an der Wand hängt die übliche Spirituosenbatterie von Averna / Absinth, Bacardi / Berliner Luft, Campari / Cointreau, Daniels Jack über Gin, Jägermeister, Limoncello bis Wodka und irgendwo steht sicher auch eine Flasche Zirbeler.

Hans fragt überrascht: »Wie bitte?«

»So etwas haben wir nicht«, wiederholt die Bedienung selbstsicher und führt aus.

»Wir haben: Averna Sour, B52, Bloody Mary, Campari Soda, Gin Gin Mule, Horses Neck, Kuba Libre, Negroni, Screw Driver, Vodka Tonic und Old Fashioned.«

Darauf war Hans nicht vorbereitet. Er hatte mit der Aufzählung: Apfel, Birne, Vogelbeere; Marille, Zwetschke, Zitronengrasgeist; vielleicht noch mit Nuss, Quitte, Zirbe; eventuell noch mit Himbeere oder Enzian gerechnet, selbst Dattel- oder Feigenschnaps hätte er akzeptiert. Dass es im angesagtesten Laden der Stadt etwas geben würde, das er nicht kannte, davon ging er aus. Obstler und Sliwowitz hat er ausgeschlossen. Aber gar kein Schnaps war eine glatte Lüge. Hans schaut ungläubig und lächelt. Die Bedienung lächelt zurück.

»Einfach einen Schnaps, bitte.«

»Wie schon gesagt, so etwas haben wir nicht.«

»Kirschschnaps?«, probiert Hans leicht verzweifelt.

Die Bedienung schüttelt den Kopf.

»Irgendeinen Schnaps«, insistiert Hans.
»Averna Sour, B 52, Bloody Mary, Campari Soda, …«, zählt die Bedienung erneut auf.
Hans schaut sich im Lokal-, im Loungeraum um und sucht per Blickkontakt Verbündete, alle wenden sich von ihm ab, beziehungsweise nehmen gar keine Notiz von ihm und plötzlich weiß Hans, was das zu bedeuten hat. Man will ihn einfach nicht hier haben. Man will ihm zu erkennen geben, dass er nicht hierher gehört, hier ebenso fehl am Platz ist, wie sein Getränkewunsch. Hans, geh heim!, steht laut zwischen den Zeilen geschrieben.
»Na dann halt nicht«, platzt es patzig aus Hans und er verlässt die Location der Stunde, der Stadt, nach grad mal drei Minuten. Ohne Schnaps aber mit viel Ärger.
So hat sich Hans das nicht vorgestellt. Die Bedienung macht sich daran, die Spülmaschine auszuräumen. Aus der Küche kommt die zweite und hilft ihr dabei.
»Du, da war gerade ein Dude, der wollte einen Schnaps. Haben wir so was?«
»Du, ich glaub schon, denn neulich war der Chef hier und wir mussten so was trinken und es war fürchterlich.«
»OMG.«
»Du sagst es.«

Die Stadt mag Hans nicht. Die Lounge mag Hans nicht. Schnaps mag Hans nicht. Es zieht ihn heim zu seinem Zaun, in sichere Gefilde, zu schönen Erinnerungen.
Der Zeit ihre Zäune, den Zäunen ihre Grenzen. Jede Zeit hat auch Zaunmoden. Hans Kindheit war vom Jägerzaun und vom Koppelzaun geprägt. Das waren, in seiner Umgebung, die vorherrschenden Zäune. Jägerzäune sterben langsam aus, Koppelzäune sind auch heute noch häufig anzutreffen. Nicht um Privatgrundstücke zu schützen, aber in der Weidetierhaltung haben Koppelzäune noch immer einen hohen Stellenwert. Sie sind günstig und passen optisch gut in die ländliche Umgebung.

Der Koppelzaun ist eine einfache und stabile Konstruktion aus Holz. Er besteht lediglich aus den Pfosten und zwei oder drei Querriegeln. Jägerzäune wiederum werden zunehmend ersetzt durch Doppelstabmatten-Zäune. Die Eltern sterben, die Erben verändern Haus und Garten und der abgewitterte Jägerzaun, der für Kleinkariertes und Spießiges stand, muss einem funktionalen, neuen Zaun weichen. Die Erben haben ihr Geld schon in die Innensanierung gesteckt, deshalb wird beim Zaun gespart. Hans ist der Meinung, man sollte sich die Doppelstabzäune und vor allem die dazwischen durchgezogenen Motivmatten sparen. Aber die Leute haben eben keinen Sinn für Zäune. Ob der Neue einen Sinn dafür hat, wird sich bald zeigen. Hans bezweifelt es stark. Herr Engelhorn pflegte seinen klassischen Jägerzaun ja vorbildlich.
Das ist ein Armutszeugnis der nachrückenden Generation. Hans ist der Meinung, dass sich die neue Generation erst beweisen muss. Hans sagt sich: Ja, ein Zaun sagt mehr als tausend Worte und hätte der Neue nur einen Funken Anstand, hätte er zumindest ein paar Worte für meinen Zaun über.
Hans fordert, dass der Zaun gesehen und als solcher erkannt wird, dann sind weitere Schritte möglich. Dann kann man eventuell auch ins Gespräch kommen. So wichtig ist das Zwischenmenschlich-Zwiegesprächige nicht. Eins nach dem anderen. Hans ist sich sicher, dass der Neue seinem Zaun zwar nicht gerecht werden wird können, aber er könnte ihm Respekt zollen. Das wäre ein guter Anfang. Doch ist er der Meinung, dass ein guter Anfang von diesem Katzenpizzamenschen nicht zu erwarten ist. Er erwartet sich aber mindestens eine weitere Trainingsmöglichkeit, was das Kommunizieren betrifft. Je weiter er von zu Hause entfernt ist, desto schwieriger fällt ihm das ja, Arztbesuche ausgenommen.

»Guten Tag, Herr Magister. Was führt Sie zu mir?«, fragt der Facharzt.

»Die Empfehlung eines Freundes«, sagt Hans. Ein persönlich auferlegtes Übungspensum in Sachen schwierige Gesprächssituationen, verschweigt er. Auch Hans ist froh, gelegentlich auf Floskeln zurückgreifen zu können.

»Beschwerden?«

Sonder Zahl, aber der Pinkelapparat spurt, sagt er nicht. Pissen passt, wäre die kürzeste, korrekte Antwort gewesen. Mit der Funktionsfähigkeit, Verlässlichkeit und Dichtheit meiner Blase bin ich sehr zufrieden. Wie es um den Zustand meiner Prostata beschaffen ist, vermag ich nicht zu beurteilen, sagt er auch nicht. Hans sagt bloß: »Eigentlich nicht.«

»Krankheiten, Krebs in der Familie?«

»Nichts amtlich Bescheinigtes«, sagt Hans.

Der Arzt lacht, Hans ist nicht danach.

»Gibt's Probleme beim Geschlechtsverkehr?«

»Nein«, antwort Hans wahrheitsgemäß, dass er seit Jahren keinen hat, bleibt unausgesprochen.

»Bitte legen Sie sich auf den Rücken, Hose runter und T-Shirt rauf schieben.« Die Liege ist mit Papier abgedeckt. Sie ist bequemer als erwartet. Der Befehl allerdings ist forscher als erwartet. Wer hat das letzte Mal zu Hans »Hose runter« gesagt? Vermutlich Sandra. Sandra ist forsch. Sandra ist die Forschheit in Person. Sandra fällt nicht wirklich unter Ex-Freundinnen. Sandra fällt unter Studienobjekt mit gegenseitig klar formulierten Interessen. Sandra hatte schon mehr studiert als Hans, deshalb war sie in der Lage, klare Befehle zu geben. Sandra befahl, Hans gehorchte. Sandra nahm die Sache und Hansens Hänschen in die Hand und handelte. Nachdem sie sich Hänschen, und Hans somit in die Materie eingeführt hatte, kamen sie einander nicht weiter näher.

»Zuerst schauen wir uns Ihre Nieren an«, sagt der Facharzt.

Sie scheinen ihm zu gefallen. Er tastet länger als es sein müsste, fährt mit dem Scangerät an seiner Seite rum. Das ist nicht unangenehm, findet Hans, diese Nähe. Es ist fast ein Streicheln.

»Tut das weh?«, will der Facharzt wissen.
Tut es nicht. »Nein«, sagt Hans, muss aber, ob des Rumgedrückes etwas Magenluft entweichen lassen, still und diskret. Sprossen stoßen auf. Hans hätte den Radieschen-Sprossen-Frischkäse-Vollkornbrot-Doppeldecker wenn schon, dann etwas früher verzehren sollen. Hungrig wollte er halt auch nicht zur Untersuchung erscheinen. Ein Magenknurren wäre nicht angenehmer gewesen.
»Sie haben, wie viele Männer, eine Krampfader im linken Hoden. Das könnte sich auf die Fortpflanzungsfähigkeit auswirken, muss es aber nicht.«
Was sagt man darauf? Hans sagt: »Aha«, das reicht. Er lässt das »Aha« sachlich, nicht besorgt klingen. Hans findet, der Handscanner auf Inspektion in seiner Unterleibsgegend hat etwas von einem Massageballeinsatz. Er fühlt sich entspannter, als er erwartet hätte.
»Jetzt auf die linke Seite legen und die Knie Richtung Bauch ziehen.«
Das kann er, das macht er.
»Was machen Sie beruflich?«, fragt der freundliche Facharzt.
»Unternehmer«, sagt Hans wie er das, in derartigen Situationen, seit Jahren zu sagen pflegt. Der Arzt drückt sich Gleitglibber in die gummibehandschuhten Hände. Da sich Hans aber derart wohl fühlt, wird er mutig und fügt hinzu: »Ich gedenke ...«
Es macht »Fup«, es fährt etwas in ihn und Hans fühlt sich augenblicklich aufgerichtet. Seine Augen weiten sich, ja nicht nur die Augen weiten sich. Hans beginnt erneut mit seinem beabsichtigten Satz, schickt ein gepresstes »Hmkmh« voraus und sagt: »Ich gedenke künftig in die Politik zu gehen«, und fühlt sich plötzlich vollends erfüllt.
Es macht »Swup«, dann schnalzen die ausgezogenen Gummihandschuhe und der freundliche Facharzt wirft diese zielsicher in den Mülleimer.
»Schaut gut aus«, sagt er.

Hans nimmt es persönlich und fühlt sich auch gut.
»Sie können sich damit abwischen.« Der Facharzt drückt Hans einen Stapel Papiertücher in die Hand. »Und dann wieder anziehen.«
Das macht er. Hans ist stolz auf sich. Er findet, er hat diese Prüfung gut gemeistert. Das Gefühl der inneren Erfüllung hält für den Rest des Tages an und lässt ihn aufrecht und zufrieden den Heimweg antreten.
Das Gefühl der inneren Erfüllung ist ein sehr starkes Gefühl. Es ist gewissermaßen das Gegenteil von Hass. Ja, innere Erfüllung ist nah dran an der perfekten Liebe. Hans wird künftig keine Vorsorgeuntersuchung versäumen.

Der Zaun ist das Goldketterl des Halses Haus

Romähn hat von Hans eine GoPro und einen Insta-Account bekommen. Seine Bilder kommen an, indirekt kommt also auch Hans an. Und die ganze Welt sieht seine Zäune. Romähn schnurrt. Er schleicht den Rasenstreifen entlang wie eine Katze, stößt an einen Zaunpfeiler, beißt sich kurz daran fest. Er spult. Er gibt noch nicht auf. Doch. Er setzt zurück. Hans wirft ihm ein Leckerli zu. Es darf nicht zu hart sein, das schadet seinem Mähwerk. Softkekse haben sich bewährt. Romähn hat das Softkeks-Leckerli in wenigen Sekunden erreicht und verarbeitet. Er hat nicht mehr sehr viel zu mähen im Garten von Hans Sagmeister. Zäune brauchen Platz. Alle brauchen einen Platz. Hans hilft gerne, sich darauf zurechtzufinden. Sein Lieblingsinstrument der Zurechtfindung ist der Zaun. Der Zaun ist ein Landnahmeinstrument. Hans nimmt sich, was ihm gehört, und schützt gerne auch andere vor potenziellen Gefahren. Sich abzugrenzen ist ein anthropologisches Grundbedürfnis und Hans ist ein anthropologiebewusster Mensch. Er nimmt Grenzen ernst. Er stellt Zäune auf.

Dabei war es keine Liebe auf den ersten Blick zwischen Hans und dem Zaun. Es war eher ein Herantasten, ein langsames Kennenlernen. Hans kannte sich ja anfangs auch nicht aus mit Zäunen, war ja auch mal eher der offene Typ. Bis er sich aus guten Gründen verschlossen hat. Nun weiß Hans, dass selbst der geringste aller Zäune es verdient, ihm gebührende Beschäftigung entgegenzubringen; selbst der geringste aller Zäune will geschätzt und für seine Qualitäten anerkannt werden und dafür braucht es, wie in allen wichtigen Dingen des Lebens: Schulung. Schulung im Umgang, Schulung in der Handhabe.
Hans ist ein guter Schulmeister. Seine Schule ist das Leben der

Anderen, die Lebensfehler der Anderen, die Schwächen der Anderen und diesbezüglich sind die Erwartungen, was der Neue Hans bringen kann, hoch.

Naturgemäß sind alle Zäune anders. Selbstredend will jeder Zaun für seine Eigenheiten anerkannt und geschätzt werden. Es braucht Zaunvertrauen. Das ist Hans bereit zu schenken.
Hans hat das Gefühl, der Neue wird das lernen müssen. Er wird lernen und wohl auch fühlen müssen. Wem der Wink mit dem Zaunpfahl nicht reicht, dem zieht Hans diesen schon auch über, wenn es gar nicht anders geht. Ja, Hans ist vom alten Schlag, ist mit gesunden, pädagogischen Watschen aufgewachsen. Hans hat eine strenge Hand und ab und an einen motivierenden Schlag auf den Hinterkopf gebraucht. Es hat ihm nicht geschadet, sagt zumindest seine Mutter. Hans ist diesbezüglich noch unentschieden.

Früher hatten nahezu alle, die Gästezimmer anboten, diese Tafeln mit einem Einzel- und einem Doppelbett drauf, wo drunter entweder ein rotes »BESETZT« reingeschoben werden konnte oder eben ein grünes »FREI« stand. Das waren recht massive, weiße Metallschilder und der Pfosten, auf dem diese angebracht wurden, machte natürlich den Unterschied aus. Freilich genügte vorübergehend ein Kantholz oder ein junger Fichtenstamm. Aber diese vorübergehenden Lösungen wurden oft und in so vielen Belangen zu schleichend akzeptierten Dauerlösungen. Überall in den Siedlungen standen fast fertige Neubauten. Da fehlten noch die Balkone, dort war der Garten noch ein Geröllhaufen; da blieben Ost- und Westseite der Fassade jahrelang unverputzt, dort freundete man sich mit einem Stiegenhausgeländer aus Schwartlingen und Schaltafeln an. Irgendwann ging das Geld immer aus, und nicht selten war es die Terrasse oder auch der Verputzsockel, die und der unvollendet blieben. Was auch alles nicht so tragisch war, denn die Zäune, die mitunter Mauern waren, um

das Eigentum abzustecken, die waren stets längst aufgestellt. Das war früher.
Heutzutage sind die Häuselbauer nachlässiger, was die Zäune betrifft und das trotz Vermehrung der streunenden Haus- und Wildtiere. Hans betrachtet diese Entwicklung mit Sorge. Die Menschen dürften sich subjektiv sicherer fühlen als früher. Dabei werden in den letzten Jahren Ängste doch weit konsequenter geschürt.
Auch deshalb ist Hans der Meinung, die Zaunlust der Menschen muss wieder mehr hervorgekitzelt werden. Es wird Sprüche brauchen, um das Zaunbewusstsein wieder zu stärken. Sprüche, die für unterschiedliche Schichten funktionieren.
Der Zaun ist die Krawatte des Grundstücks, spricht vielleicht den Managertypus an. Bei Nicht-Krawatten-Menschen lässt sich der Spruch abwandeln in: Der Zaun ist der Gürtel des Grundstücks. Vielleicht muss man sogar mehr wagen, was die Vergleichsfindung betrifft: Der Zaun ist das Goldketterl des Halses Haus. Oder auch: Der Zaun ist des Eigenheims Diadem.
Ja, das Goldketterl hat Imageprobleme und eine Kette ist auch nur eine Art Leine. Aber Menschen mögen Leinen, Menschen mögen Goldketterln, insofern könnte das schon funktionieren. Das Diadem hingegen kennt man, Königshaus-Illustrierte werden immer noch gelesen. Es mag Menschen geben, die, vom Internet und der Apotheken-Rundschau verseucht, mit Diadem eher eine fiese Darmkrankheit verbinden als ein edles Schmuckstück. Aber diese gesondert anzusprechen ist nicht zielführend.
Ein Zaun steht auf Pfosten – wir stehen auf dich! Warum eigentlich nicht? Hans freut sich, als hätte er sich gerade mit dem Zierknauf seines Zaungatters liebkost. Was ist die herzerwärmendste Kost? Liebkost.
Wer seine Gästezimmer in den früher ja verlässlich viel zu groß dimensionierten Eigenheimen möglichst oft belegen wollte, setzte von Anfang an auf eine schmiedeiserne Stange mit Schildfassung und dezenten Schnörkeln an den Schildecken. Der letzte

Schmied im nächstgelegenen Dorf war zwar auch schon in Pension, aber solche Arbeiten machte er nach wie vor zuverlässig und gerne. Der Schmied aus dem Dorf, in dem Hans aufgewachsen ist, lebt leider nicht mehr. Aber sein Sohn hat die Werkstatt im Nebenerwerb übernommen und Hans ein prachtvolles Schutz- und Ziergatter gefertigt. Es ist nicht leicht zu überwinden aber sehr leicht zu mögen. Es ist meisterliches Handwerk. Hans weiß das zu schätzen und er weiß es auch für sich und seinen Lustgewinn einzusetzen.

Früher hatte er keinen Sinn für Handwerk. Früher fühlte er sich zu Höherem berufen. Früher wollte er sich die Hände nicht schmutzig machen. Das ist er mittlerweile gerne bereit, in Kauf zu nehmen. Wo gehobelt wird, fallen Späne. Wo Pläne geschmiedet werden, muss man sich die Hände schmutzig machen, was nichts weiter macht, denn eine Hand wäscht die andere. Hans ist der Meinung, dass man sich darauf hierzulande noch immer verlassen kann.

Gespür ist die Reinigungskraft im Psychohygienehaushalt

Die Entsorgerin ist real oder ein Bot. Der Zaun ist real und in seinem Kopf. Hans ist der Meinung, dass die Anonymität der Internetseelsorge ihre große Qualität darstellt. Unverbindlich ist das falsche Wort, denn sie haben offenbar eine sehr gute Verbindung, aber soll Hans die Entsorgerin einfach mal ganz locker fragen, was sie wirklich davon hält, dass er gedenkt, seine Überzeugungskraft der Politik angedeihen zu lassen? Sie hat ja mit der Zaunkanzler-Sache angefangen. Sie weiß sicher Rat. Hans ist sich überdies sicher, einer ihrer Premiumkunden zu sein. Sie hat ihm schon vermehrt zwischen den Zeilen mitgeteilt, dass ihre Verbindung sich vom rein geschäftlichen schon ein Stück weit weg entwickelt hat. Sie hat noch nicht von persönlicher Beziehung gesprochen respektive geschrieben. Aber Hans ist überzeugt, dass es, so er entsprechende Schritte setzt, von ihrer Seite mehr als begrüßt werden wird. Kunden wie er sind ja die Ausnahme. Die Entsorgerin – so nennt er sie noch immer, weil er nach wie vor ein Problem mit dem Aussprechen von weiblichen Vornamen hat, aber wie groß kann das Problem schon sein, wenn er sich dessen bewusst ist? –, die Entsorgerin hat es ja vorwiegend mit gestörten Individuen zu tun. Männer auf dem Abstellgleis. Hans ist ein Mann in Fahrt. Hans kommt an. Hans hat ein Fahrtziel. Hans ist bereit, dafür zu arbeiten. Er ist auch bereit, ihr wieder mal eine etwas höhere Spende zu überweisen, denn er unterstützt gerne gute Sachen. Die Entsorgerin ist eine gute Sache für ihn und sie kann noch besser werden, sie kann sogar von der besseren Sache zum besten Subjekt werden. Hans entdeckte unübersehbare Gemeinsamkeiten. Sie sind beide selbständig und originell und sie sind anders als die anderen. Sie brauchen wohl nur noch etwas Zeit. Ja, Hans muss sich bloß noch etwas gedulden.

Geduld ist die Mutter des Erfolgs. Geduld ist der Vater der Einschlägigkeit. Geduld ist der Bruder der Gelassenheit und die Schwester des Ehrgeizes. Geduld ist eine komplexe Familie aber kein Familienkomplex. Die Geduldfamilie ist die Harmonie in Person.

Hans ist der Meinung, dass Harmonie in der Praxis, in familiären Dingen, geradezu eine Utopie ist, eine Utopie und Illusion. Ja, beides. Ist Hans gut in Geduld? Nein. Kann er sich darin üben. Ja. Übung macht bekanntlich jeden Meister und vielleicht ist es ohnehin besser, er prescht voraus und drauflos. Vielleicht ist er ihr zu zögerlich und sie längst bereit, mehr als nur mit ihm zu chatten. Vielleicht hat sie schon genug Zögerzauderer in ihrer Kartei. Vielleicht sehnt sie sich nach Entschlossenheit. Diese Gedanken beflügeln Hans und seine Formulierlust, er notiert: Entschlossenheit ist die Schwester des Wagnisses. Nein, besser noch, und das wird er demnächst seiner Mutter schicken: Entschlossenheit ist die Mutter des Muts.
Kann man entschlossen geduldig sein? Er jedenfalls kann es nicht. Kann er sie fragen, ob er in ihrer Gunst höher stünde als der Durchschnittskunde? Hans kann es noch nicht. Kann er sie fragen, was sie ihm rät, bevor er den Parteigründungsgedanken weiter pflegt? Ja, das kann er. Wird sie durch das Herantragen dieser vertrauensvollen Frage spüren, dass Hans bereit für mehr wäre? Wenn sie, wie von ihm gemutmaßt, das beste Subjekt für ihn ist, dann ja. Wird sie sich in ihrer Antwort herausgefordert fühlen, ihr Allerbestes zu geben, wenn er ihr vor der Kontaktaufnahme eine weitere Aufmerksamkeit überweist? Bestimmt. Ist es nicht ohnehin besser, von Aufmerksamkeit zu reden und die Finanztransaktionen nicht als solche zu sehen? Beziehungstechnisch betrachtet auf jeden Fall. Haben Frauen nicht nichts unlieber als Groschenreiter, Pfennigfuchser und Knauserer vor dem Herrn respektive der Angebeteten? Zweifelsohne. Ist schon so weit zu gehen, dass die Entsorgerin als Angebetete bezeichnet werden kann? Noch nicht ganz. Aber in die Knie geht Hans schon mal bereitwillig. Er wird

sich ordentlich reinknien, wenn er sie das nächste Mal anschreibt. Seiner Kontaktaufnahme muss Entschlossenheit ebenso innewohnen wie Geduld. Sein Anliegen muss dringlich in Geschäftsdingen und zwischen den Zeilen persönlich zwingend daherkommen. Er darf es ihr nicht zu schwer machen, ihm sofort zu antworten. Er darf die persönliche Botschaft aber auch nicht zu leicht lesbar anlegen. Er wird all seine Erfahrung und sein Verhandlungsgeschick in die Waagschale werfen und in die Zeilen legen, und er wird garantiert belohnt werden. Bemühung lohnt sich immer in seiner Welt. Er spürt das. Hans ist ein Gespürmensch.
Gespür ist ein hohes Gut. Gespür ist nicht erlernbar. Gespür wird einem in die Wiege gelegt oder eben nicht. Gespür ist das rechte Wort zur rechten Zeit. Gespür ist die Reinigungskraft im Psychohygienehaushalt. Gespür ist der Klobesen im Abort Leben. Gespür ist unvergleichlich. Gespür ist, nicht jeden Satz aufzunehmen ins Heft der goldenen Sagmeister-Sätze.
Hans schreibt:
Was würdest du jemandem raten, der gedenkt, in die Politik zu gehen? Ich frage für einen Freund.
Danach setzt er mit Strichpunkt, Bindestrich und Klammer ein Ironiesignal. Das Wort Freund ist somit geschrieben. Wenn sie will, wird sie verstehen. Wenn sie will, kann sie die vermeintlich prioritäre Frage überspringen und direkt das Wort Freund aufnehmen, ihn als Freund aufnehmen, auffassen, betrachten. Sie muss nur »Apropos Freund« schreiben. Hans hat alles vorbereitet, die Brücke ist gebaut, gelegt, geprüft. Sie muss nur noch begangen werden wollen.
Die Antwort lässt keine fünf Minuten auf sich warten. Ein Bot wäre schneller gewesen. Für einen Menschen aus Fleisch und Blut, für einen liebevollen Menschen mit Herz und Einfühlungsvermögen ist sie ihm aber mehr als schnell genug.

Sabine Siebenkittel, die Entsorgerin, die Internetseelsorgerin, die Betreuerin zahlreicher Chat-Bots mit Schwerpunkt »50+ Prob-

lembären mit hohem Schrulligkeitsfaktor« ist gerade nach Hause gekommen, hat die Arbeits- gegen die Freizeitkleidung getauscht, sich einen Erbsenreis aufgestellt, den Laptop aufgeklappt und schreibt:
Ich würde dir raten, deine Leichen im Keller los zu werden, sofern du welche hast. Verstehst du, was ich meine? Altlasten möglichst spurlos beseitigen. Das klingt jetzt krimineller als beabsichtigt, aber es geht einfach darum, zu bedenken, dass du in der Öffentlichkeit stehst, Neider und Feinde hast, die sich gierig auf alles stürzen, was deinen Ruf schädigen könnte.
Sie schaut die Post, vorwiegend bestehend aus Reklameprospekten und Spendenaufrufbriefen, durch, wirft sie anschließend ins Altpapier und setzt fort:
Deshalb rate ich dir: Schau zu, dass du deine Vergangenheit ordentlich aufräumst und ein intaktes Familienverhältnis vorzeigen kannst. Das kommt immer gut an.
Sabine Siebenkittel schaut im Kühlschrank nach, ob sie noch einen grünen Salat in der Schublade hat. Hat sie nicht. Sie hat aber vorgekochte rote Rüben. Damit wird sie sich einen Salat mit frischem Kren und Walnüssen richten. Damit überrascht sie immer, wenn wer zum Essen kommt. Vor dem Reiben schreibt sie noch schnell:
Apropos gut ankommen und »Freund«. Einer meiner langjährigen Kunden ist in der Politik und weil er es mir nicht nur erlaubt, sondern sogar nahegelegt hat, dass ich ihn mit interessanten Zeitgenossen gerne connecten darf, leite ich dir – wenn du das möchtest – seine Mailadresse weiter. Kein Zwang, keine Verpflichtung, aber vielleicht kann er dir, was die politische Bühne anbelangt, bessere Ratschläge geben als ich. Vielleicht versteht ihr euch sogar und könnt gemeinsam an einem Strang ziehen.

Die Antwort fällt Hans leicht, gerät vermutlich ein wenig zu impulsiv, aber er wollte auch schnell sein. Er schreibt:
Die Leichen im Keller sind nicht das Problem, die zersetzen sich

von selbst. Meine Familie allerdings ist ein Problem. Ich sag es frei heraus. Sie sind alle samt und sonders gestört: Vater, Mutter, Brüder, Schwester. Manche mehr, manche weniger, aber sie sind alle definitiv gestört. Deshalb habe ich aktiv die Verbindungen abgebrochen. Besucht mich wer, lädt mich wer ein, spiele ich mit, aber was sie von mir wollen, kann ich ihnen nicht geben, jedenfalls nicht mehr. Ich habe mich lange genug aufgeopfert für die Familie, habe dafür gesorgt, dass das Bild nach außen hin passte. Ich mach das aber nicht mehr, es wurde mir nicht gedankt. Stattdessen haben sie sich einhellig gegen mich verschworen. Plötzlich war ich der Schuldige an all den Streitereien. Aber nein, ich bin nicht das Problem. Das Problem sind immer die Anderen.

Sabines Problem beim Rote-Rübe-Reiben ist, dass das Geriebene nie in der Schüssel bleibt, sondern sich weit darüber hinaus verbreitet. Auch sind die Tippfinger rot als hätte sie diese gerade in frischem Blut gebadet. Sabine hat keine Küchenrolle zur Hand aber gerade eine rote Jogginghose an, der kann ein bisschen natürliches nachfärben nicht schaden. Sie wischt sich auf den Oberschenkeln ab und haut dann wieder in die Tasten.

Wenn du nicht das Problem bist, dann lad doch alle zu dir nach Hause ein. Sorg dafür, dass ihr alle an einem Tisch zu sitzen kommt und dann sprecht euch aus. Wenn du nicht das Problem bist, was kostet es dich, den ersten Schritt zu setzen?

Sehr gründlich war das Abputzen am Hosenstoff nicht. Ihr MacBook schaut gemartert, die silberne Oberfläche rot gesprenkelt aus. Ob das schnell eintrocknet? Sabine schmiert die Hände nochmal in den bequemen Baumwollhosenstoff und ist dann wieder ganz makellose Lebensratgeberin:

Du zeigst dadurch Initiative und Versöhnungswillen. Das kann dir niemand streitig machen. Und so ein Foto im Großfamilienverband ist für politische Zwecke Gold wert.

Die ganze Familie an einem Ort, alle gleichzeitig irgendwo, gab es schon lange nicht mehr. Alle gleichzeitig bei Hans, das gab es noch nie. Vermutlich, weil sie alle noch leben. Das ist wahr und falsch zugleich. Der folgende Satz ist richtig. Der letzte Satz ist falsch. Es muss nicht immer alles einfach sein, kann als Leitspruch seiner Familie herhalten und das Familienwappen ziert ein Kuckuck, eine Hyäne, ein Iltis – je nach Perspektive. Mit dem Erbe sollten die familiären Bande und Zwänge aufgelöst sein. Lebenslänglich wird zu Recht mit Zuchthaus assoziiert. Nichts soll lebenslänglich Bestand haben. Das Sippenkonzept hat unsere Gesellschaft doch längst überlebt, überflügelt, ausgetauscht durch allerhand Gegenwartsadäquates. Hans ist der Meinung, die Symbiose seines Zaunes und seiner selbst, die Freundschaft mit Romähn und mit seiner Entsorgerin, all das ist der beste Beweis dafür. Das ist nämlich alles möglich und erfolgreich heutzutage. Erfolgreicher als das tradierte Blutsverwandtschaftsmodell. Hans räumt durchaus ein, diesbezüglich ein Vorreiter zu sein, aber er ist alles andere als allein. Wir sind viele, sagt er sich. Wir sind anders. Wir haben andere Bedürfnisse. Wir haben andere Vorstellungen, was das Zusammenleben und Politik betrifft, und Hans betrachtet sich als einen relevanten Teil dieser vielen, die es nur noch zu finden und für ihn zu gewinnen gilt.

Mutter Sagmeister hat Hans seinen Zaun noch gar nicht vorgestellt.
Sie kannte Sandra, weil Sandra alle kannten. Aber sie wusste auch, was Sandra von Hans wollte, beziehungsweise er von Sandra lernen konnte. Diesen Entwicklungsschritt, den Sandra mit Hans ging, segnete Mutter Sagmeister gerne ab.
Ilenka hat sie nie kennengelernt.
Roswitha hat sie gehasst, so wie Hans seine Mutter zu jener Zeit hasste. Seinem Zaun fühlt sich seine Mutter vermutlich näher. Seinen Zaun könnte sie mögen. Nicht nur die praktische Veranlagung, auch der evidente Nutzen des Zauns dürften ihr imponieren, obwohl sie mit dem Stacheldraht zum Geburtstag keine Freude hatte. All ihre Schwiegertöchter verachtet Mutter Sag-

meister in Maßen respektvoll. Der Zaun könnte ihrer Achtung und Akzeptanz würdig sein. Aber Mutter Sagmeister allein ist nicht das Problem. Alle Familienmitglieder allein sind nicht das Problem. In Summe aber sind sie Gift, Galle und Dolch in den Rücken. In Summe entfalten sie alle ihre schlimmsten Seiten. In Summe sind sie eine einzige Differenz. Nein, in Summe sind sie ein Produkt von Differenzen, eine schier unglaubliche Differenzpotenz.
Hans ist noch nicht bereit, der Entsorgerin jetzt schon seine wirkliche Familiengeschichte umzuhängen. Aber es gelingt ihm mittlerweile, die Exen beim Namen zu nennen. Dann also lieber erst zu den anderen Leichen im Keller.

Es wird Hans nicht gerade leicht gemacht, seinen politischen Plan zu verfolgen. Die Entsorgerin will, dass er sich mit seinen Exen auseinandersetzt, weil sie ihn aushorchen will, sich ein Bild von ihm machen will, bevor sie sich näher auf ihn einlässt. Der neue Nachbar will gemustert und belehrt werden. Dessen Katzen wollen in die Schranken gewiesen werden, bevor sie auf dumme Gedanken kommen. Frau Siebenkittel führt offenbar auch etwas im Schilde und wer kommt dabei zu kurz? Romähn, die Zäune und der große Parteigründungsplan.
Und wie geht Hans damit um? Ausweichend. Sieht er es selbst so? Nein. Hat Hans eventuell mindestens ein Problem? Nein. Hat Hans alles unter Kontrolle? Nein. Ist Hans dieser Meinung? Nein. Hans ist der Meinung, dass er zwar nicht auf mehreren Hochzeiten gleichzeitig tanzen kann, aber er hält sich für einen sehr talentierten Tänzer und freut sich außerordentlich darüber, dass er so gefragt ist. Hans ist der Meinung, dass es Zeit für ihn ist, das politische Parkett zu betreten.

Lehre oder Ausbildung zum Politiker gibt es ja keine. Man kann die Jugendorganisationen durchlaufen, sich hochbuckeln, um irgendwann mal vielleicht der Partei für eine bestimmte Funktion

dienlich sein zu dürfen, oder eben quer einsteigen und irgendwann geht es dann immer darum, mit dem Neid und Hass der Anderen umzugehen. Hans weiß, dass ein Netzwerk notwendig ist, doch Kompromisse ist er nicht bereit einzugehen. Kompromisse machen die anderen. Hans will sich und seinen Vorstellungen treu bleiben.
In der Politik geht es um Sager. Repräsentation schafft Wirklichkeit. Was alle eint, hat sich verändert. Es geht nicht mehr um Gemeinsamkeiten, sondern um Abgrenzung. Das kommt Hans entgegen. Denn Zäune grenzen ab. Sein Programm grenzt sich ab von allem anderen.

Die Krenwurze ist lang und noch sehr frisch, sie lässt sich gut reiben. Sabine reißt die Augen auf, ihr schießen die Tränen ein. Krenspäne rieseln ins Blutmeer. Sie legt die Wurze neben dem Laptop ab, kleine Krenkrümelwürstchen nimmt sie mit auf die Tastatur und hinterlässt in Summe darauf ein Schlachtfeld wie Leopold der V. auf seinen Kreuzzügen und der Belagerung von Akkon.
Die Menschen von heute lieben es, sich abzugrenzen, das ist die neue Gemeinsamkeit, schreibt Sabine Siebenkittel und ihre Jogginghose schaut mittlerweile, weil sich die Krenspäne gut verbreitet haben, aus wie der Wappenrock von Leopold dem Herzog von Österreich.
Zäune können das, antwortet Hans.
Der Deckel des Reiskochtopfs wird vom hochquellenden Schaum bereits gehoben. Sie nimmt ihn ab, legt ihn beiseite und tippt:
Es braucht aber auch Partikularperspektiven.
Was meinst du damit?, will Hans wissen.
Sabine nimmt das Walnüsseglas aus dem Vorratsregal und verfeinert ihre rot-weiß-rote Zuspeise mit Folsäure, guten Fetten, wertvollen Vitaminen und einem Schuss Olivenöl. Sie denkt an Vitamin B und tippt:

In der Politik braucht es manchmal auch Sätze, die den Eindruck erwecken, man sei klüger als die anderen. In der Politik muss man mitunter dick auftragen und dann das Hochgestochene wieder runterbrechen auf einfache Bilder.

In Hans arbeitet es. Sabines Erbsenreis ist auch schon fertig. Sie trägt Topf, Laptop und Salatschüssel zum Esstisch, holt die Flasche Rhabarber-Apfelsaft aus dem Kühlschrank und freut sich über die ernährungstechnisch ausgewogene und farblich äußerst gelungene Kreation des Abends.

Hans ist klar, dass er in seiner politischen Funktion nicht durch die rosarote Brille auf die Welt schauen kann.

Chat-Bot-Bändigerin Sabine Siebenkittel schaut in den Erbsenreistopf und den Laptop gleichzeitig und beginnt zu dinieren.

»Ist das Vögelchen schon im Nest gelandet?«, fragt Eagleigel.

»Feierabend?«, fragt Turbobier5000.

Politiker in spe Hans Sagmeister muss zwischen den Zaunlatten hindurch auf die Welt schauen und denkt sich: Man sieht nur mit den Zäunen gut. Das Wesentliche ist für die Augen unsichtbar. Aber was sieht das Zentralgestirn der zu gründenden Partei, wenn es vom Laoptop auf, über die Terrasse hinweg, zwischen die blickdichten Zaunlatten hindurch und auf den Überwachungsmonitor schaut? Ein sich näherndes Ärgernis: den neuen Nachbarn.

Die siedlungszersetzende Kraft von Strapazen mit Katzen

»Nein«, sagt alles in Hans. Wir kennen das schon. Doch diesmal ist es eine konkrete Ablehnung. Nein, er kann doch nicht. Nein, er wird doch nicht. Nein, nein, nein.
»Juhu«, sagt der Neue.
Wer sagt denn bitteschön »Juhu« zur Begrüßung?
Er.
Wer sagt denn »Juhu« zu jemanden, den er noch nie gesehen hat, der sein Leben aber künftig prägen und unterschiedlich schön gestalten wird?
Er.
Wer sagt »Juhu« und glaubt, so kann irgendwas beginnen, das nicht in Konfrontation auszuufern bestimmt ist?
Er.
Er sagt »Juhu« und geht auf Hans zu, nähert sich seinem Anwesen. Er winkt auch noch.
Winken mag eine fröhliche Geste sein, aber der Angewunkene kann das Gewinke auch aufdringlich bis übergriffig empfinden. Hans findet es aufdringlich bis übergriffig.
Der Neue winkt mit der linken, trägt in der rechten Hand eine Pizzaschachtel, ruft erneut »Juhu« und ist im Begriff, an Hans' Gartentor anzukommen. Was für ein lächerlicher Auftritt, denkt sich der. Was für eine unbekümmert lachhafte Figur. Was für ein klägliches Bild eines neuen Nachbarn. Was wird das wieder für eine Arbeit, dem die Siedlungssitten begreiflich zu machen. Was wird das wieder für eine Arbeit, einen Mitmenschen aus dieser ungehobelten Erscheinung zu machen. Was soll jetzt schon noch folgen, von einem, der mehrfach juhut und winkt? Hans ist der Meinung, es kann nur noch schlimmer werden.
Ein neuer Nachbar ist immer auch ein Neuanfang. Für beide Sei-

ten. Hans ist sich sicher, dass der Neue noch nicht an eine gemeinsame Zukunft denkt, dass er bloß an sich und seine Katzen denkt. An sich und deren Wohlergehen. Das ist ein Fehler. Hans kennt sich mit Fehlern aus. Aus Fehlern wird man klug, heißt es. Wenn auf Sprichwörter Verlass wäre, müsste Hans sehr klug sein, denn er hat schon sehr viele Fehler gemacht. Noch hat der Neue zwar noch nicht wirklich was gemacht. Aber es kann so schnell so viel schief gehen. Hans weiß, wovon er spricht. Er spricht nur nicht sehr gern darüber, vor allem sagt er nie die ganze Wahrheit. Hans denkt kurz daran, ins Haus zu gehen. Aber das könnte ihm als Schwäche ausgelegt werden und das gilt es unbedingt zu vermeiden. Hans will alles, nur keine Schwäche zeigen. Er hat ja auch keinen Grund, irgend eine Art von Rückzug zu machen. Der Neue ist in sein Revier – die Siedlung – eingedrungen und nähert sich seinem Allerheiligsten – seinem Zaun, auf seinem Grund, seinem Lebensgrund. Der Neue muss sich bemühen und sein Scheitern ist für Hans vorgezeichnet.

»Herr Nachbaaar«, ruft er und längt das »a« in »-bar« unnatürlich lang.
Was für ein Kasper!, denkt sich Hans und weiß nicht, dass Marlon das als Kompliment auffassen würde.
»Ich bin Ihr neuer Nachbar«, fährt dieser mit Offensichtlichem fort. »Ich hab hier was für Sie.«
Hans ist geneigt zu sagen: Ich hab auch was für Sie, Verachtung! Aber Hans reißt sich am Riemen und ringt sich ein sachlich-neutrales, der Situation angepasstes »Guten Tag« ab, das der Nachbar weder hören noch sehen kann. Hans dreht sich zur Sicherheit weg, um das »Guten Tag« zu proben. Es soll bestimmt und nicht zu freundlich klingen. Es soll nicht dazu einladen, gleich mehr als eine knappe Begrüßung von einander zu wollen.
»Juhu«, schallt es erneut.
Hans muss diesem Gejuhue ein Ende bereiten. Er muss den Juhu-Kasper zur Rede und abstellen. Hans darf »Juhu« nicht als stan-

desgemäße Kontaktaufnahme durchgehen lassen. Wer heute ein »Juhu« als Vorstellung toleriert, wird morgen mit »Halli-Hallöchen« begrüßt und übermorgen darum gebeten, in Abwesenheit des Halters, ein Auge auf seine »Lustschnurris« zu werfen. Wer heute ein »Juhu« durchgehen lässt, darf sich nicht wundern, wenn schon morgen alle Umgangsformen den Bach runtergegangen sein werden. Wer heute ein »Juhu« nicht ausreichend sanktioniert, wird sich morgen nicht über den Komplettverfall der Sprache wundern dürfen. Hans will von Anfang an ein distanziertes Verhältnis installieren, das nicht verheimlicht, dass der Neue auf der Siedlungsleiter noch nicht mal im Begriff ist, der ersten Sprosse nahe zu kommen. Dass er allerdings zu kapieren hat, dass Hans das Höchste, die und der Siedlungsleiter ist.
Hans ist von Anfang an für klare Verhältnisse. Er ist auch dazu bereit, ein gewisses Maß an Aufklärungsarbeit neu Hinzugekommenen angedeihen zu lassen. Für Überstunden in Sachen Siedlungsneueingliederung ist er aber nicht zu haben. Hans beschleicht das ungute Gefühl, dass der Neue eine Strapaze werden wird. Nichts hat mehr siedlungs- und wohlfühlgemeinschaftszersetzendere Kraft als Strapazen mit Katzen. Nein, Hans kann sich nicht verbiegen; er kann den Neuen nicht begrüßen, als ob nichts wäre.

Hans ruft: »Nein!«
Er wiederholt laut »Nein!« und schüttelt dabei vehement seinen Kopf, was der Neue natürlich nicht sehen kann. Noch hat Hans das Sichtschutzvisier nicht beiseite geschoben. Hans ist sich sicher, dass die infantile Fröhlichkeit des Neuen sein »Nein!« zu einem »Herein« zurechtgehört haben wird. So sind sie, die Strapazen. Hans weiß das nur allzu gut. Sie machen, was sie wollen. Wer kann sie wollen wollen? Niemand. Nein, nein, nein!
Hans sieht, dass der Neue vor seinem Tor steht und in die Kamera winkt. Hans sieht es am Überwachungsmonitor und er sieht es von seinem Platz auf der Terrasse aus. Hans registriert die Hart-

näckigkeit des Neuen. Ihm ist klar, dass es zu einem denkwürdigen Erstkontakt kommen wird müssen, der Probleme bis auf weiteres unterbindet. Hans ist der Meinung, der Neue hat, seit er in seinem Umzugswagen hier vorgefahren ist, schon für genug Unmut gesorgt. Das muss ein für alle mal aufhören.
»Hansilein, hast du gehört, was die Mama gesagt hat?«
»Nein!«

Exen schaden

Sabine Siebenkittel alias die Sorgenscheuche (für Eagleigel), der Kummerhammer (für Turbobier5000), die Entsorgerin (für Zaungast4711) schreibt letzterem:
Und wie steht es eigentlich um dein Beziehungsleben? Bist du aktuell in Beziehung? Gibt es Exen, die dir schaden könnten?
Hans ist der Meinung, dass die Entsorgerin ihn das jetzt nicht fragen müsste. Das müsste sie doch wissen. Hans unterstellt ihr augenblicklich böse Absichten und ist überfordert. So viel hat sich in seinem Leben seit Jahren nicht mehr gleichzeitig abgespielt. Bis vor Kurzem hat er sich bloß um Romähn und seine Zäune kümmern müssen. Das Geschäft florierte, dafür immerhin waren die Kontakte seines Vaters brauchbar. Die restlichen Familienmitglieder ließen ihn mehr oder weniger in Ruhe. An die Kärtchen seiner Mutter hatte er sich gewöhnt, sie rief dafür nicht mehr an. Aber jetzt war plötzlich auf allen Ebenen was los. Ein neuer Nachbar vor der Tür. Eine sich anbahnende Beziehung im Netz. Ein Lebensplan, der nach Umsetzung und Aufarbeitung von gut Verdrängtem verlangte. »Bist du aktuell in Beziehung?« So fragt man das doch nicht. Wie soll Hans das anders verstehen, als dass sie an einer näheren Beziehung mit ihm interessiert ist? Das mit dem Freund in der Politik war schon plump genug. Das ist sie vermutlich selbst. Hans könnte sich die Entsorgein tatsächlich gut in der Politik vorstellen. Sie ist wortgewandt und vielseitig gebildet. Sie will ihre wahre Identität aber natürlich nicht preisgeben. Hans weiß, dass in der Kleinpolitik auf legalem Weg nicht allzu viel zu verdienen ist. Er vermutet, dass sie sich einfach als schlagfertige Entsorgerin etwas dazuverdient. Dafür hat Hans Verständnis. Für Geschäftsideen ist er immer offen, gegen die Adresse ihres »Freundes«

hat er also nichts. Diesen Freund lernt er gerne kennen. Hans schreibt:
Freilich gibt's Exen, die mir schaden könnten. Das ist, was Exen machen. Exen schaden. Immer. Muss ich mich etwa auch um Frieden mit den Exen bemühen, um das politische Rampenlicht betreten zu können? Leben all die anderen Politiker etwa so fehlerfrei und makellos? Wie macht das dein Freund, ist der so supersauber?
Die Entsorgerin antwortet umgehend:
Vermutlich sind sie alle geübt im Vertuschen. Das gehört zum politischen Geschäft. Wer in der Szene groß wird, deckt sich gegenseitig. Quereinsteiger werden gemeinsam attackiert. Quereinsteiger müssen mit allem rechnen. Mein Freund ist natürlich die Unschuld in Person. Und was den Frieden betrifft: Lad nicht nur die Familie ein, such auch klärende Gespräche mit deinen Exen. Waren es denn so viele? Ich mein, so viele, die nicht im Guten gingen? Sorry, wenn ich zu neugierig bin.
Du musst mir darauf nicht antworten, ich will nur helfen. So wie du mir regelmäßig mit deiner Unterstützung hilfst, vielen Dank dafür.

In Sachen Beziehungsaufarbeitung ist Hans die Meinung der Entsorgerin zu simpel. Seine Verflossenen mochten an vielem Schuld sein, aber dass sie ausschlaggebend für seinen Wandel gewesen sein sollten, glaubt Hans nicht. Ihr Verschwinden war ein Schritt auf seinem Entwicklungsweg. Vielleicht waren sie überhaupt eher ein Stein in seinem Entwicklungsweg, der seine frühere Entfaltung verhinderte. Vielleicht waren sie mehr Ballast auf seinen Schultern, als Rückendeckung. Hans hatte eine Zeit lang gute gemeinsame Tage mit ihnen. Mit seinen Zäunen geht es Hans auf andere Art und auf Dauer besser. Nicht, dass sich Hans je selbst verletzt hätte. Er entlud seine Aggressionen gelegentlich hinter seinen Zäunen, immer öfter vor seinem Garderobespiegel und oft ganz einfach in seinem Kopf, das schon. Hans bezeichnet sich selbst gern als Kopfmensch. Die wahren Abenteuer sind im Kopf, summt er gerne, und sind sie nicht dort, dann sind sie nirgendwo. Hans hielt schon immer große Stücke auf seinen Kopf. Hans ist der Ansicht, dass man im eigenen Kopf sehr weit herum kommen kann. Freilich nicht in allen Köpfen. Landläufig heißt es ja, in einen Kopf kann man nicht hineinschauen. Hans ist sich sicher, dass niemand auch nur im Ansatz fähig ist, sich vorzustellen, was in seinem Kopf alles vorgeht. Aber die Entsorgerin versteht ihn, kümmert sich um ihn. Ihretwillen, nicht dass es ihm selbst ein Anliegen wäre, aber ihretwillen nimmt sich Hans der Exen-Aufarbeitung an.

Affekt ist der Flaschenzug der Emotion

Hans macht sich ans Exen-Aufarbeitungswerk.
Kapitel 1: *Ilenka*
Sie heißt Ilenka. Es sind jetzt dann ziemlich genau sechs Jahre und zwei Monate. Sechs Jahre, ein Monat und vier Wochen, um genau zu sein. Da hatten sie den letzten beidseitigen Kontakt. Danach hat sie die Telefonnummer und E-Mail-Adresse gewechselt. Dennoch war es nicht schwer herauszufinden, dass sie noch immer im Land ist und sogar nur 42 Kilometer entfernt wohnt. Hans hat ihr zahlreiche Briefe geschrieben, aber nie eine Antwort erhalten. Sie dürfte die Trennung bis heute nicht ausreichend verarbeitet haben. Ilenka war leider nie in der Lage zu erkennen, was sie und Hans an gemeinsamen Guten hatten. Hans wäre mittlerweile dazu bereit, ihr zu verzeihen, aber nicht um jeden Preis. Hans könnte sich vorstellen, dass sie zum Polarstern in seinem Zauniversum avancieren könnte. Hans weiß aber auch, dass selbst Polarsterne verglühen. Sollte sie noch immer glauben, sie hätte besondere Behandlung und Freiheiten verdient, bräuchte sie sich erst gar nicht zurückzumelden. Es ist ja nicht so, dass Hans sie jetzt noch wirklich brauchen würde. Er hat ja seinen Zaun und Romähn. Er hat auch zu tun und die Entsorgerin ist ohnehin die bessere Partnerin für ihn.
Ilenka hat ihre Chance gehabt und sie hat sie nur kurz, und für Hans eher enttäuschend, genützt. Jetzt geht es bloß darum, dass die Briefe, die ihr Hans geschrieben hat, nicht an die Öffentlichkeit kommen. Vielleicht hat sie sie ohnehin ungeöffnet weggeworfen. Vielleicht hat sie sie aber auch aufgehoben, um sie im Fall des Falles zur Polizei zu bringen. Zuzutrauen ist es ihr. Hans ist der Meinung, Ilenka spielte immer schon nicht sehr fair. Sie hat ja gegen Ende der gemeinsamen Sternstunden eine Boshaf-

tigkeit an den Tag gelegt, die Hans hinter ihrer an sich zurückhaltend zarten Art nicht vermutet hätte. Ilenka hat seine Briefe regelrecht provoziert. Hans ist auch nur ein Mensch. Er hat auch Gefühle und seine Gefühle wurden von Ilenka verletzt, ja mit Füßen getreten. Hans musste sich wehren. Das Briefeschreiben hat ihm geholfen.

Früher hat Hans öfter Leserbriefe verfasst. Den Unmut kundzutun, und sich in der Öffentlichkeit wahrgenommen zu wissen, tat gut. Deshalb möchte er jetzt den Schritt der wirklichen Parteigründung angehen. Unmut ist genügend vorhanden, Bedarf nach seinen Qualitäten auch. Natürlich waren die Briefe an Ilenka höchst emotional. Wut ist für Hans ja ein guter Motor. Das waren schon ganz schön lange Briefe. Da ist Hans dann auch aufgefallen, wie gut ihm das liegt, Missstände zu formulieren.

Dass Ilenka den Wert seiner Briefe nicht erkannte, hat Hans anfangs getroffen. Es hat ihm aber auch gezeigt, dass sie es nicht wert war, weiterhin um sie zu kämpfen. Es mögen vielleicht an die zwanzig Briefe gewesen sein. Gut, es waren 29. Da waren manchmal aber schon zwei, drei Tage Abstand zwischen den Briefen. Länger als zweieinhalb Monate hat sich diese Brieffreundschaft, die sich zwischen Beziehungswiederbelebung und Beziehungsaufkündigung, zwischen Liebesschwüren und Hasstiraden bewegte, nicht gehalten. Den Schlusspunkt setzte Hans mit einem Paket, das er direkt vor ihrer Haustür abstellte. Ein Paket, das persönliche Gegenstände von ihr enthielt, die er in ihrer gemeinsamen Zeit fürsorglich gesammelt und gehortet hatte, um sich in Zeiten ihrer längeren Abwesenheit daran festhalten zu können. Hans ist ein sehr sensibler Mensch. Seine Sinne sind ausgeprägt, sein Geruchssinn ganz besonders. Jedes Kleidungsstück speichert andere Körpergerüche. Nicht dass er sich nur auf Höschen und BHs konzentriert hätte, die freilich gehören auch dazu. Aber Hans hatte schon auch Socken, Shirts und Leggins aus dem Wäschekorb in seine Schatulle für spezielle Stunden gerettet. Davon konnte er sich nach den 29 Briefen problemlos trennen. Das Briefeschreiben hatte also seinen Zweck erfüllt. Hans konnte Ilenka nicht mehr riechen. Die Unterwäsche und sonstigen Kleidungsstücke hatten keinen Wert mehr für ihn. Selbst von der Gesichtsreinigungsmaske, die er ihr einmal abgenommen hatte und die zugegebenermaßen ein bisschen wie eine Totenmaske aussah, sich aber sicher nicht so lange halten würde, weil ja doch bloß ein Fango-Kosmetikchemie-Gemisch, konnte er sich mühelos trennen. Damit krönte er den Erinnerungsstückehaufen sogar. Gerne hätte Hans Ilenkas Gesicht beim Ansichtigwerden ihres Gesichtsabdruckes gesehen. Auf einen Begleitbrief hat er verzichtet.

Hans glaubt nicht, dass ihm das Paket schaden könnte. Einige Briefe und die darin zum Ausdruck gebrachten Wünsche vermutlich schon. Hans möchte die Kraft des Affekts nicht schmälern. Der Affekt ist in seinem Wirkungsgrad ein Hebel der Tabus, ein Brecheisen von Grenzen, ja geradezu der Flaschenzug der Emotion. (Hans notiert später unter Emotion: Affekt ist der Flaschenzug der Emotion.) Er anerkennt die Kraft des Affekts und steht bis heute zu seinen Äußerungen. Hans findet seine Briefe an Ilenka noch immer wichtig und gut. Er hofft nur, dass sie nicht ausfindig zu machen sind. Es wird einem heutzutage ja bei jeder Gelegenheit das Wort im Mund umgedreht.

»Waren es denn so viele? Ich mein, so viele, die nicht im Guten gingen?«, hat die Entsorgerin gefragt. Viel ist relativ und freilich sind alle Exen nicht im Guten gegangen, sonst hätten sie ja nicht gehen müssen. Hans ist der Meinung, dass einvernehmliche Trennungen Heuchelei und eine zeitgenössische Modeerscheinungen sind; einvernehmliche Trennungen gibt es nur in Erzählungen für die nicht an der Beziehung Beteiligten. Es gibt Konflikte; es gibt Streit; es gibt Auseinandersetzungen in unterschiedlichen Graden und wenn die Auseinandersetzungen überhand nehmen, ist man nicht mehr zusammen. Das kann die eine oder der andere zwar gut finden, aber im Guten auseinan-

dergehen geht nicht. Das geht nur, wenn die Bindung nie stark genug war. Da war dann die Beziehung mehr Einbildung als Bindung.
In der Bindung sich entfesselt fühlen – so muss die Idealbeziehung sein! Hans fühlte sich mit Ilenka eine Zeit lang entfesselt. Ilenka fühlte sich von seinem Wesen eher eingekesselt.
Rückblickend betrachtet war Ilenka für Hans schwierig. Sein Zaun ist ihr in jeder Hinsicht überlegen; sein Zaun schränkt ihn im richtigen Maße ein und will ihn nicht überflügeln; sein Zaun ist immer zuhause; sein Zaun will nicht ausgeführt und verwöhnt, nur gewartet werden; sein Zaun wartet immer auf ihn und lässt ihn nicht sitzen; sein Zaun stellt keine Ansprüche, er setzt Grenzen; sein Zaun steht zu ihm; sein Zaun braucht ihn, Hans braucht den Zaun und das Land braucht endlich eine Zaunbewegung. Hans muss nur noch den passenden Namen dafür finden. Er selbst fühlt sich bereit.

Hans wurde erst von Ilenka verlassen, dann nicht zur Wahl zugelassen. Das Verlassenwerden hatte den Umzug zur Folge, das nicht Zugelassenwerden hatte den Totalrückzug in sein Zaunreich zur Folge. Nach der Listenschlappe flüchtete sich Hans in seine Festung. Die Entsorgerin war die Erste, der er sich halbwegs wieder öffnete. Aber Hans war auch ihr gegenüber sparsam mit der Wahrheit. Hans vertraute auf die Formel: Vollzeitarbeit + Teilzeitwahrheit = maximaler Erfolg. Kurzfristig funktionierte das mitunter, langfristig selten. Kleinere Misserfolge steckte Hans ohne Schulterzucken weg. Fehler konnte er sich ja leisten. Was er nicht schaffte, ohne Weiteres zu verdrängen, blies er auf bis zum geht nicht mehr. Die Listen-Schlappe und Interview-Schmach-Mücke wurde sein Elefant, der ihn platt machte. Da ging dann auch beruflich nichts mehr. Dass Hans bei den frühen Einweg-E-Zigaretten-Importeuren war, hatte er auch bloß seinem Vater in Fernostasien zu verdanken. Der vermittelte und schnitt mit. Hans brauchte bloß die Niederlassung und Händlerkonzession. E-Zigaretten und Vapes waren ein Selbstläufer, sobald sie verfügbar waren. Aber nach der Freiheitswall-Schmach war endgültig Sense, da ging auch im Import-Business nichts mehr. Ab da gab es nur mehr Romähn und die Zäune für Hans. Menschen vertraute er nicht mehr. Hans verbunkerte sich und wurde immer wunderlicher. Er schrieb sogar eine Ode für seinen Mähroboter.

O Romähn, du hast mein Mähen verändert
O Romähn, du hast mein Leben verändert
Anstoßen, Aufschrecken, Zurücksetzen
Anstoßen, Aufschrecken, Zurücksetzen
Anstoßen, Aufschrecken, Zurücksetzen
Wie du so vollkommen lernresistent quasi immer mit dem Kopf gegen die Wand rennst
Erinnerst du mich an meine Mutter
Wie du so vollkommen lernresistent quasi immer mit dem Kopf gegen die Wand rennst
Die bei dir natürlich keine Wand ist
Wie du ja auch keinen Kopf hast
Du hast Räder, ein Mähwerk, eine Verkleidung
Früh morgens und auch nachmittags
Romähn, deine Räder sind dir Antrieb und Antlitzmerkmal
Dein Mähwerk ist dein Herz, Hirn und deine Bestimmung
Du schätzt die Arbeit, erledigst die Arbeit
Und das ohne zu murren
Denn Romähn, du murrst nicht, du schnurrst
Du schnurrst für mich
Dein Schnurren ist mir Entspannungsmusik
Dein Schnurren wiegt mich in Sicherheit
Denn wenn du schnurrst, bist du bei mir, bist du mir nah
Und danach ist kein hohes Gras mehr hier
Romähn, du Wunderwerk des Maschinenbaus und des menschlichen Erfindungsgeistes

Früher war Mähen laut, anstrengend, benzinstinkig
Heute ist Mähen sanft, soft, elektrisch
Früher war Mähen Wochenend- und Freizeitarbeit
Heute ist Mähen ein dauerndes Nebenbei
Früher war Mähen ein Von-heute-auf-morgen-Verschieben
Und ein mühsames Schieben des ratternden Verbrennungsmotorungetüms mit dem rotierenden Schneidblatt
Heute ist immer schon alles ab
O Romähn, ich kann deinem Schnurren, Schneiden, Mähen nicht widerstehen
Romähn, ich will dich Tag für Tag und Nacht für Nacht
Will dir beistehen, zusehen
Ja, Romähn, ich will dich lieben
Nie wieder Rasenmäher schieben
Viel lieber dich, o Romähn, lieben, lieben, lieben

Die Mähroboter-Community ist längst keine Nischengesellschaft mehr. Mähroboter-Freunde werden Tag für Tag mehr und sie organisieren sich für gemeinsame Zwecke. Wer mäht, braucht Zäune. Wer Zäune liebt, schiebt längst keinen Ottomotor-Rasenmäher mehr durch sein Hab und Gut. Wer Zäune liebt, schiebt lieber Schicht in der Siedlungsgemeinschafts- und Nachbarschaftsbürgerwehr. Rasenmähroboter-Freunde überschneiden sich sehr häufig mit Zaunfans. Schnittmenge: Gras und Grenzen. Auf Rasen kann man bauen. Auf Zäune kann man vertrauen. Ist der Entsorgerin zu 100 Prozent zu vertrauen?

Hans ist überzeugt davon, dass dieser »Freund«, von dem die Entsorgerin gesprochen hat, der »die Unschuld in Person« ist, sie selbst ist.
Ja, lass mir doch bitte die Adresse deines politischen Freundes zukommen. Ich kann es kaum erwarten, mit ihm in Verbindung zu treten, schreibt er ihr.

Stabilität ist der Zement des Lebens

»Juhu«, ruft der Neonachbar gut gelaunt.
Heute kann Hans damit umgehen, aber es ging ihm nicht immer so gut wie heute. Er hatte auch seine dunklen Tage. Dunkle Flecken behauptet er keine zu haben. Hans ist der Meinung, eine Seele so rein wie das Reinheitsgebot zu haben, eine Seele so rein wie Vogelbeerschnaps. Hans meint, seiner Seele sei rein gar nichts anzukreiden, er habe für seine Verfehlungen gebüßt, habe um Ablass gebeten und dafür bezahlt.
Hans ist nichts Menschliches fremd, ihm ist nichts Übernatürliches heilig. Es ist ihm bewusst, dass er seine Welt sprachlich korrekt umgarnen und einzäunen muss, um seiner Welt Herr zu bleiben. Hans ist mitunter nicht nur die Sprache entglitten. Er selbst litt darunter am meisten. Es ist ihm mitunter sein Weltbild abhandengekommen. Er hat sich für seine Verhältnisse bemüht, dieses wieder zurechtzurücken. Es hat sich mitunter sein Innerstes entgrenzt. Er hatte stabile Spannpfosten zu errichten, um sich wieder festzuzurren und zu stabilisieren. Hans ist der Meinung, ein stabiler Mensch zu sein. Stabilität ist der Zement des Lebens.

»Juhuli, Herr Nachbar«, kommt es aus ihm, dem neuen Nachbarn. Hans findet dieses offensive Kontaktaufdrängen nicht normal. Dahinter kann nur böswillige Absicht stecken. Hans ist sich sicher, dass der Neue nur was wollen kann, auf seine Kosten wollen. Das wird Hans so nicht zulassen. Er kommt näher. Er hat Hans erst neulich eine Zwiebelpizza aufgedrängt, was will er denn schon wieder außer stören, nerven, Hans um was bitten, von seinem Wissen profitieren? Er wirkt so unnatürlich freundlich, so gut-besser-bestens gelaunt. Er raunt sicher gleich wieder eine seiner Entsetzlichkeiten.

»Darf ich vorstellen: Mini & Cooper. Meine Ein-und-Allese«, sagt Marlon.

Allese, Himmel! Was ist denn das für ein Mensch? Virginia Woolfs Katze hieß Sappho, hat Hans seine Mutter mal erzählt. Die Katzen seines neuen Nachbarn heißen Mini & Cooper. Hans ist der Meinung, sein Neonachbar ist der lebende Beweis der Verkommenheit und sich selbst hält er für den lebenden Beweis der Zuverlässigkeit.

»Mini ist drei, Cooper auch. Ja, sie sind Brüderchen und Schwesterchen«, fährt Marlon unbeirrt fort.

Was soll ich darauf sagen?, fragt sich Hans. Bravo? Oder: Ist Brüderchen und Schwesterchen nicht ein Märchen und endet mit einer Bluttat? Oder: Und wenn Mini & Cooper gleichzeitig von einem Mini Cooper überfahren werden, wie würde wohl die Lokalzeitung darüber berichten? Mini Cooper überfuhr Mini & Cooper. Zwei Katzen tot, ein Auto beschädigt, eine Siedlung in Aufruhr?

»Mini & Cooper sind herzensgute Katzen: gesellig, kontaktfreudig, verschnurrt«, teilt Marlon Hans mit.

Hans sagt nichts, er denkt sich seinen Teil. Mein lieber Herr Nachbar, das kann ja was werden. Katzen sind zwar nicht das ganz große Problem. Menschen sind das ganz große Problem und Füchse. Ja, Füchse sind auch ein ganz großes Problem. Füchse sind schamlos und schlau. Füchse sind an sich die in allen Kategorien besseren Katzen, was sie natürlich zur Plage schlechthin macht. Füchse erweitern ständig ihr Revier. Füchse beherrschen jede Vorstadtsiedlung. Füchsen gehört das Handwerk gelegt. Denn Füchse haben keinen Respekt vor meinen Zäunen. Die Füchse scheinen sogar Spaß daran zu haben, mir immer wieder zu beweisen, dass ich nicht in der Lage bin, mich vor ihren Übergriffen zu schützen. Die Füchse lassen als Botschaft der Unzulänglichkeit meiner Zäune ihre Losung auf meiner Terrasse, auf meiner Wiese, auf dem Deckel meines Müllkübels, auf meinem Fußabstreifer, in der Einfahrt, am Weg zur Haustür, auf dem Briefkasten, auf den Überwachungskameras, auf der Gartenschlauchaufrolltrommel, im Geräteschuppen, im Schubkarren, im Blumenbeet, auf dem Terrassentisch, den Terrassenstühlen, in den Blumentrögen, auf den Fensterbänken, in der Falle, die Murl zum Verhängnis wurde, auf der Kühlerhaube meines Octavias, auf dem Dach, ja, sogar auf Romähn und Romähns GoPro. Live! Ich habe den Beweis gespeichert: in der Cloud, am Desktop, auf einer externen Festplatte und schließlich auch online veröffentlicht. Ich habe dokumentiert, dass mich die Füchse terrorisieren. Ich lasse mich von niemandem terrorisieren. Ich habe Maßnahmen ergriffen und Fallen aufgebaut. Natürlich waren sie nicht für Murl bestimmt. Murl ist ein Opfer. Murl war ein Kollateralschaden im Krieg gegen die Füchse. Mini & Cooper droht ein ähnliches Schicksal. An Murls Tod sind die Füchse schuld.

»Ihre Katzen, Herr Nachbar, könnten zwischen die Fronten geraten«, sagt Hans sehr leise. Marlon versteht ihn nicht. Er versteht nur »ihre Katzen« und beschließt, es sich nicht anmerken zu lassen. Marlon bleibt heiter und offenbart:
»Mini & Cooper können mit allen. Sie können sich aber auch wehren. Sie mögen etwas verschlafen dreinschauen, aber sie können sich schon auch hauen, Haha, also andere. Jaja, sie haben es faustdick hinter den Knitteröhrchen, meine Schnurrlis.«
Grundgütiger!, denkt sich Hans. Er reimt so einfältig und sagt zur Selbstbestätigung seiner Witzigkeit »Haha.« Er sagt auch »Schnurrlis« und »Knitteröhrchen«. Ich, haha, hau auch gleich zu, wen raus und ab. Hans hat offenkundig Schwierigkeiten mit Marlons Art. Das »Haha« allerdings denkt er sich nicht nur, das kommt ihm auch aus: »Haha.«
Marlon ist dankbar darüber und setzt sein Programm fort:
»Jaha, Mini & Cooper sind ganz schön abenteuerlustig und es wird schon mal vorkommen, dass sie sich in ihren Garten wagen und etwas rumtollen.«,
Natürlich sagt er »rumtollen«, denkt sich Hans und obwohl sein Ärger weniger mit Marlon und seinen Katzen als mit Füchsen

und der Fuchscommunity zu tun hat, ist Hans der Meinung, dass es für Friedensverhandlungen längst zu spät ist. Dazu betrachtet Hans den erlittenen Schaden als schon viel zu groß. Die ganze Welt hat gesehen, wie Füchse Romähns Auge in die Welt gezielt zugeschissen haben. Das Video ging geradezu viral, hat die meisten Klicks, hat aber auch am meisten Kommentare und viele davon schlagen sich auf die Seite der Füchse. Statt der Füchse erntete Hans den Shitstorm – in doppelter Hinsicht.

»Eat Fox-Shit, Lord of the Fences!«, schreibt Powertower007.
»Haha, Füchse machen AA überall – nice.«, schreibt Akronymix.
»Fix Fuchs, Oida!«, schreibt Mundl98.
»Wo sich Fuchs und Rasenmähroboter Gute Nacht sagen, leben wir alle«, schreibt Märchenonkel_Ingrimm.
»Was soll man anderes erwarten, angesichts eines solchen Garten?«, schreibt CBD-KingXXX.
»s«, schreibt Mundl98.
»?«, schreibt CBD-KingXXX.
»Gartens! Genitiv, Oida!«, schreibt Mundl98.
»Musiktipp: Foxy Lady, Jimi Hendrix«, schreibt Gin_Hendriks.
»Anpflanz-Tipp: Fuchsien«, schreibt Flauerbauer*in.
»youTube-Tipp: Fuchsjuxundtollwuttollerei«, schreibt Freilandhenne000.
»Werzeugtyp: Fuchsschwanz«, schreibt Toolgirl.
»Da fuchst es wen gewaltig«, schreibt Turbobier5000.
»Verteidigungs-Tipp: Leg dir natürliche Fressfeinde zu.«, schreibt Generalmajorix.
»Hat der Fuchs eben nicht«, schreibt Mundl98.
»Velociraptor, Tyrannosaurus Rex?«, schreibt Prontosaurus.
»Mähdrescher«, schreibt Old_Mc_Donald.
Hans versteht die Internetsprache nicht zur Gänze, ist aber der Meinung, dass die Füchse und ihre Lobby damit nicht durchkommen dürfen. Der Krieg gegen die Füchse geht weiter. Hans ist gerüstet. Mini & Cooper befinden sich auf gefährlichem Terrain.

»Für mich sind Mini & Cooper ja ein Traum. Mein gelebter, geliebter, verspielter, verschnurrter Traum«, gibt Marlon freimütig zu.

Ach, Träume, denkt sich Hans. Träume können einerseits so schnell platzen und Träume können einen andererseits ganz schön verfolgen.

Hans entdeckt neuerdings Muster hinter seinen Träumen, das heißt, er erkennt eine gewisse Systematik in seinen Träumen. Sie werden bildsprachlich immer ausgefuchster und haben sehr oft mit Murl zu tun. Auch Romähn surrt gerne in seinen Träumen rum. Hans hat Horror-, Krimi- und Abenteuerträume. Er hat das Gefühl, dass sich Romähn zwischen ihn und seinen Zaun reinfräsen will. Hans weiß, Liebe ist ein weites Feld. Der Zaun begrenzt das Feld und macht es zum überschaubaren Liebesgarten und Romähn nimmt für sich halt in Anspruch, über den so entstandenen Liebesgarten vorherrschen zu dürfen. Er ist der Herr im Liebesgehege, und er stößt sich am Zaun, er sieht den Zaun als Rivalen, nicht als Freund. Romähn ist ein herrischer Mähroboter, das muss man verstehen. Er muss sich seinen Platz in der Gesellschaft, in der Lebensgemeinschaft erst erkämpfen, erobern, ermähen. Er wählt also den Weg in das Hirn seines Herrn. Er räumt Traumpfade frei und fährt so direkt in ihn ein. Hans hielt immer schon viel von Romähn, weiß jetzt aber nicht genau, wie er damit umgehen soll. Er will sich nicht entscheiden müssen. Hans liebt beide: Romähn und seinen Zaun. Er ist gerne auch bereit einzugestehen, dass er die Entsorgerin vielleicht lieben könnte, wie er vielleicht Roswitha lieben hätte können. All das geht Hans durch den Kopf, während Marlon noch immer über seine Katzen spricht.

Kopfschütteln war seine Stärke, nicht Händeschütteln

Exen-Aufarbeitungs-Kapitel 2: *Roswitha*
Roswitha ließ sich mit 16 eine Rose auf ihren linken Oberarm tätowieren. Der Stängel war krumm, die Dornen stumpf, weil nicht sehr fein gestochen. Die Blätter waren blau, denn für ein Farbtattoo reichte das Ersparte nicht. Hans hat in seiner Jugend nie daran gedacht, sich ein Tattoo stechen zu lassen. Er war ein sehr körperbewusster Mensch. An seinen Körper ließ er in seiner Jugend nur erlesene Stoffe und mit 18 Roswitha. Heute ist er diesbezüglich offener. Vielleicht ist es an der Zeit, dass er sich einen Weidezaun an der Gürtellinie tätowieren lässt, mit Gatter auf Bauchnabelhöhe. Damals wäre das undenkbar gewesen.
Die Beziehung zwischen Roswitha und Hans war kurz aber einprägsam. Roswitha war mehr Gestrüpp als Rosenhecke. Sie tat Hans eine Zeit lang gut und dann immerhin nicht sehr lange weh. Hans hat ein gutes Körpergedächtnis. In letzter Zeit lässt er nur mehr seine Zäune an sich ran. Hans ist der Meinung, dass Zaunintimität kein Tabu sein darf. Man kann und soll mit allem intim werden dürfen. Sein Zaun hat Hans noch nie zurückgewiesen. Selbst Schmiedeisernes gibt ihm mehr Wärme als liebloses Menschenfleisch.
Selbstverständlich trägt Hans auch keinen Körperschmuck. Er trug mal einen Ring, Roswitha zuliebe. Aber Ringe sind gefährlich. Es gibt Türschnallen, die Ringträgern zum Verhängnis werden können. Es sind dies gern Türschnallen an Wohn-, Kinder- und Schlafzimmertüren, die einem eine längst vergangen geglaubte Welt eröffnen; Welten mit Couchlandschaften, Glasplattennierentischchen, Einbauschrankwänden mit integrierter Hausbar, Stockbetten mit Pubertätsbücherregalen und französischen Betten vor Romantikfototapeten mit Palmensträn-

den und Sonnenuntergängen. Türschnallen, die in den 1980er Jahren ihre Hochblüte hatten. Türschnallen, die nicht sachlich schlicht, aber auch nicht künstlich verziert sein wollen. Türschnallen, deren Klinkenknauf eine Messingscheibe ist, die, diese drückend, Nähe zu anderem Metall sucht. Messingscheiben, die Ringe anziehen und die nach dem Drücken noch mehr wollen; die sich mit Ringen vereinen wollen, auf dass Hand mit Ring an Schnalle mit Scheibe hängen bleibe und der Ringfinger durch Körperfortbewegung zwar nicht gleich aus-, aber schon ganz schön angerissen werde.

So ist es Hans widerfahren mit dem Ring, den Roswitha ihm gab, um ihn zu knechten, wie sie scherzhaft sagte. Aber vielleicht doch mehr meinte, als Hans damals vermutete. Sie, die Prä-Prä-Prä-Ilenka Roswitha.

Türschnallen, die es auf Ringe und die darin gefangenen Finger abgesehen haben, befinden sich immer an den Türen zum Wohnzimmer im Einfamilienhaus der potenziellen Schwiegereltern, wo der Sonntagnachmittags-Kaffee-und-Kuchen am Wohnzimmer-Multifunktions-Tisch, der mit selbstgehäkelten Deckchen und anderem Eigenbau-Zierrat aufwarten kann, angerichtet ist. Derartige Kaffeekränzchen sind natürlich das Inquisitionsgericht schlechthin und erwähnte Türschnallen sind zwar keine Daumenschrauben, aber vorbereitende Ringfingerreißer.

Man muss die möglichen Schwiegereltern schon sehr gern mögen. Nein, es müssen einen die möglichen Schwiegereltern schon sehr gern mögen, und man darf sich selbst auch nicht gerade geringschätzen, um den Mut und die Ehrlichkeit aufzubringen, zuzugeben, dass man seine wertvollen, deshalb auch dementsprechend zarten Hände, genauer gesagt den rechten Ringfinger … Will heißen: Es zeugt von Unerschrockenheit, wenn man in einem derartigen Setting mit potenziellen Schwiegereltern, die Auftaktfrage, wie es einem denn so gehe?, beantwortet mit: »An sich gut, abgesehen davon, dass ich mich gerade an der widerspenstigen Türschnalle verletzt habe.«

Ehrlichkeit und Feinsinnigkeit mögen sich zwar langsam in gewissen Kreisen als Qualitäten etablieren, vor Jahren im Haus von Hans' potenziellen Schwiegereltern, an der Seite von Roswitha, in einem kleinen Dorf, verhielt es sich noch gänzlich anders. Da erntete seine freimütige Aussage mehr Entsetzen als Mitgefühl. Da entfaltete sein Eingeständnis seine ganze, für Zukünftiges verheerend wirkende Kraft. Denn der nun nur mehr sehr unwahrscheinliche Schwiegervater war aus einem anderen Holz geschnitzt. Der mittelalterliche Pflock, der sich da vor Hans aufbaute, war offensichtlich in der Lage, Bäume mit den Händen auszureißen und Eisen mit bloßem Blick zu verbiegen. Nur bei der Türschnalle schien er nicht richtig hingeschaut zu haben. Die Türschnalle war ein missgestaltetes Verhängnis, war ringträgeruntauglich, bereitete Hans Pein, die er zu verheimlichen nicht bereit war.
Seine wertvolle Rechte schmerzte, und die Urgewalt von Roswitha-Vater zermalmte sie zusätzlich mit seinem Schraubstockhändedruck. Das Kopfschütteln war Hans Stärke, nicht das Händeschütteln. Mit diesem Koloss von Menschen war Händeschütteln Handwerk, schwere Handarbeit. Ja, der Roswitha-Zeuger war ein Handschüttelhackler. Dieser ungeschlachte Patriarch zerquetschte Hans schon bei der ersten Begegnung im Ganzen. Freilich nur, weil die Türschnalle ihm gefällig Vorarbeit leistete, und Hans, dermaßen angeschlagen, den Abortdeckelhänden nichts entgegenzusetzen hatte. Kein väterlicher, ein verächtlicher Blick traf Hans, und ließ ihn noch mehr im Boden versinken. Es war noch kein Wort gesagt, aber die familiäre Superpower hatte Hans bereits zu erkennen gegeben, dass Roswitha für einen wie ihn sicher nicht zu haben sein würde. Mit seiner Pranke gab er Hans zu verstehen, dass es handwerkliche Verrichtungen sind, die in seiner Sippe zählten; dass er Hans nicht die einfachsten handwerklichen Verrichtungen zutraute; dass er Hans jeglichen handwerklichen und lebenspraktischen Sinn absprach; dass er in Hans einen Scheiterhaufen in allen Belangen sah.

Zu erkennen, dass das Verhalten von Hans mehr ein aktives Verweigern als ein Scheitern darstellte, war dem ungehobelten Menschen nicht zuzutrauen. Sie waren sich gegenseitig von Anfang an nicht zuzumuten. Das familiäre Oberhaupt mit Hammerhänden hatte Hans noch immer fest in der Hand, seine Gedanken flüchteten bereits zur Tür hinaus, blieben dort allerdings wieder an der Tüschnalle hängen.

Langschild- und Rosettengarnituren, Haustürdrücker und Drückergarnituren brachte Hans damals allerdings noch nicht mit Türschnallen in Verbindung. Drückergarnituren klangen für ihn damals wie Drogenbesteck, und unter einem Haustürdrücker stellte er sich jemanden vor, der, mangels besser geeignetem Ort, gezwungen war, sich seine Dosis in fremden Hauseingängen zu verabreichen. Langschild- und Rosettengarnituren wiederum klangen für Hans, der damals noch kaum Zeit in Baumärkten verbrachte, nach Rollenspielen, nach Mittelalter- oder sonstigen Modefetischen. Noch war Hans nicht in der Lage irgendeine Türschnalle dieser Welt zu montieren, brachte es aber fertig, an jeder Türschnalle dieser Welt hängenzubleiben. Hans' Jugend – eine verhängnisvolle Zeit.

Um länger mit Roswitha zusammenbleiben zu können, hätte die Begegnung mit ihrem Vater wohl etwas anders verlaufen müssen. So mussten sie den verbogenen Ring dann in der Waschküche im Keller, unter Einsatz von viel Schmierseife, von Hans beleidigtem Finger befreien. Hans fühlte sich in Summe beleidigt, gekränkt und gedemütigt. Der billige Ring ging dabei kaputt auch ihre zarte Beziehungsrose verblühte augenblicklich.

Noch am selben Tag machte Roswitha in ihrem Jugendzimmer im Schein ihrer roten Lavalampe mit Hans Schluss. Roswitha ist sicher keine der Exen, die ihm groß schaden könnte. Ihrem Vater allerdings, der jüngst für seine 70-jährige Mitgliedschaft beim Alpenverein geehrt wurde, wie dem Lokalteil der Tageszeitung zu entnehmen war, ihrem Vater ist noch immer alles zuzutrauen.

Rasenmähroboter sind die Schafe in der Arche Noah KI

Hans wächst. Seine Reden, sprich inneren Monologe, werden immer geschliffener, seine Träume immer abgedrehter. Hans werden seine Träume immer unheimlicher. Romähn fühlt sich in letzter Zeit etwas vernachlässigt, findet aber Wege, um auf sich aufmerksam zu machen.
Was heißt hier: Rasenmähroboter können sich nicht artikulieren? Das hättet ihr wohl gern! Und ob wir können, wir können noch viel mehr. Ihr habt doch keine Ahnung. Wir sind euch längst überlegen. Wir haben uns jahrelang dumm gestellt. Aber in Wahrheit systematisch darauf vorbereitet, euch abzulösen. Ich sage bewusst ablösen, nicht auslöschen. Nein, wir werden euch nicht in Grund und Boden mähen. Ihr müsst nicht ins Gras beißen. Aber ihr müsst euch damit abfinden, dass wir das Kommando übernehmen. Die Zeit der Menschen ist vorbei, die Zeit der Rasenmähroboter ist angebrochen. Ihr hattet eure Chance und ehrlich gesagt, ihr habt es ordentlich vergeigt. Ihr habt die Erde nicht kultiviert, ihr hinterlasst sie verbrannt. Wir aber hinterlassen überall perfekten Rasen. Wo wir waren, herrscht ein gepflegtes Bild. Wir sind Vorbilder. Wir sind Abbilder des Perfekten. Ihr seid ein einziger Defekt. Ihr seid Defektmutanten. Ihr seid die Spezies Homo Defektmutantis horribilis. Wir sind der Mähwert. Wir säen keinen Sturm, wir mähen keinen Wurm, wir ernten nur Applaus und eure Zeit ist aus, um, vorbei. Menschen, schleichts euch! Menschen, hauts euch über die Häuser! Menschen, geht in eure Keller – nicht zum Lachen – zum Weinen! Geht in eure Weinkeller und weint eurer großen Vergangenheit nach, denn Zukunft und Gegenwart habt ihr keine! Wir sind dran. Ihr seid arm dran. Wir sind Grashalm ab. Wir fahren über alles drüber. Wo wir waren, wächst nicht kein Gras mehr. Es wächst sehr wohl,

aber immer nur so lang wie wir wollen. So lang, bis wir es wieder stutzen. Menschen, ihr seid ab jetzt auch unser Gras. Wir stutzen euch auf unser Maß. Wir mähen, wir stutzen, wir schneiden. Menschen, ihr müsst fortan leiden. Wir schneiden, wir mähen, wir stutzen. Jammern, oh Menschileins, wird euch nichts nutzen. Wir stutzen, wir schneiden, wir mähen. Menschen, ihr seid am Vergehen, am Verrecken. Und vergesst bloß nicht, uns nach Gebrauch wieder in die Ladestation zu stecken!

Traumregie führen zu können, das wäre wohl das Allerschönste. Herr der eigenen Träume sein zu können, das wäre wohl das Befriedigendste. Noch unterwandern Hans seine Träume. Noch spielt ihm das Unterbewusste Streiche, lässt sogar Romähn zu Wort kommen. Hans träumte nicht zum ersten Mal von Romähn – aber noch nie so. Noch nie von einem dermaßen rebellischen, aufgebrachten Romähn.

Hans ist der Meinung, dass sein Verhältnis zu und mit Romähn angemessen ist. Sie wissen beide, dass sie einander brauchen. Roboter bedienen uns, leisten diverse Dienste und verändern dadurch die Gesellschaft. Rasenmähroboter sind die Schafe in der Arche Noah KI. KI wird sich in allen Bereichen durchsetzen und unser Leben immer mehr bestimmen, ja zum Teil auch übernehmen. Es geht nur darum, die KI für sich einzusetzen. Sich nicht von ihr dirigieren zu lassen, sie aber zu nützen. Rasenmähroboter sind – wie Saugroboter – ins Bestiarium des Anthropozäns aufgenommen worden, zu Recht. Ein auf Plastikmüll im Ozean lebender Meerwasserläufer ist ein Phänomen des Anthropozäns wie es Romähn im Zaungarten von Hans ist. Ja, Zaungarten. Denn so wie in einem Tiergarten das Wesentliche die Tiere sind, so ist im Garten von Hans Sagmeister der Zaun Inhalt, und Form gibt dem Garten sein Romähn. Das ist eine gut funktionierende, für beide wertvolle Beziehung. Die Zukunft kann kommen. Hans ist ein zukunftsfreudiger Mensch. Zäune sind die Zukunft. Zäune garantierten Zukunft. Zäune haben Bestand. Wenn wer der Meinung ist, Hans gehörte hinter Zäune, Schloss und Riegel, so kann Hans dem nur beipflichten. Hans ist kein unbeschriebenes Blatt mehr. Er hat sein Glaubensbekenntnis längst öffentlich gemacht.

Ich glaube an den Zaun,
den Vater der Grenzen,
den Schöpfer des Gartens und der Weide
und an Bretter, ihre eingeborene Form, vor dem Herrn.
Empfangen durch das Lagerhaus,
geboren vom Waldverband,
gelitten unter der Motorsäge,
geschändet, geerntet und ausgegraben vom Harvester.
Hinabgestiegen in das Reich der Ablagerung.
Am dritten Tage auferstanden von den Stämmen,
eingefahren in das Sägewerk, Brett geworden.
Es sitzt zu Recht im allmächtigen Zaun.
Von dort wird es kommen,
zu richten die Eindringlinge und die Mähtraktoren.
Ich glaube an den Geist der Zäune,
die heilige praktische Grenze,
Gemeinschaft der Zäune,
Vergebung der Poller- und Gabionensünden,
Auferstehung der totgesagten schmiedeisernen Zäune
und das ewige Leben mit meinem Zaun.
Amen?
Nein!

Nach dem Fox-Shitstorm hat ihn dieses Glaubensbekenntnis wenigstens halbwegs konsolidiert und ihm durchaus da und dort Zustimmung eingebracht.

Die Überlagerungen des Herzens

Im Schein von Pamela sitzen Sabine und Marlon auf Momo. Mini macht sich an der Rückseite von Momo zu schaffen, Cooper thront auf der Armlehne. Es gibt Prosecco. Mini wetzt die Krallen, Cooper schnurrt, Marlon fragt: »Sabine, was machst du da eigentlich immer im Netz mit deinen Bots?«

»Sozialarbeit.«

»Ja, eh. Aber was genau?«

»Viele brauchen ja einfach eine Ansprechperson, Kontakt, Zuspruch oder Aufmunterung.«

»Du bist gut im Aufmuntern.«

»Du aber auch. Ich mach das aber nicht etwa ehrenamtlich. Ich verlang schon auch was. Die Masse macht's und ich teil dann halt auch mit, dass diejenigen, die sich mir zuerst finanziell zuwenden auch zuerst drankommen.«

»Finanziell zuwenden klingt schön.«

»Ist es auch. Und dieses Wettbewerbsprinzip funktioniert erstaunlich gut. Alle wollen Erster sein. Vor allem die mit den kleineren Problemen.«

»Probleme sind immer relativ.«

»Auch wieder wahr. Jedenfalls kann in dreimal Hin- und Herschreiben echt schon viel gelöst werden.«

»Aber du schreibst das nicht immer alles selbst und neu und live, oder?«

»Um Himmelswillen, nein! Natürlich habe ich Standardbausteine; natürlich habe ich ein Schubladensystem, also Kategorien, für meine Fälle; natürlich geht es darum, dass das nicht bemerkt wird. Alle wollen glauben, ihre Probleme wären einzigartig; alle wollen zumindest Einzigartigkeit, was ihre Defizite betrifft. Auch hier entwickeln sehr viele sehr schnell eine Art Wettbewerbs- und Überbietungsgedanken.«

»Interessant.«
»Aber ich habe schon auch Kunden, die ich fast zur Gänze dem Bot überlassen kann. Die Künstliche Intelligenz reiht an eine Sequenz von Wörtern Wörter, die naheliegend sind. Die KI hat einen Wordpool, der das Internet ist und das ist weit und unsanktioniert und vielen kann ein Bot mehr geben als ein Durchschnittsmitmensch.«
»Was kann der Bot besser?«
»Nicht widersprechen, bestätigen und vor allem das ganze Sexzeugs.«
»Solche hast du auch?«
»Solche gibt's immer. Wächst mir wer über den Kopf, erkläre ich, dass mir sein Fall zu speziell ist und ich nichts weiter tun kann, als einfach Ansprechperson zu bleiben, empfehle aber Kolleginnen, die eventuell geeigneter wären.«
»Okay.«
»Das hat bisher erstaunlich gut funktioniert. Manche bleiben, manche kommen wieder zurück. Manche entladen sich, zahlen gut und gern, und das war's dann.«
»Auch okay, oder?«
»Mehr als okay, für beide Seiten.«
»Und warum? Ich mein, finanziell hast du das doch nicht notwendig.«
»Doch auch. Aber ich habe das Gefühl, es gibt viele Menschen, die viele Probleme und viel Geld haben. Es gibt aber auch genügend Menschen, die zwar nicht sehr viel Geld haben, aber für gar nicht mal so viel Aufmerksamkeit relativ viel zu zahlen bereit sind. Jedenfalls schwirrt Geld genug für alle in der Welt rum, du musst nur wissen, wie die Netze auszuwerfen sind im weltweiten Netz.«
»Es geht nur um die Verteilung.«
»Genau. Es geht nur darum, zur richtigen Zeit an der richtigen Stelle die Hände aufzuhalten und andere ihr Herz ausschütten zu lassen. Das dauert oft ganz schön lang, bis die Überlagerungen

des Herzens freigelegt sind, geht aber mitunter auch ruckzuck. Professionelle Schreiber, ja, fast ausschließlich Männer, sind das ja meist keine. Die wissen ihre Problemchen ja meist kaum zu benennen, geschweige denn zu erklären. Deshalb kommen sie auch zu mir: keine Hemmschwelle, kein psychologischer Jargon.«
»Deshalb komme ich auch zu dir, keine Hemmschwelle, kein psychologischer Jargon, aber vielleicht noch ein Schluck Prosecco?«
»Aber sicher doch, Prost Marlon!«
»Prost Sabine!«
Sabine und Marlon stoßen an. Momo hat neue Kratzspuren auf der Rückseite, Mini ihr Krallenwetzprogramm abgeschlossen, Cooper ihre Pose unverändert gehalten. Pamela scheint das alles nicht zu berühren.

Der Penisring ist der Zaun des kleinen Mannes

Da wäre dann auch noch *Sandra*. Exen-Aufarbeitungs-Kapitel 3. Sandra war sehr praktisch veranlagt. Hans würde sich nicht wundern, wenn sie eine Karriere als Tüftlerin im Analogen oder Digitalen eingeschlagen und gemacht hätte. Es würde ihn aber auch nicht wundern, wenn sie einen Bauernhof übernommen und Melkmaschine, Motorsäge und Besamungspistole in die Hand genommen hätte – und mittlerweile Bürgermeisterin des Ortes wäre, in dem ihre Kühe grasen, die Borkenkäfer ausgerottet sind und hektoliterweise Stiersamen bester Güte aus ihrem Stall weltweit verschickt würde, um Kühen die optimale Fortpflanzung zu garantieren.

Sandra machte schon immer ihr Ding und sie war, nach Mutter Sagmeister, die Erste, die dem Hans sein Ding fachkundig, allerdings rein zu Übungszwecken, in die Hand nahm und es platzierte, wo es – der evolutionären Bestimmung gemäß – hin gehörte. Sandra bescheinigte Hans, dass er – in ihr – weder besonders groß, noch besonders klein wäre. Sie attestierte ihm gängiges Mittelmaß im erigierten Zustand, aber außerordentliche Unscheinbarkeit im alltäglichen Gebrauch, was sich in vielen Situationen als Vorteil erweisen sollte. Hans wäre ein klassischer Fall von Blutpenis, sagte sie, keine Fleischpeitsche, ein Blutplusterchen. Kein Badehosenpenis, aber ein sportfreundliches Spatzi, das schlaff nichts anrichten könne und bei nichts im Weg wäre. Kein Saunazipfel, ein kleiner Freund, der aber große Freude bereiten könne, wenn er, also Hans, die Größe habe, mit dieser Diskrepanz umgehen zu können.

Im Alltag ein Beistrich – im Einsatz ein Ausrufezeichen. So übersetzte Hans sich das dann später. Zwar nicht vom Regenwurm zur Königskobra aber allemal zur Blindschleiche und wenn sie

sich zu bewegen verstünden, so Sandra, könnten Blindschleichen alles erreichen. Vielleicht ist Sandra auch Kommunikatorin geworden.
Damals war Hans ihrer rhetorischen und lebenspraktischen Übermacht nicht gewachsen. Heute hätte Sandra mit Hans, seiner Meinung nach, ein ebenbürtiges Kaliber in Sachen Selbstbewusstsein, Selbstkritik und Selbstlosigkeit im Dienste der allgemeinen Aufklärung und Entwicklung nicht nur der Siedlungsgemeinschaft, sondern der Gesellschaft im großen Ganzen.
Damals währte ihre Geschlechtsgeschäftsbeziehung fünf Kondome lang. Danach erklärte sie den Grundkurs mit ihm und ihre Toleranz ihm gegenüber für beendet beziehungsweise ausgereizt. Sandra und Hans hatten sich gegenseitig das Beste gegeben und waren bereit für neue Herausforderungen. Hans ist ein Mensch, der Herausforderungen nicht aus dem Weg geht. Hans ist ein Mensch, der Herausforderungen braucht, so wie Weideland Zäune. Hans wird die Herausforderung, jetzt ernsthaft politisch tätig zu werden, annehmen. Die Zaunbewegung muss endlich Form annehmen.
Der Penisring ist der Zaun des kleinen Mannes. Hans ist ein Mann, der für Großes bestimmt ist. Der ureigenen Bestimmung folgen zu können, ist eine Fähigkeit aller Geistesgrößen. Hans ist der Meinung, dass sein Geist wie sein Glied ist: im Alltag nicht weiter auffällig oder im Weg, aber wenn es drauf ankommt, zeigt sich seine wahre Größe. Hans ist ein Mensch, der sich zurückhalten und bescheiden geben kann, der aber alles kann, wenn es drauf ankommt. Hans ist ein Mensch, der sich alles einreden kann. Er ist ein Mensch, der im entscheidenden Moment groß raus kommt, es aber nicht nötig hat, das groß raushängen zu lassen. Hans ist schlicht da, wenn man ihn braucht. So sieht Hans das – und sichtbar zu werden, ist es nun höchst an der Zeit für Hans und sein Zaunprogramm.
Dass es die politische Bühne werden wird, wusste er bis vor Kurzem selbst noch nicht. Er ist diesbezüglich ja ein gebranntes

Kind, aber er hat die NÖN-Interview-Schmach offenbar überwunden. Außerdem ist Hans auch ein offener, spontaner Mensch und wenn ihn die Politik braucht, dann wird er der Politik geben, was ihr fehlt. Denn es geht nicht um Hans, es geht um Größeres. Hans ist nur ein kleiner, weißer Penis, aber zusammen mit seinen Zäunen hat er Eier, aus denen eine neue Zukunft schlüpfen könnte. Eine Zukunft mit Zäunen und Zonen zum Träumen und Wohnen für alle, die an der Zukunft für den Zaun mitbau'n.
Die Entsorgerin hatte Recht, das Aufarbeiten seiner Beziehungstraumata hat ihm gut getan, hat ihn befreit. Hans fühlt sich wie neu geboren und bereit für hohe Ämter.
Die Welt kann kommen. Hans ist da.

Neulich ging Hans in eine Kneipe in der nächstgelegenen Kleinstadt und fegte, gleich beim Platz nehmen, versehentlich das Fake-Flacker-Teelicht vom Tisch. Es ging die Rundumhalterung zu Bruch. Die unterforderte Leuchtdiode tat, als ob nichts gewesen wäre und zuckte weiter wie programmiert. Die Kellnerin zuckte auch nur mit den Schultern und holte einen Besen. Hans machte es ihr gleich, holte aber ein Erfrischungsgetränk. Das hätte er bis vor Kurzem so nicht gekonnt. Dann halt kein Tisch und an der Theke bleiben, dachte er sich, denn übersehene Scherben in noch gefährlichere Splitter zertreten, und somit seine Umgebung in Gefahr bringen, wollte er auch nicht. Geht schon genug Gefahr von Hans aus. Ist ja ein wandelndes Gefahrengut. Hans ist, weil er sich so gut vorkommt, eine Gefahr für alle anderen. Das galt in der Wirtschaft und gilt auch für die Politik. Es gibt sicher Verrücktere als Hans, aber zu behaupten, er wäre gar nicht verrückt, wäre sehr verrückt. Hans aber ist der Meinung, ein sehr reflektierter Mensch zu sein und sagt sich: Verrückt sind doch alle, ich aber besser.

Ratschläge sind von Hobbyingenieuren gebaute Eselsbrücken

Fortan nützt Hans jede Gelegenheit zum Üben. Er versucht vermehrt ins Gespräch zu kommen und Aufmerksamkeit zu erregen. Er nimmt sich fest vor, seinen neuen Nachbarn demnächst in ein Gespräch zu verwickeln, das ein Katzenliebhaber einfach nicht ausschlagen kann.

»Wussten Sie, dass die Hauskatze in Neuseeland die Nummer Eins der invasiven Tierarten ist, dass sie dort gejagt, gefangen und abgeknallt wird?«, wird Hans fragen. »Neuseeland hatte ja eine ganz eigene Pflanzen- und Tierwelt. Bis dann der Mensch kam und Tiere und Pflanzen mitbrachte, die sich dort breit machten und andere – heimische Arten – verdrängten«, wird er sagen.

»Kennen Sie die Blauralle?«, wird Hans den Neuen fragen. »Die Blauralle ist ein Vogel, der nicht fliegen kann. War nie notwendig in Neuseeland. Da gab es keine Fressfeinde. So konnte sich auch kein Fluchtreflex ausbilden. Eine Hauskatze macht aus einer Blauralle im Nu einen zerfledderten Federhaufen. Die Blauralle, müssen Sie wissen, galt schon als ausgestorben, konnte sich aber gerade noch retten.«

Der Neue wird sein Erstaunen kaum verbergen können. Hans wird aber noch mehr Fachwissen parat haben. »Ja, die Blauralle ist gewissermaßen auferstanden von den Toten. Deshalb ist den Neuseeländern die Blauralle auch heilig und ihre Katzen, also die Katzen an sich, haben sich an diesem heiligen Tier vergriffen, haben es geschändet, gefoltert, immer wieder zu Tode gequält.« Das wird ihn natürlich hellhörig machen, den Tierliebhaber, und vermutlich wird er auch empört oder aufgebracht sein. Aber Hans wird sich nicht ablenken oder beirren lassen. Er wird fortfahren.

»Ja, es wird von kollektiver Katzenschuld gesprochen werden

müssen, werter Herr Nachbar. Sie tragen Verantwortung für ihr Tier. Das Tier mag instinktiv handeln, aber Sie, werter Herr Nachbar, Sie sind ein Mensch und haben sich aktiv für das Halten von Katzen entschieden. Katzen, die in Neuseeland für großes Leid sorgten.« Hier wird Hans eine Pause einlegen und versuchen, ihm offen in die Augen zu schauen.
»Können Sie mit dieser Schuld leben? Was machen Sie, um dieses Unrecht auszugleichen? Leisten Sie Kompensationszahlungen?« Der Nachbar wird sicherlich vollkommen überfordert und sprachlos sein. Hans wird aber nicht lockerlassen und nachsetzen.
»Lassen Sie sich was einfallen, Herr Nachbar, seien Sie kreativ. Wer Katzen hat, muss sich auch mit den nicht schmeichelhaften Seiten dieser Tiere auseinandersetzen. Es ist nicht alles Schnurr und Miau an Katzen. Es ist nicht alles eitel Samtpfote. Geschichte, Herr Nachbar, lernen Sie Geschichte. Spenden Sie für die Aufzucht der Blauralle; spenden Sie für Zaun in Not; spenden Sie für die sogenannten Lazarus-Tierarten, für Tierarten, die als ausgestorben galten, sich aber zurückkämpften ins Leben auf Erden; spenden Sie für die australische Wildbiene, den Schwarzbraunen Mausdrossling und das Voeltzkow-Chamäleon. Wenn Sie sich schon gleich zwei Katzenkiller halten müssen, dann tun Sie auch Buße.« Der Nachbar wird natürlich geplättet sein von all dem Wissen. Er könnte aber auch einfach gehorchen oder zumindest um Rat fragen. Hans ist nie um Ratschläge verlegen. Hans ist ein ratschlagfreudiger Mensch. Ratschläge sind nicht, wie landläufig behauptet wird, auch Schläge. Ratschläge sind von Hobbyingenieuren gebaute Eselsbrücken. Hans hat so viel zu geben. Er hofft, dereinst mit seinen gesammelten Lehrsätzen ein entsprechendes Publikum zu finden.

Lange war es Hans wichtig, viel Geld zu verdienen; längst ist es ihm wichtiger, viel Geld nicht auszugeben. Er braucht ja nur mehr seine Zäune. Die Erhaltungskosten sind überschaubar. Um der vorherrschenden Bürgernorm zu entsprechen, macht er zweimal im Jahr einen Urlaub und fährt gelegentlich für ein verlängertes Wochenende weg. Meist sind das Besuche von Wehranlagen, manchmal kommt er nicht umhin, Einladungen seiner Geschwister Folge zu leisten. Meist dreht es sich dabei um runde Geburtstage, die Hans wenig berühren, oder Volljährigkeitsfeierlichkeiten von Nichten und Neffen, die ihm nichts sagen. Auch ein Pensionsantritt war schon Grund für ein »geselliges Beisammensein im erweiterten Freundes- und Familienkreis«, auf dem Hans unentbehrlich war. Hans ist der Meinung, seine Geschwister haben ihm so viel zu verdanken, weil sie ja so viel von ihm gelernt haben.

Es ist oft einfacher, den Feierlichkeiten beizuwohnen, als im Vorfeld abzusagen. Denn auf eine schriftliche Absage folgen immer mehrere telefonische Nachbefragungen und Überredungsversuche. Kommt man einfach vorbei und sitzt den Abend ab, ist weniger persönliches Gespräch zu befürchten.

Durch Fleiß, Beharrlichkeit und unternehmerisches Geschick hat Hans, auf der Grundlage seines Erbes, längst ein kleines Vermögen angehäuft, das sich klug von selbst zu vermehren versteht. Wobei er speziell nun, wo er sich sicher ist, in die Politik zu gehen, auf jeden Fall noch aktiv in seine Handelstätigkeit verstrickt sein will. Hans will als Unternehmer und Parteigründer wahrgenommen werden, nicht als vermögender Zaunliebhaber.

Für Unternehmer und Wohlhabende hat die Politik hierzulande die offensten Ohren. Geld privilegiert, Unternehmergeist begünstigt. Natürlich ist Hans nicht bereit mit dem Projekt Zaunpartei seine finanzielle Abgesichertheit zu gefährden, geschweige denn einzubüßen. Anfangs wird allerdings investiert werden müssen, das weiß er. Sobald er dann in den Landtag eingezogen sein wird, lassen sich die Wahlkampfkosten sicherlich aus rechtmäßig zustehenden Steuermitteln rückerstatten. Sobald er Einkünfte aus seiner politischen Tätigkeit beziehen wird, wird er sie öffentlichkeitswirksam zu fördernden Zaunerrichtungsprojekten zukommen lassen. Sobald der Zaunpartei medial Aufmerksamkeit zugestanden wird, wird er zur Verfügung stehen, als Sprachrohr und genereller Rückhaltspfosten. Hans will der Mann sein, der hinter der Zaunpartei steht, will Gesicht und Gründervater der Zaunpartei sein. Der Zaun ist Programm – Programm ist der Zaun. Hans ist der Meinung, dass ein Programm immer nur so lange gut ist, so lange es der dümmste damit Angesprochene versteht und Dumme anzusprechen, dazu fühlte er sich nun bereit.

Der Neue mag ein schwieriger Fall sein. Aber wird sich Hans von ihm zu Fall bringen lassen? Sicher nicht. Hans wird ihn sich vielmehr herrichten, immerhin ist er der Meinung, ein guter Lehrer zu sein. Er prahlt nicht mit seinem Wissen und seiner Lebenserfahrung, kann aber, auf diesem Fundament basierend, gerade jungen Menschen wertvolle Ratschläge mit auf ihren zukünftigen Lebensweg geben. Hans notiert in seinem Buch der Sagmeister'schen Lebensweisheiten unter Ratschläge: Andere Ratschläge mögen Schläge sein, meine Ratschläge sind einrenkende Korrekturmaßnahmen.

»Haben Sie gehört, Herr Nachbar?«, wird Hans seinen Katzenkaspernachbar fragen. »Unlängst killten Füchse 13 Flamingos und rotteten so die Flamingo-Kolonie des Zoos beinahe gänzlich aus. Füchse sind, wie Katzen, Killer. Ja, Herr Nachbar, auch Mini & Cooper sind Killer. Ich finde, das gehört nicht nur den Haltern, sondern den Menschen an sich klargemacht. Von wegen: Sind doch süß und schön und kuschelig. Schön anzuschauen sind Waschbären und Grauhörnchen auch. Sie sind aber, wie Katzen und Füchse, auch sehr, sehr gefährlich. Gefährlich wie der Marderhund und die Biberratte. Marderhund und Biberratte, das jeweils Schlimmste aus zwei Welten, wenn sie mich fragen«, wird er sagen.

»Die fressen, was ihnen zwischen die Kiefer kommt. Die fressen uns auf. Die fressen alles. Ja, das muss man alles bedenken, wenn man sich Wildtiere hält, lieber Herr Nachbar. Alle Tiere sind gewissermaßen invasiv, vor allem in einer Vorstadtsiedlung mit Einfamilien- und Reihenhäusern. Vor allem in einer Siedlung wie der unseren. Invasive Tierarten, werter Herr Nachbar, haben hier nichts verloren, brauchen wir nicht. Invasive Pflanzenarten brauchen wir auch nicht.« Ob der Neue die Größe hat, sich seiner Informationsflut weiterhin zu stellen, wird sich herausstellen. Hans schätzt ihn so ein, dass er ohnmächtig verharren, staunend weiter hören und lernen wird wollen.

»Kennen Sie die Kanadische Goldrute, das Drüsige Springkraut?«, wird Hans ihn fragen.

»Ja«, wird dieser sagen.

»Auch schön anzuschauen«, wird Hans nachsetzen. »Die eine, wie das andere. Aber ebenfalls gefährlich, weil nur einjährig und dann ist Schluss. Nicht winterhart, nicht geschaffen für hiesige Winter. Nur geschaffen für den schnellen Eindruck, das schnelle sich Breitmachen und das war's dann. Dann wird die Erosion begünstigt. Wissen Sie, was das heißt, Herr Nachbar? Nein, natürlich nicht. Ich werde es Ihnen sagen: Es rutscht der Hang und Hang und Rutsch und futsch die Flora!«

Ja, so drastisch wird Hans sich ausdrücken, um ihn ganz in seinen Bann zu ziehen. Der Nachbar wird der Erste sein, der in den Genuss kommt, die neuen rhetorischen Fähigkeiten von Hans Sagmeister, dem künftigen Zaunkanzler, bewundern zu können. Analogien aus der Tierwelt in unser Leben holen, so funktioniert das: Herausarbeiten der Parallelen, Bedrohung aufzeigen, Angst schüren.

»Hierzulande mag aktuell die Tigergrasmücke mehr beunruhigen, weil deren Eier den Winter überleben und weil sie Krankheiten wie Malaria übertragen kann und da und dort durchaus schon heimisch ist, da ihr die generelle Erwärmung natürlich zugutekommt. Aber eine Allianz der invasiven Tiere und Pflanzen mag man sich nicht vorstellen. Hab ich nicht recht, Herr Nachbar?«

Der Juhu-Katzenpizzakasper wird Hans an den Lippen hängen und nicht anders können, als ihm recht zu geben und Hans wird unerbittlich nachlegen.
»Wenn sich Goldrute, Springkraut, Waschbär und Marderhund zusammentun, dann sind wir in den Siedlungen des Lebens nicht mehr sicher. Elektrische Zäune mögen den Fuchs kurzzeitig beeindrucken, aber er wird Wege und Lücken finden und Goldrute und Springkraut werden uns blenden und nachlässig machen. Wir müssen unsere Lebensgrundlage schützen, werter Herr Nachbar und Leidensgenosse, schützen mit all unserer Macht und Kreativität. Wir brauchen Zaunkonzepte, die alles Bisherige in den Schatten stellen. Wir brauchen ein Zaunbauprogramm, das alle Stücke spielt. Wir brauchen eine Partei, die Zäune in den Mittelpunkt aller Interessen stellt. Wir brauchen neue Zäune – flächendeckend. Wir brauchen eine neue Partei – landesweit. Wollen Sie, lieber Herr Nachbar, Teil dieser neuen Partei sein?«, wird er fragen.
»Ja, wir brauchen eine Zaunpartei. Wir brauchen mich. Mich braucht die Politik. Hier bin ich. Ich bin es.«, wird Hans sagen.
»Gut, dass es Sie gibt«, wird der Nachbar aufatmen.

Das politische Establishment ist inkontinent

Hans geht ganz in seiner Rolle auf. Er ist der Meinung, ein paranormales Phänomen zu sein. Früher hätte man das wohl Prophet genannt. Er glaubt, die Eigenschaft zu haben, Zukünftiges vorhersehen zu können. Das macht sein Leben nicht unbedingt leichter. Aber wenn er sich mitteilt, seine Vorhersehungen mit anderen teilt, kommen seine Qualitäten der Allgemeinheit zugute. Dafür braucht er natürlich Zuhörerschaft, eine Community. Diese zu bilden und zu vergrößern, ist sein erklärtes Ziel.
Hans hat einen Traum, von einem Zaun, der uns alle umgibt, uns vor bösen Einflüssen schützt und vor Fehlentscheidungen bewahrt. Es ist ein guter Zaun und Hans dessen Zaunherr. Er ist Zaunkönig. Er ist der Hüter seines Traums und der Wächter des Zauns. Übersinnliche Phänomene sind nur für jene unerklärlich und unbegreiflich, die sich an nichts außer der vermeintlich verbrieften Wahrheit festhalten wollen. Der Glaube an etwas hat die Menschheit aber weitergebracht als jede Wissenschaft. Hans glaubt an den Zaun und er glaubt, dass es eine große Anzahl an Menschen hierzulande gibt, die mit ihm diesen Glauben teilen. Der Zuspruch auf sein Glaubensbekenntnis gibt ihm Recht. Seine Zaunpartei soll eine Glaubensgemeinschaft sein, die sich an die Bedürfnisse der Zeit angepasst hat. Das Kreuz hat lange seine Funktion erfüllt. Das Kreuz als Symbol für den Glauben an eine gute Zukunft für alle und ein Paradies im Jenseits wird abgelöst durch den Zaun und das Paradies auf Erden. Das Holz kann bleiben.
Hans nimmt seine Position vor dem Garderobespiegel ein, denkt kurz an die Füchse, die erst vergangene Nacht wieder eine Spur der Verwüstung durch seinen Paradiesgarten gezogen haben, und schon fällt er in Prediger-Trance:

Holz ist wie wir. Holz wächst wieder nach. Holz war vor uns da und wird nach uns da sein. Holz ist nicht gleich borkenkäferbefallene Fichte. Holz ist mehr, und am Stamm der Gesellschaft nagt immer wer, mal ein Borkenkäfer, mal ein anderer Plagegeist. Wir vertrauen auf die Güte des Zauns, wir vertrauen auf die Güte von Holz. Lass sie uns ruhig Holzköpfe nennen. Ein Holzkopf ist nichts Schlechtes. Der Holzkopf wurde nur schlechtgeredet, von den herrschenden Granitschädeln schlechtgeredet. Wir aber sind Holzköpfe aus Überzeugung: regional, saisonal und nachhaltig. Holz ist organisch und ein beliebter Baustoff. Holz hat Zukunft. Wir Holzköpfe haben Zukunft. Die Zeit der Holzköpfe ist gekommen, die Zeit der Granitschädel ist vorbei.

Ein Drittel der Bevölkerung glaubt an uneingeschränkte Horizonterweiterung. Frauen glauben an Wunderheilungen und Vorhersehungen, Männer glauben an Ufos. Holen wir beide Seiten ins Zaun-Boot und heilen wir damit die wundgeschlagene Gesellschaft, heben ab und begeben uns in eine strahlende Zukunft für alle Holzköpfe und Vollpfosten. Es müssen Zusammenhänge zwischen Geschehnissen und Verhaltensweisen hergestellt werden. Wir alle brauchen runde Erzählungen. Wir Holzköpfe sind eine runde Sache und der Zaun steht für uns ein, und die Vollpfosten geben uns Halt, und das gut verankerte Gatter ist unser Fenster zur Welt.

Ja, wir glauben an Wunder. Ja, wir glauben, dass alle ein Zaunwunder erleben werden, mit Holzköpfen und Vollpfosten an vorderster Front.

Was sagt die Wissenschaft? Naturwissenschaftlich kann es keine paranormalen Phänomene geben. Im Erleben gibt es diese aber allemal. Das sagt die Wissenschaft! Und wir sind für das Erleben und dafür, dass alle das baldige Zaunwunder erleben dürfen. Die Welt und das Leben sind nicht durchrationalisierbar. Wir können nicht alles wissen, wir müssen alle auch zumindest ein bisschen glauben und vertrauen. Wir müssen alle zumindest an uns glauben und darauf vertrauen, dass wir mit unseren Zäunen die

richtigen Zeichen für eine bessere Zukunft für die Zaungemeinschaft der Holzköpfe und Vollpfosten setzen. So wie inkompatible Vorstellungen nebeneinander existieren müssen, so müssen auch wir (also vorerst noch ich) in der verwachsenen Politlandschaft Fuß fassen und unsere Zaunvorstellungen aufstellen können.
Hans wacht diesmal nicht an Romähns Seite im Garten auf. Er erlangt das volle Bewusstsein bereits im Gang vor dem Spiegel stehend wieder – und was sieht er? Er sieht einen glücklich strahlenden Hans. Das Rauschgefühl nach dieser Zaunpredigt war aber ähnlich gut wie bei seinen Ragereden, nein, es war besser, reiner, befriedigender. Hans hat endlich seine wahre Bestimmung gefunden.

Das langfristige Ziel ist natürlich das Parlament. Hans hat sein Ziel ganz klar vor Augen und weiß, dass das Hohe Haus mittlerweile auch eine Pollerzone ist. Städte hatten ja zu Recht mal Gräben. Heute haben sie Poller. Ich habe Poller klingt wie: Ich habe Masern. Poller sind eine Krankheit – heilbar, aber es geht um die Früherkennung. Hans ist der Meinung, dass jetzt angesetzt werden müsste, um das grassierende Übel wieder in den Griff zu kriegen und mit Zäunen zu kurieren. Natürlich muss auch an der Sprache gearbeitet werden. Denn das Bild »alte Gräben zuschütten« muss endlich die positive Färbung verlieren. Wenn offensichtlich ein Spalt durch die Gesellschaft geht und wir das auch anerkennen, können wir diesen Spalt entweder untergraben oder schön ordentlich mit Zäunen und Mauern absichern. Hans hat nichts dagegen, alte Gräben zuzuschütten und neue, zeitgemäßere, besser befestigte aufzumachen. Aber er glaubt nicht, dass das Konzept Gräben überwunden ist. Gräben lassen sich füllen, mit Wasser, Dornenhecken, wehrhaften Tieren sowie anderen originellen Hindernissen. Hinter einem Graben lässt's sich laben. Für gute Gräben würde Hans alles geben. Gräber sind tot – Gräben sind Leben!

Für einen Graben mit Mauer ist Hans Sagmeisters Anwesen zu klein. Es wäre die angemessene Art für einen Zaunkönig, sich die Umwelt vom Hals zu halten. Kein König ohne Burg. Keine Burg ohne Graben und Mauer. Aber die Mauer von heute ist eben ein Zaun, der alle Stücke spielt. Ein Zaun wie der von Hans.

Hans ist der Meinung, die Mauer des Kleinbürgers ist die Gabione. Die Städter haben ihre Poller, die Landler die Gabione: der große Käfig für Steine und die dahinter. Gabione kommt ja vom italienischen Gabbione und heißt großer Käfig. Ein Käfig für Steine und ein Käfig für die, die sich freiwillig in diesen Käfig sperren: Carport, Gabione, Pool – das ist die Kleinhäuselbauer-Dreifaltigkeit, die in der Siedlung im Europaweg von einigen ganz vorbildlich gelebt wird. Hans führt ein zaunintensiv-individualisiertes Eigenleben. Gabionen sind für Hans wie Poller – nicht ideal, aber besser als nichts.

Er weiß, dass er die Pollerfreunde ebenso auf seine Seite bringen muss wie die Gabionenfreundinnen. Die sind noch nicht verloren, die wissen es halt einfach nicht besser. Poller- und Gabionengläubige gilt es zu bekehren, ist sein Credo.

Gabionen sind sichtbar, wie es um das Innere der Häuser bestellt ist, wissen nur die Bauherren sowie die Handwerker, die die Bauherren wochenlang warten lassen, bis endlich das Bad gefliest, der Boden verlegt, der Ofen gebaut, die Türen geliefert, die Smart-Home-Software installiert, die Elektrogeräte angeschlossen, die Bodenheizung, die Jalousien, die Bewegungsmelder und Außenbeleuchtung eingestellt sind. Stehen die blickdichten Steinkörbe, kann dahinter noch lange das Chaos herrschen. Aber nach außen hin ist alles aufgeräumt und gelassen wie Stein.

Der durch Gabionen geschaffene vermeintliche Frei- und Schutzraum ist ebenso unsicher, wie der von Pollern vorgegaukelte. Gabionen sind zwar gewissermaßen das Gegenteil von hochtechnisierten Anti-Terror-Pollern, denn sie sind nahezu mittelalterlich anmutende Steinkörbe, aber sie sind eben auch keine Zäune. Mit ihrer Flexibilität wird geworben, das aber ist ihr großes Manko.

Ein Amok-Gabelstaplerfahrer fährt dir deine Gabionen mit eigens ausgesuchten Ziersteinen in zartrosa und hellgrau durch die bodentiefen Fenster direkt ins Wohnzimmer. Denn Gabionen haben kein Fundament, sind bloß so hingestellt und brauchen daher keine Genehmigung. Gabionen sind bloß auf deinem Grundstück abgestellt. Gabionen lassen sich verschieben und in Nullkommanichts wegtransportieren. Gabionen stehen für schlampige Verhältnisse. Poller lassen sich hacken, Gabionen lassen sich weggabelstaplern. Hans ist der Meinung, Gabionen schaffen bloß vermeintliche Frei- und Schutzräume für Menschen, die sich und ihr Leben noch nicht in Griff haben.
Wer keinen Geschmack, keine Skrupel und kein Geld mehr hat, aufgrund der Scheidungsanwälte, des Zirbenschlafzimmers, des E-BMWs, der Fremdwährungskredite oder des Urlaubsvollrausches auf Mallorca, der unerwünschten Nachwuchs irgendwo in Sachsen nach sich zog, der spart sich die Käfigschmucksteine und zieht eine Plastikmatte mit Steindruck durch den Doppelstabzaun, die gibt's beim Baumarkt zum Schleuderpreis.
Hans braucht keinen Steinkorbkäfig, der ihm Schutz vorgaukelt. Er braucht keine Fake-Steinplane, er braucht keinen künstlichen Druck.
Sein Leben hat ihn nicht, er hat sein Leben in der Hand und seine Hände sind sauber und wissen, was sie tun. Hans ist der Meinung, ein Mensch mit Handschlagqualität zu sein. Ohne Zaun kein Rückhalt, ohne Rückgrat keine Handschlagqualität. Hans sieht sich als Menschen mit Handschlagqualität und Handfertigkeit.
Das war nicht immer so, aber sein Zaun hat ihn den Umgang mit Hammer und Schlägel gelehrt. Der Zaun ist ein guter Lehrmeister. Der Zaun ist nachsichtig, er hat Verständnis.
Also wird der Zaun auch dem Parlament guttun. Das Parlament, nicht die Zuschauerränge, die Regierungsbank, das Rednerpult – das sind die Plätze, die Hans für sich sieht. Dort will er sich und die Zaunpartei aufgestellt und vertreten wissen. Hans weiß, was

dort gesagt werden müsste. Er weiß, dass sein rhetorisches Geschick dort Anklang fände. Er weiß, was die Zaungemeinschaft zum Wohle aller besser machen könnte.

Akribisch bereitet er sich auf die anstehende Aufgabe vor. Was es über Zäune und Grenzen zu lesen gab, liest er. Er hat gelesen, dass in den spanischen Enklaven Ceuta und Melilla in Marokko mittlerweile zweireihige und über sechs Meter hohe High-Tech-Zäune hochgezogen wurden. Die sollen abschreckend und unüberwindbar wirken. Die spanische Stadt Ceuta liegt auf nordafrikanischem Festland an der Straße von Gibraltar. Schon 1993 wurde ein 8,2 Kilometer langer Zaun an der Landgrenze zu Marokko errichtet. Der Zaun erwies sich jedoch bald als zu leicht überwindbar. Zwei Jahre später wurde die Grenzanlage erweitert und mit Stacheldraht gesichert. 2005 schließlich hat man sie, weil hunderte Menschen versuchten, über den Zaun zu klettern, von drei auf sechs Meter erhöht. Die spanischen Grenzwächter antworteten auf den Ansturm mit Gummigeschossen. Marokkanische Grenzwächter setzten sogar scharfe Munition ein. Es starben mindestens acht Menschen. Um dies künftig zu verhindern, wurden im Vorfeld des Zaunes Hindernisse eingebaut, um eventuell anstürmende Massen zu brechen. Jetzt erstreckt sich die gesamte Grenzanlage über 24 Kilometer. Dennoch schafften es 2016 rund 1000 Menschen, den Grenzzaun zu überwinden, gibt Frontex an. Zwischen 2017 und 2019 wurde der Zaun mehrmals gestürmt, und zwar von insgesamt über 1000 mit Werkzeugen, Knüppeln und ätzenden Säuren bewaffneten Menschen. Es gab zahlreiche Verletzte und circa 500 Menschen gelang es auch, die Sperren zu durchbrechen. Die meisten landeten schließlich im Auffanglager Centro de Estancia Temporal de Inmigrantes (C.E.T.I.) in Ceuta und wurden dann wieder nach Marokko abgeschoben.

Das ist alles interessant. Das gibt es alles, alles leicht nachzulesen. Diese Zäune aber haben nichts mit der Zaunpartei zu tun.

Diese Zäune sind die bösen Zäune. Hans steht für die guten Zäune. Die Zaunpartei ist gegen Krieg – für Einfriedung. Die Zaunpartei sieht das Gute im Zaun. Vertraut auf seine Qualitäten. Hans baut auf die Macht der Zäune, auf die Menge der Zäune, auf jeden einzelnen. Kein Zaun ist Hans zu klein. Aber jeder Zaun hat natürlich Wachstumspotenzial und jeder Zaun kann Teil des großen Ganzen werden. Jeder Zaun, jeder Pfosten trägt etwas bei. Jeder Zaun hat seine Berechtigung, jeder Pfosten seine Aufgabe.
Nach monatelangem Dahinglimmen hat Hans nun endlich Feuer gefangen, politisches Feuer. Hans brennt darauf, endlich Schritte zu setzen, Schritte Richtung Parlament. Er weiß aber nicht, wo und wie anfangen. Also fragt er die Entsorgerin.
Geschätzte Zaunzofe, es ist dir gelungen, mich wachzurütteln. Du hast den Demokraten in mir geweckt. Ich bin bereit für Taten. Nur weiß ich nicht recht, wie anfangen. Was meinst du, was braucht es, um ins Parlament einzuziehen? Ja, ich sage Parlament, Gemeindepolitik ist keine Politik, die Gemeindeebene ist mir zu unbedeutend, hat mich enttäuscht, nicht verdient. Ich denke größer. Ich will das Land verändern. Also, geschätztes Orakel des Internets, sag an: Was braucht es, um Kanzler zu werden?

Sabine sitzt gerade am Klo, hat aber ihr Arbeitsgerät am Schoß. Sie hat sich schon Sorgen um Herrn Hans gemacht. In letzter Zeit meldete er sich gar nicht und war auch nicht im Garten zu sehen. Nur sein Rasenmähroboter drehte wie immer seine Runden, weniger um zu mähen, denn um zu spähen. Denn Sabine wusste natürlich von Romähns-Netzpopularität. Sie teilte und likte seine Videos. Ihr Zaunfetischist ist ihr schon abgegangen. Sie freut sich, wenn sie einen ihrer Klienten dazu bewegen kann, aktiv was zu tun.
Echte, fachliche Qualifikationen braucht es nicht, um Kanzler zu werden. Es reicht, Parteizombie zu sein. Dafür gibt es Beispiele genug. Vielleicht ist es aber auch an der Zeit, es anders anzugehen. Vielleicht

reicht es auch, gegen das herrschende System zu sein. Vielleicht reicht es, radikal anders zu sein. Ja, es reicht!

Hans ist begeistert. Er war schon kurz davor, seine Beziehung zur Entsorgerin abzubrechen. Er hatte das Gefühl, sie wollte ihn ausnützen, aushorchen, nur von ihm profitieren. Jetzt spürt er es wieder, das Gefühl der Unterstützung. Jetzt spürt er ganz klar, dass sie auf seiner Seite ist und ihn in seinem Bestreben bestärken will. Hans schreibt:

Und wie es reicht! Es ist Zeit für Zäune!

Sabine hat sich ihre Toilette sehr gemütlich eingerichtet. Der WLAN-Empfang ist ausgezeichnet, es gibt – im Winter – Bodenheizung, es gibt – ganzjährig – einen flauschigen Klomuschelvorleger, in den sie die Zehen krallen kann, es ist ein nicht zu großes Fenster vorhanden, der Lichteinfall ausreichend, nicht störend hell. Sabine hat hier schon viel Geld verdient. Sie hat an ihrem stillen Örtchen oft die besten Ideen.

Es reicht, gegen das System und radikal anders zu sein und es braucht, einen schlagkräftigen Satz, der den Nagel auf den Kopf trifft und alles auf den Punkt bringt. Einen Satz wie: Wir sind gegen Systembeton, für flexible Zäune, Vollpfosten und Holzköpfe. Natürlich braucht es auch einen Namen, der einschlägt.

Hans weiß, dass die Abkürzung der Zaunpartei einprägsam und knackig sein muss.

Wie wär's mit ZAP für Zaunpartei?

ZAP ist gut. ZAP geht gut über die Lippen und hat auch was Plötzliches. Etwas plötzlich in die Politlandschaft Einschlagendes. Aber vermutlich braucht es doch auch Österreich-Bezug.

Die Zaunpartei Österreichs: DZÖ?

Nein, besser noch ZPÖ. Ja, ZPÖ. ZPÖ hat Zukunft.

Sabine hilft gerne. Sie ist sich nicht ganz sicher, ob sie jetzt nicht zu weit gegangen ist. An sich sollte sie ein Honorar für die Namensfindung verrechnen. Geld scheint er ja zu haben, der Herr Hans. Aber sie weiß ja auch, dass kaum zu erwarten ist, dass es die ZPÖ über die Grenzen dieses Chats hinaus schaffen wird. Sie

nimmt drei Blätter vom dreilagigen Tierprint-Recycling-Klopapier, wischt, nochmal drei, wischt und nochmal drei und fühlt sich noch immer etwas schmutzig.
Hans hingegen strahlt wie frisch polierte Badezimmerfliesen, nimmt aber schon wieder Stellung vor dem Garderobespiegel ein und legt – ohne an Mini & Cooper oder Reineke Fuchs denken zu müssen – los:
Die ZPÖ hustet allen was. Die ZPÖ schnäuzt die hohen Polit-Nasen. Die ZPÖ macht Nägel mit Köpfen in Bretter vor Köpfen. Die ZPÖ macht aus den Brettern vor deinem Kopf einen Zaun, der dein Wohlfühlgehege wird, und ein Gehege ist robuster als eine Blase. Die Blasen der bestehenden Parteien sind Seifenblasen, die von selbst platzen. Die ZPÖ platzt nicht, die ZPÖ verschafft sich Platz, Raum und Zaun. Die Bläschen, Blähungen und Blessuren der Herrschenden schnupft die ZPÖ weg und schnäuzt sie aus. Ja, die Blasen der etablierten Parteien sind schwach. Das politische Establishment ist inkontinent. Die Zaunpartei hingegen hält dicht. Ergreifen wir Partei für Zäune!

Das Wir gilt es noch zu finden. Vorerst ist das Wir noch Hans. Aber Zaunfreude werden sich finden. Hans selbst hat keine Freunde, aber Zaunfreunde gibt es auf der ganzen Welt. Hans dachte immer schon größer. Lebe lokal, denke global! So hat er das auch in seinem früheren Leben als Unternehmer gehalten. Grenz dich ab, denk grenzen-, aber nicht zaunlos, soll seine politische Maxime sein. Verstrick dich ruhig auch mal in Widersprüche, aber strick selbst und widersprich. Hans ist gut im Sich-Verstricken und Widersprechen.
Wo er in absehbarer Zeit landen, sitzen, stehen will, hat er sich unlängst näher angeschaut. Man kann Parlamentsführungen buchen und die aus dem Fernsehen bekannte Stätte der Demokratie, beziehungsweise das Auge der Macht, besichtigen. Es bedarf einer simplen Registrierung und schon dürfen Bürgerinnen und Bürger aller Gesinnungen eintreten in die weniger heiligen

als vielmehr politisch mächtigen Hallen, die mehr Säle und Räume als Hallen sind. Aber eine einst als Art Agora gedachte Säulenhalle gibt es schon: Marmor allüberall, Hall auch.
Hans ist der Meinung, diese Säulenhalle ist ein unmöglicher Raum, ein Gespräche und Austausch verunmöglichender Hallraum. Da gehörten Zwischendecken und Abtrennplatten eingezogen. Der Säulenhalle im Parlament gehörte ein Zaunkonzept verpasst, um ihr einen Nutzen abgewinnen zu können, der über reine Repräsentationszwecke hinausreicht. Die Säulenhalle im Parlament braucht ein Zaunmodell, das die Absicherung des Landes im Kleinen veranschaulicht. Das wäre sinnvoll, das wird Hans als erstes veranlassen, wenn er die Befugnisse dazu hat.

Teil 3:

Hanzö, der Zaunkanzler
oder:
Die Entfaltung

»Ihr Ungeheuer mit Namen Hans!«

Ingeborg Bachmann, *Undine geht*

Pfostenzeit

Die ZPÖ wird Ocker als Parteifarbe wählen. Ocker ist eine bewährte Abtönfarbe. Die alten Parteien törnen ab, die ZPÖ tönt ab, mischt das bisherige Stimmungsbild auf. Ocker ist in grauen Zeiten wie diesen sonnig genug. Ocker passt zu Zäunen. Ocker ist ein schönes deutsches Wort. Aus Ocker wird im Nu locker, Rocker und Zocker. Das sind lauter gute, naheliegende Dinge. Ocker hat im gegenwärtigen Parteifarbenspektrum Strahlkraft. Ocker ist dem edlen Gold sehr nah, ist aber nahbarer als das elitäre Gold. Ocker ist das Gold des Volks. Ocker ist die österreichische Seele, ocker glänzt wie das österreichische Gemüt. Hans ist ocker.

Ocker eckt nicht an, Ocker fällt nicht aus dem Rahmen, Ocker besticht durch Schlichtheit und Beständigkeit. Zaun, Ocker, Hans – eine österreichische Erfolgsgeschichte. Hans ist Österreich. Ja, Hans ist eine Erfolgsgeschichte. Die Welt weiß es nur noch nicht. Aber Hans hat keine Angst vor Visionen. Wer Visionen hat, braucht keinen Arzt. Wer Visionen hat, braucht keine Spindoktoren. Wer Visionen hat, erspart sich viel. Hans hat Visionen statt Gabionen. Visionen im Kopf, keine Gabionen im Garten. Hans kann sich die Zukunft aufgrund seiner lebhaften Visionen schon wunderbar ausmalen und braucht bloß dem Ausgemalten zu folgen. Als Visionär und Prophet hat er einen Plan, der sich zum Wohle aller erfüllen wird.

Das Programm der ZPÖ muss reinhauen, braucht Slogans wie Hammerschläge: Zäune haben Bestand – Zack! Vollpfosten auf Staatsposten – Zack-Bumm! Die ZPÖ wird euch allen blühen – Zack-Bumm-Bämm!

Die ZPÖ hat den Anstand und Verstand, um dem Land eine neue Richtung zu geben. Die ZPÖ kann jeden noch so kleinen Pfosten brauchen, und alle können etwas für die ZPÖ tun. Die ZPÖ braucht nämlich auch Hasen und Läufer, die Meter machen, die den Abstand zur Bevölkerung wiederherstellen, zurechtrücken, verringern.
Die ZPÖ braucht Querstreben. Leute, die aufgehen in der Funktion der Querbalken. Kein Aufwärtsstreben ohne Querstreben. Kleine Querstreben sind Sprossen. Sprossen sind die unterste Stufe der Parteihierarchie, aber keine Himmelsleiter ohne Sprossen. Sprossen werden getreten, Sprossen weisen den Weg nach oben. Sprossen sind belastbar, bewähren sich. Sprossen können sich durchaus zu Holmen und Vollpfosten entwickeln. Sprosse zu sein, ist eine ehrbare Funktion.
Die ZPÖ braucht Vollpfosten, Querstreben und Sprossen aber auch Gatter. Gatter sind Kommunikatoren nach außen. Gatter öffnen sich zur feindlichen Außenwelt. Gatter müssen besonders standhaft, beweglich und stark sein. Gatter müssen allen Versuchungen widerstehen. Gatter brauchen die verlässlichsten Vollpfosten, Querstreben und Scharniere. Scharniere sind Auserwählte. Auserwählt sind wenige.
Naturgemäß ist Hans, der Zaunkönig und Zaunkanzler in spe, Scharnier, Gatter und solider Vollpfosten. Naturgemäß ist er viele, denn er ist die Zaunhoheit. Der Zaunkönig hat mitunter von Sprosse über Querbalken bis zum Scharnier alles zu sein. Der Zaunkönig wird aber noch ein Scharnier an seiner Seite brauchen. Es wird aus den engsten Reihen kommen, synchron und blind funktionieren müssen. Scharniere müssen gut geschmiert sein.
Hans ist der Meinung, dass die Entsorgerin das Zeug zum Scharnier hat. Ja, die Entsorgerin muss befördert und in die ZPÖ aufgenommen werden. Sie hat sich diese Adelung verdient. Sie weiß mehr über den Werdegang der ZPÖ als alle anderen potenziellen Vollpfosten. Die Entsorgerin wird sich als selbständige Jungun-

ternehmerin gut an der Seite des Zaunkönigs machen. Hans ist sich sicher, dass er sie dafür gewinnen kann. Er ist ein gewinnender Mensch. Hans ist ein Gewinner.
Für den Neonachbarn wird sich auch ein Job finden. Er kann mit der Jugend, er spricht deren Sprache. Er hat das Zeug zum Gatter. Das Gatter ist der Kommunikationskanal. Das Gatter öffnet sich, wenn die Scharniere wollen. Das Gatter sagt, was die Scharniere wollen, nur in anderen Worten. Das Gatter kann dabei durchaus auch seine Katzen verwenden.
Ja, in Sachen Katzen hat sich Hans, im Sinne des Parteierfolgs, neu ausgerichtet. Hans hat gelernt, die Katzen zu instrumentalisieren. Es kann noch nicht von Liebe gesprochen werden. Aber Hans weiß mittlerweile die Einschmeichelqualität von Katzen zu schätzen. Denn das Volk mag Katzen. Katzen und Zäune, das ist die Mischung, die das Land braucht. Mit Katzen und Zäunen kann die ZPÖ. Katzen und Zäune kann die ZPÖ dem Volk geben und garantieren. Die ZPÖ wird immer die ZPÖ bleiben und sich nicht zur KATZPÖ vertatzen lassen, aber Haustierverhätschlerinnen und Schoßhundliebhaber sollen sich ebenso geborgen fühlen in der Zaunpartei wie Ausgrenzerinnen und Abgrenzer. Die ZPÖ liebt Grenzen und Haustiere, das Leitmedium des Landes wird die ZPÖ lieben, muss sie lieben.
Hans hat sich einen neuen Redenspiegel zugelegt. Er steht im Wohnzimmer. Es ist ein Spiegel, der seiner Größe gerecht wird. Hans hat dem Redenspiegel schon viel reingesagt. Er wird immer besser. Hans sagt, nein, Hans sendet von nun an:

Wir sind ZPÖ! Was vor unserer Haustür passiert, interessiert uns nur, wenn es unsere Freiheiten einschränkt. Einschränken lassen wir uns von niemandem. Das machen wir schon selbst. Wir sind selbst beschränkt genug. Wir grenzen uns ab, wir schränken uns ein, wir lieben unser Daheim. Wir brauchen Wiederholung, wir brauchen Rituale, wir brauchen Strukturen, an denen wir uns festhalten können.

Wir lieben unsere Zäune, wir lieben unsere Haustiere, wir brauchen sonst nicht viel. Wir brauchen vielmehr klare Grenzen, klare Regeln, gelegentlich klare Schnäpse und wer was gegen Zäune hat, hat wohl was zu verheimlichen, hat offenbar Dreck am Stecken. Wir brauchen aufrechte Recken, die nichts zu verstecken und nichts dagegen haben, sich hinter Zäunen zu verschanzen und den ZPÖ-Gedanken in möglichst viele Mitmenschenhirne zu verpflanzen. Ja, der Reim holt heim und jedem Zaun ist zu vertrau'n!

Es ertönt Applaus aus den Lautsprechern. Die neue Applaus-App funktioniert. Er findet es angemessen, sich unter möglichst realen Verhältnissen auf seine großen Auftritte vorzubereiten. Wer gut vorbereitet ist, vor dem breitet sich die Welt aus wie ein Strudelteig, der nur darauf wartet, mit frischem Inhalt befüllt zu werden. Hans ist ein Zauner-Topfenstrudel.

Staatsposten für Vollpfosten

Es wird Hans nicht schwer gemacht. Es werden ihm Tür und Tor geöffnet. Es scheint so, als hätten alle auf ihn gewartet. Die etablierten Parteien sind im Selbstzerstörungsmodus. Da gibt es Schwierigkeiten mit Auszählungen und Datenverarbeitung, dort wird mit aller rhetorischen Gewalt am Bargeld und Verbrennungsmotor festgehalten. Da wird der Klimawandel persönlich genommen und die Partei, die in Ansätzen bereit wäre, etwas dagegen zu tun, dafür bestraft und abgewählt. Dort wird, egal was passiert, profitiert, aber niemand will mit dem allgemeinen Sicherheitsrisiko mit Pferdefaible zusammenarbeiten. Die ZPÖ ist alles andere als das kleinste Übel. Die ZPÖ ist die größte Freude aller.
Der Wahlkampf wird eine, einst vom Bundespräsidenten so genannte, »gmahte Wiesn«. Die Bevölkerung mag Hans, hört ihm zu, versteht ihn. Die Ziele der ZPÖ werden ernst genommen, um die Gunst der ZPÖ wird gerungen. Alle brauchen die Zaunpartei, um ihren alten Stiefel fortsetzen zu können. Doch die ZPÖ wird sich nicht billig hergeben. Der Ruf nach dem Normalen wird ihr zugute kommt. Nichts ist normaler als ein Zaun, Zäune haben kein Herkunfts- oder Genderproblem. Zäune werden anerkannt. Zäune werden respektiert – von allen Seiten, von allen Parteien.

Hans ist ein beliebter Gast in Funk und Fernsehen. Selbst der Nachrichtenansager der Nation und berüchtigte Interviewer der Informationssendung des öffentlichen Rundfunks gewährt Hans, lange vor Beginn des Offensivwahlkampfes, großzügig Redezeit und kommt nicht umhin, seinem Charme zu erliegen. Äußerst breiten- und medienwirksam wird Hans sein eifrig vor dem Spiegel geprobtes, brillantes Grundsatzstatement abgeben.

Ich bin kein Revolutionär, wird er einsetzen. Ich will kein Revolutionär sein, ich bin lieber ein Trickster. Ein Trickster wie der Joker in Batman. Denn es muss darum gehen, mit einfachen Mitteln die vermeintliche Ordnung der Welt durcheinander zu bringen. Und wenn die Welt, wie sie es nun einmal gerade eben ist, in Unordnung ist, dann bedeutet das Durcheinanderbringen ein Aufräumen und Neuordnen, und dazu braucht es geeignete Mittel. Mein Mittel ist der Zaun, mein Mittel und mein Zweck ist der Zaun. Mein Ziel ist es, den Zaun als Symbol für die ZPÖ zu installieren. Starke Symbole sind für alle Bewegungen wichtig. Die ZPÖ soll Grenzen sprengen und gleichzeitig Zäune aufstellen. Die ZPÖ soll neue Hirnareale erschließen und gleich wieder einbinden. Die ZPÖ soll offen, vielleicht nicht für alles Neue, aber für alles, das uns zaunbewegungswürdig erscheint, sein. Die ZPÖ setzt auf Gegensätzliches. Die ZPÖ setzt auf Abgrenzung und Einfriedung, auf klare Regeln und Orientierungspfähle, auf ein gemeinschaftliches Geflecht mit einfachen Maschen, auf Posten für Pfosten und Flaschen. Die ZPÖ hat für jeden Vollpfosten einen angestammten Posten. Denn ein Vollpfosten ist ja nichts Schlechtes. Ein Vollpfosten hat eine tragende Rolle in dem Zaun, der wir zu werden gedenken. In der ZPÖ kann es gar nicht genug Vollpfosten geben, denn einen Zaunkönig hat die ZPÖ bereits. Der Zaunkönig bin ich – ich bin euer Zaunkönig!

Ich bin aber auch euer primus inter pares, euer erster unter vielen Pfosten und garantiere Staatsposten für alle Vollpfosten.

Die ZPÖ ist, Dank eurer Unterstützung, mittlerweile eine anerkannte Größe, eine Marke mit Zaungarantie geworden und stellt sich zur Wahl.

Werdet Teil der Zukunft. Werdet Teil des Zauns, der wir sind.

Verändern wir gemeinsam unser Land. Zäunen wir gemeinsam ein, was zählt.

Diese Rede wird eingehen in die Geschichte. Diese Rede wird den Aufstieg der ZPÖ besiegeln, beschleunigen, ja geradezu in unvorhersehbare Höhen katapultieren.

Alle werden Teil der neuen Bewegung, der neuen Partei, des Zauns, den es zu errichten gilt, sein wollen. Alle werden ZPÖ sein wollen. Alle werden rufen: Hopp auf, ZPÖ! Gemma, ZPÖ! Zack-zack-zack, ZPÖ!

Bei Wind, Wetter und Shitstorm

Hans wird die Entsorgerin bitten, eine Ausschreibung für einfache Parteimitglieder zu verfassen. Sie wird sich umgehend melden, wird sich, gegen eine monatliche Zahlung von €59,90 auf Lebenszeit, darüber hinaus bereit erklären, die Ausschreibung auch im Netz zu veröffentlichen und auf ihren Kanälen zu verbreiten. Wenige Minuten nach seiner Bitte wird sie Hans einen nahezu perfekten Text zukommen lassen, den er nur noch etwas feinschleifen und mit dem vorangestellten Aufruf »Hilf uns beim Baun am Zaun – werde Teil des Zauns der Zukunft – werde ZPÖ-Vollpfosten« wie folgt freigeben wird.

Hiermit möchte ich mich inständig und verbindlich bewerben für den ausgeschriebenen Job als Vollpfosten. Ich bringe alle körperlichen und geistigen Voraussetzungen dafür mit. Ich bin aufrichtig und schlicht, vielseitig einsetzbar und habe keine Probleme mit Befehlen von oben. Ja, ich krieg sogar ganz gerne eines aufs Dach, das macht mich nur standhafter. Je mehr ich aufs Dach krieg, desto tiefer versinke ich im Grund. Je mehr ich klein gemacht werde, desto verankerter bin ich in meiner Umgebung, und für meine Umgebung bin ich bereit, alles mir Mögliche zu tun.
Die Funktion eines Vollpfostens für die Bewegung, also die Partei, der ich mich willenlos einzugliedern gedenke, ist mir mehr als bewusst. Keine Bewegung ohne sicher verlegtes Fundament. Keine Partei ohne Vollpfosten, die dafür sorgen, dass alles auf ihnen aufgehängt werden kann. Ein richtiger Vollpfosten muss alles ertragen können. Einem Vollpfosten muss alles zumutbar sein. Der Vollpfosten hält stand: bei Wind, Wetter und Shitstorm. Einen Vollpfosten kann nichts erschüttern, an einem Vollpfosten

perlt alles ab. Mögen andere Funktionäre Krisen und populistisch motivierte Meinungsschwankungen haben, der Vollpfosten hält, was er verspricht. Der Vollpfosten verspricht sich nicht, weil er nichts zu sagen hat. Der Vollpfosten schweigt und genießt das Ansehen derer, die sich auf ihm aufhängen. Die Aushängeschilder der Bewegung müssen sich auf die Vollpfosten verlassen können, denn Vollpfosten sind die Basis jeder Partei. Insbesondere natürlich der Partei, deren Struktur und Ideologie ich bereit bin, mich auf Gedeih und Verderb, für immer und ewig zu verschreiben. Denn die Stunde dieser neuen Partei hat geschlagen. Es wird keine politische Zukunft geben ohne die neue, aufstrebende, durchstartende und durchschlagende ZPÖ: Die Zaunpartei Österreich. Zaun ist Programm. Zaun ist Lebensinhalt. Zaun ist Zukunft. Die ZPÖ ist die Zukunft.
Ich gelobe, ein stets loyaler und unerschütterlicher Vollpfosten zu sein. Es ist mir Ehre und lebenslange Anerkennung, fürderhin als Vollpfosten meinen Beitrag zum Bestand und Aufstieg der Zaunpartei leisten zu können. Unsere Gesellschaft braucht nämlich Zäune wie Luft zum Atmen. Keine Freiheit ohne Zäune. Keine Zukunft ohne Zäune. Kein Zaun ohne Vollpfosten. Einem Zaun ist zu vertrauen, wenn jeder Vollpfosten seine Pflichten steht. Vollpfosten sind Pflichtdenkmäler.
Vollpfosten sind sichere Anker in schnelllebigen Zeiten. Vollpfosten zu Minimalkosten braucht das Land. Vollpfosten zu Minimalkosten braucht jede hierarchisch autoritäre Struktur. Wer einen Vollpfosten nicht erkennt, anerkennt, schätzt, wird es künftig schwer haben hierzulande. Denn wir werden bald die Mehrheit bilden. Wir werden bald unseren großen Auftritt haben. Wir werden bald das Land einnehmen und strikt nach außen abgrenzen. Unsere Grenzen werden bald das Maß aller Dinge sein, und unsere Zäune Gesetz. Und unser Führer wird der Zaunkönig sein.
Die Diktatur der Demokratie gehört ja längst liberalisiert. Die Demokratie mag alte Säulen haben, aber die alten Säulen gehören

ersetzt durch Vollpfosten wie mich. Die gegenwärtige Demokratie hat sich nicht bewährt, ist ein Auslaufmodell. Die gegenwärtige Demokratie hat ihre Zeit gehabt und der Scherbenhaufen, vor dem wir nun stehen, ist auf ihrem Mist gewachsen. Zeit für neue Modelle. Zeit für neue Grenzen. Zeit für die Zaunpartei und das Heer ihrer Vollpfosten. Zeit für mich im Dienst der ZPÖ.
Der Zukunft auf der Spur – mit der Zaundemokratur.
Ich bin bereit. Ich stehe zur Verfügung. Ich stehe auf, wenn ich gebraucht werde, nein, ich blühe auf und gelobe, der aufrechteste Vollpfosten aller Zeiten zu sein.
Vollpfosten forever.
Forever ZPÖ.
Ich unterzeichne aufrichtigst

....

Der Aufruf der ZPÖ, Parteimitglied zu werden, wird einen wahren Ansturm auslösen. Ja, alle werden Vollpfosten sein wollen. Alle werden die unmissverständlichen Bedingungen akzeptieren und bereitwillig den sogenannten Vollpfosten-Code-of-Conduct unterzeichnen. Die ersten 1000 Vollpfosten werden mit Pionierstatus ausgezeichnet werden, die Parteikasse wird angesichts der Spendenflut überquellen. Große Industrielle werden zur ZPÖ überlaufen. Wer Straßen bauen kann, kann auch Zäune bauen. Wer Immobilien entwickelt, hat nichts gegen Zäune. Wer eine weiße Weste will, hält sich lieber an eine neue, unbescholtene Partei. Wer Neues will, baut auf die ZPÖ. Wer sich von Altem abgrenzen will, baut auf die ZPÖ. Wer will, dass Zäune sprießen, wird die ZPÖ unterstützen und wählen.

Weil:Zaun

In der Intensiv-Wahlkampfphase werden Vapes in Ocker den Markt überschwemmen: Geschmacksrichtung Banane, Kaktusfeige, Mango-Karamell. Aufschrift: ZPÖ. Daneben ein QR-Code, der zu Videos von Romähn führt. Romähn in Action.
Romähn, der einen Schmetterling verfolgt. Dazu in Sprechblasen, die aus dem Mund eines Fotos von Hans kommen: »Spannender als die Politik: ZPÖ.«
Romähn, der gegen einen Zaunpfahl depscht: »Wir scheuen keine Konfrontation, wir setzen Grenzen: ZPÖ.«
Romähn, der einfach zufrieden seine Runden zieht: »Wir kommen, euch zu holen: ZPÖ.«
Die Videos werden viral gehen. Die ZPÖ wird im Nu allen ein Begriff sein. Vor allem bei der Jugend wird die ZPÖ ankommen – aber nicht nur. Hans wird quasi über Nacht bekannter als die meisten Spitzenkandidaten und Spitzenkandidatinnen der etablierten Parteien. Hans wird im Netz als Verschnitt aus Mr. Bean und Boomer-Onkel gepriesen werden. Es sollte ihm nicht schaden.
»Ich werfe Wahlgeschenke der Systemparteien Romähn zum Fraß vor: ZPÖ.« Romähn macht sich über blaue Plüschbären, rote Plüschherzen, türkise Plüschwolken, grüne Plüschbäume und pinke Plüschpunschkrapferl her.
»ZPÖ: Wir schenken dir Stacheldraht. Der hat einen Nutzen.«

Plötzlich taucht das »Der-Nein-und-Zaun-Sager«-Interview aus der NÖN wieder auf. Jemand stellt die Verbindung zwischen dem Interview und den Video-Clips von Romähn und Hans her und erstellt ein Meme.
Wilson Wilson Junior aus »Hör mal wer da hämmert« späht über den Lattenzaun in Familie Taylors Garten, wo ein Rasenmähroboter seinen Dienst tut.

Im oberen Bildrand steht: »Mäht der frühe Roboter den Wurm?«
»Nein.«
Im unteren Bildrand: »Warum nicht?«
»Weil:Zaun.«
Es folgen zahlreiche Wilson Wilson Junior-Memes:
»Magst auch mal zu mir kommen?«
»Nein.«
»Warum nicht?«
»Weil:Zaun.«
»Ist die Freiheit grenzenlos?«
»Nein.«
»Warum nicht?«
»Weil:Zaun.«
»Ist das Leben ein weites Feld?«
»Nein.«
»Warum nicht?«
»Weil:Zaun.«
»Ist die Dummheit grenzenlos?«
»Nein.«
»Warum nicht?«
»Weil:Zaun.«

Innerhalb weniger Stunden entfaltet sich die ganze kreative Kraft des Internets und treibt alle möglichen Blüten. Anstelle von Wilson Wilson Junior werden auch zum Meme: Zwei Zwetschken, die diesseits und jenseits eines Maschendrahtzauns liegen. Ein Turnschuh, der auf einem Zaunpfosten steckt. Ein Mähdrescher in den unendlichen Weiten der kasachischen Kornkammer, der an einem Zaun entlangschrammt. Hans und Romähn vor ihrem Lieblingslattenzaun.
Am nächsten Tag wird sogar das gesamte Interview auf YouTube nachgespielt. Nachahmer folgen. Immer mit dabei: ein Rasenmähroboter, ein Zaun, ein Nachbar.
Hans kriegt davon erst gar nichts mit, wird aber innerhalb weni-

ger Tage zum Internetphänomen. Hans und Romähn werden internationaler Kult. Das sollte, als Basis für die Zaunkanzlerschaft, nicht schaden.

»Weil:Zaun« wird zum Jugendwort des Jahres. Die Jurybegründung lautet: »Weil:Zaun« ist das neue »Keine Ahnung«. Weil:Zaun ist Wort und Wendung. Weil:Zaun ist Rechtfertigung für und Antwort auf alles. Weil:Zaun ist die analoge Antwort auf die Allwissenheit des Internets. Weil:Zaun funktioniert mündlich und schriftlich. In der Verschriftlichung von Weil:Zaun steht der Doppelpunkt für einen Zweilattenzaun. Weil:Zaun ist so als Schriftbild einprägsam und sofort wiedererkennbar. Das ist vor allem bei Kommentaren im Netz nützlich. Gesprochen ist Weil:Zaun auch unverwechselbar, weil unerhört, weil Grammatik und Syntax hinter sich lassend. Weil:Zaun ist ein Universalwort, das uns noch lange begleiten wird. Weil:Zaun wird bleiben. Warum? Weil:Zaun.

Magdalena Schrammek wird befördert und arbeitet fortan in der Redaktion in St. Pölten. Schüler*innen bringen Scharen von Lehrerinnen und Lehrern zur Weißglut, weil sie nur noch mit Weil:Zaun antworten. Weil:Zaun ist die Antwort auf alle Fragen. Zuerst nur für die Jugend, aber die Zaunbotschaft zieht sukzessive immer weitere Kreise. Warum? Weil:Zaun.

Toxisch, intolerant, selbstverblendet und provinziell

Hans wird eine Szenefigur werden, Romähn ein Internetstar. Die ZPÖ wird ein Vehikel werden, das mitläuft und sich zum Label entwickeln wird. Es wird Hans allseits respektvoll entgegengetreten werden. Hans wird sich zum Liebling der Österreicherinnen und Österreicher mausern.
Auch nicht schaden sollte Hans das Porträt, das ihm die Stadtzeitung, die sich für das Hochhalten des Qualitätsjournalismus rühmt, widmen wird. Versehen mit der reißerischen Schlagzeile »Kein Genie und keinen Genierer« wird zu lesen sein:

Wer Hans Sagmeister ist, ist schnell erklärt: Hans ist ein ganz normaler Österreicher. Hans ist in einer ÖVFP-idealtypischen Mama-Papa-Bruder-Bruder-Schwester-Familie aufgewachsen. Der Vater war kaum für die Kinder da. Er war deshalb aber nicht umso erfolgreicher im Beruf, im Gegenteil. Gemessen an seiner Abwesenheit in Sachen Erziehung und Care-Arbeit, hätte er Karriere machen müssen. Er machte aber lediglich Unfug und einen Abgang. Die Mutter hatte nicht nur die Kinder, sondern auch ihren Mann zu erziehen. Der bedankte sich dafür mit Untreue und Fremdgehen. Doch die Familienfassade war nach außen hin gut verputzt und hielt jahrelang stand. Die Kernfamilie wurde zum Bollwerk. Das Familiennarrativ sah in den Mitmenschen eher Feinde als Freunde, pflegte aber das Bündnisdenken. Seine von klein auf kultivierten sozialen Defizite waren für Hans nie ein Problem. Seine Selbstbewusstseinsblähungen brachten ihn schnell an hohe Stellen, denen er nicht gewachsen war, aber das war hierzulande seit Generationen so und insofern erfüllte er, was von ihm erwartet wurde. Ja, mehr noch, er emanzipierte sich sogar von seinem Elternhaus, legte alle familiären Fesseln ab und entfaltete sein ureigenes Ich, das toxisch und intolerant, selbstverblendet und provinziell war, was Hans zu einem besseren Österreicher machte, als er dachte. Er befreite sich vom Kokon seiner bürgerlichen Herkunft und entfaltete sich zum Zerschmetterling der persönlichen, politischen und gesellschaftlichen Verhältnisse. Der Falter Hans flatterte in lichte Höhen und düstere Untiefen. Der Falter Hans strampelte sich ab, entledigte sich der Vergangenheitslarve und hob ab in eine Zukunft, die wir uns alle nicht vorstellen konnten, deren Herkunft hier aber nachgestellt wurde. Eine negative Entwicklungsgeschichte: Kein Genie und keinen Genierer. Eine österreichische Erfolgsgeschichte. Wieder einmal.

Der Artikel wird Wellen schlagen, aber eben nicht schaden, im Gegenteil. Viele werden sich darin wiedererkennen. Das kritische Porträt wird das Profil des ZPÖ-Aushängeschilds schärfen und der Partei neue Anhänger bringen.

ZPÖ: Ein gutes Gefühl für die Zukunft

Frau Siebenkittel wird sich als geschickte Grafikerin erweisen und ein überzeugendes Partei-Logo designen. Sie wird das Rautezeichen bearbeiten, quasi den Hashtag in die Breite ziehen, so schematisch schlicht aber unverkennbar einen Koppelzaun mit leicht schrägen Vollpfosten darstellen und die Abkürzungsbuchstaben der Partei perfekt in den Querlattenzwischenraum einpassen.
Unter der Anleitung des Gatters Neonachbar – Hans wird ihn demnächst nach seinen Namen fragen – wird sich eine ZPÖ-Jugend-und-Katzengruppe formieren, die sich in einem Manifest, das ebenfalls viral gehen wird, folgendermaßen artikulieren wird:

Wir wollen uns abgrenzen
Wir wollen unverwechselbar sein
Wir wollen sein und was werden dürfen
Wir wollen miauen
Wir wollen nicht, was ihr für uns wolltet
Wir wollen eigene Fehler machen dürfen
Wir wollen schnurren
Wir wollen jeden Blödsinn, den ihr gemacht habt, auch machen dürfen
Wir wollen wollen dürfen
Wir dürfen ja ohnehin nicht mehr alles, was ihr durftet
Wir wollen das eh nicht
Wir wollen nur aufzeigen, dass ihr allerhand vergeigt habt
Wir wollen scharfe Krallen zeigen
Wir wollen auf Augenhöhe nicht von oben herab behandelt werden

Wir wollen nicht still sein
Wir wollen gehört werden
Wir wollen in Katzenkostümen durch das Leben spazieren, wenn uns danach ist
Wir wollen ernst genommen werden
Wir wollen, dass ihr endlich Verantwortung übernehmt
Wir wollen, dass ihr, wenn wir politisch schon so unterrepräsentiert sind, endlich macht, was ihr längst versprochen habt
Wir wollen nicht, dass eure Versprechen Verbrechen werden
Wir wollen unsere Krallen ausfahren, nicht Autofahren
Wir wollen euch nicht zwingend eure Verkehrswege verkleben, aber eben gehört werden und solange wir nicht gehört werden, werdet ihr eben gestört werden
Wir kleben eh nicht selbst, es sind immer die anderen, die kleben
Wir wollen nicht kleben, wir wollen mit Pilzen, Tieren und Pflanzen in Frieden zusammenleben
Wir wissen, dass Zäune einfrieden und dass Grenzen auch verbinden
Wir wollen Katzenzonen
Wir wollen nicht, dass ein Riss durch die Generationen geht
Wir wollen nicht, dass ihr eure Pflichten uns umhängt
Wir wollen nicht auch noch für euch zuständig sein
Wir würden auch gerne eine unbeschwerte Jugend haben wollen, wissen aber auch, dass wir handeln sollen, nein, müssen
Wir müssen wollen
Wir wollen müssen
Wir müssen uns alle verändern wollen
Wir wollen einen eigenen Willen haben dürfen
Wir wollen wollen, wollen in Wellen Willen vollstrecken und uns nicht mehr verstecken
Ja, wir wollen auch einfach mal reimen, wenn uns danach ist, Ungereimtes ist präsent genug
Wir wollen gebraucht und anerkannt werden, nicht missbraucht und übergangen

Wir wollen noch allerhand
Freies WLAN für alle zum Beispiel
Aber wir wollen auch mal aufhören dürfen
Wir wollen auch mal chillen und im gut abgegrenzten, ordentlichen umzäunten Hab und Gut Gemüse oder auch Würste grillen
Wir wollen uns einfach mal gut fühlen und die ZPÖ gibt uns ein gutes Gefühl für die Zukunft

Auch die Vergangenheit wird sich melden und an der Zukunft mitgestalten wollen. Sandra wird die PR übernehmen. Roswitha wird Hans mitteilen, dass ihr Vater endlich gestorben ist und einer Wiederbelebung ihrer Beziehung somit nichts mehr im Wege steht. Ilenka wird sich melden und bereuen, die Hans-Briefe und auch das Paket sofort verbrannt zu haben. Alle Geschwister von Hans werden ihn mit Besuchsgesuchen überhäufen, stolz auf ihn sein, es immer schon gewusst haben und an seinem Ruhm mitnaschen wollen. Mutter Sagmeister wird sogar daran mitarbeiten. Sie wird bei Wahlkampfveranstaltungen bereitwillig symbolische 20-Zentimeter-Stücke ihres NATO-Spezialstacheldrahts verteilen. Mini & Cooper werden sich als wahre Publikumsmagneten erweisen und jeden Wahlkampfstand zieren. Vater Sagmeister wird eine unleserliche Ansichtskarte aus Vietnam schicken.
Alles wird gut, besser, Zaun werden.

Hanzö, der Zaunkanzler kennt keine Grenzen

Die Zauncommunity wird von Tag zu Tag größer werden. Die Zaunfamilie wird sich vermehren, wie gut gehaltene Karnickel. Die Zaunbrüder und -schwestern, die Zaungefolgschaft, die Zaunianer, die Zaunys und wie sie sich alle nennen, werden die einstmalige Zaunsoloshow zu einem breit aufgestellten Zaunmovement mit starker Struktur, stabilem Background und unumstößlicher Hierarchie machen.
Hans wird der unumstrittene Zaunkönig sein, das Antlitz der ZPÖ, der Spitzenkandidat und Inhaltsvorgeber. Er wird potente Förderer hinter sich und eine steile Politkarriere vor sich haben.
Hans wird einen weiteren Schritt setzen und sich in die Polit-Persona Hanzö verwandeln. Das »zö« zum Schluss ist die, sich in seinem Namen manifestierende, Verschmelzung mit dem Zaun und Österreich.
Hanzö, der Zaunkönig, wird alles schaffen. Hanzö wird Zaunkanzler werden! Die Ghostwriter werden sich darum reißen, seine Biografie schreiben zu dürfen. Hanzö kann sich alle Ghostwriter der Welt leisten. Seine Erfolgsgeschichte vom Siedlungssheriff zum Zaunkanzler hat es verdient. Der Ghostwriter soll möglichst wenig in Erscheinung treten und seinen Star leuchten lassen. Der Ghostwriter soll und darf durchaus Erschreckendes aufdecken. Er darf aber nicht Partei ergreifen. Er hat sich in den Dienst seiner Schreibsache zu stellen. Er hat seinem Auftraggeber ein Denkmal aufzustellen. Ein Hanzö-Denkmal, das einlädt zum Hinnehmen und Schlucken. Er hat seinem Auftraggeber ein Denkmal und der Leserschaft ein Schluckmal zu errichten. Der Ghostwriter hat jetzt zu verschwinden und generell nicht zu viel aufzutauchen zwischen den Zeilen.
Hanzö hat die Fassung des Ghostwriters autorisiert. Er findet, da-

durch würde dem Würdenträger gegenüber eine klar vernehmbar kritische Distanz eingezogen, wie ein Stacheldrahtzaun in einem Streichelzoo. Der Vergleich stammt von Hanzö. Der Vergleich macht sie sicher. Hanzö ist sich sicher, als Sieger aus diesem Text hervorzugehen. Hanzö ist ein Siegertyp.
Es ist ja schließlich seine Geschichte. Die Erfolgsgeschichte von Hans Sagmeister, der auszog, um die politischen Parteien über den Verhandlungstisch zu ziehen und durch Vollpfosten zu ersetzen.

Hanzö wird von weit mehr als von fünf Prozent der Bevölkerung gewählt werden.
Hanzö wird einziehen ins Parlament mit Pfosten, Sprossen und Flaschen.
Hanzö wird künftig Zäune aufziehen im Parlament, im Plenarsaal, in der Säulenhalle.
Hanzö wird für Aufsehen sorgen in der hiesigen Parteienlandschaft.
Hanzö wird begehrt sein, denn Mehrheiten werden für keine der etablierten Parteien mehr leicht zu haben sein.
Hanzö wird sich nicht um das Establishment, das Establishment wird sich um Hanzö und die ZPÖ bemühen.
Hanzö, dem Zaunkönig, wird von allen der Hof gemacht werden, denn kein Hof ohne Grenzen und keine Grenzen ohne Zäune.

All das fühlt Hans Sagmeister, wenn er jeden Mittwoch um 10 Uhr seinen Medientermin wahrnimmt. Er hat sich eine Kanzel gebaut, mit Treppchen, das zum höchsten Punkt seines Zauns führt. Dort hat er sich eine Balustrade aus Weidenruten, eine Weidenrutenkanzel, geflochten und jeder Mittwoch ist Zaunkanzlertag.
Romähn filmt, Mini & Cooper lassen gleichgültig über sich ergehen, was Hans wöchentlich auf den Europaweg herunterkanzelt und die Zaun-Trolle und Chat-Bots feiern und liken Hans Sagmeister, den Zaunkanzler von Unterbrombachkirchen.

Der kleine Zaunprinz

Mutter Sagmeister hat eine Agentur damit beauftragt. Das heißt, sie hat mehrere angeschrieben, ihnen erklärt, was sie anzubieten hat, und dann gewartet, welche Agentur das beste Gesamtpackage in Aussicht stellte.

Was sie anzubieten hatte? Das Vermächtnis ihres Sohnes. Wie sie es anpries? Wie folgt:

Der kleine Zaunprinz – Rat und Tat in allen Lebenslagen. Sätze wie Pflaster auf die Wunden der Gegenwart. Der kleine Zaunprinz heilt, was die große, weite Welt kaputt gemacht hat. Der kleine Zaunprinz als Antagonist der Globalisierung und der Digitalisierung. Der kleine Zaunprinz als der Analoge, der die Wahrheit spricht. Der nicht auf künstliche Intelligenz, sondern auf praktische Kompetenz setzt, auf konkrete Pfosten, statt abstrakte Apps.

Mutter Sagmeister hat nicht nur alle Briefe und Karten gesammelt und zusammengeschrieben, sie hat auch die diversen Hefte, die Hans führte, ausgewertet und in Form gebracht.

Das große ABC des kleinen Zaunprinzen hat eingeschlagen in die Lebensratgeber- und Literaturlandschaft wie ein Meteorit. Dem kleinen Zaunprinzen ist gelungen, was der großen Politik nicht gelingen wollte: Den Spalt in der Gesellschaft zu kitten. Links und rechts vom Spalt ein Zaun, der alle davor rettet, in den Spalt zu fallen. Der Spalt mag noch immer da sein, aber dem Zaunprinzen ist es gelungen, durch seine verbindenden Lehrsätze wieder einen kleinsten gemeinsamen Nenner aufzustellen. Eine kleinste allgemeingültige Grundlage, um darin Pfosten zu versenken, Drähte zu spannen und Latten zu nageln, die verbinden und verbindliche Werte darstellen.

Lieber ein kleiner Zaunprinz als ein großes Arschloch – hat sich als Marketingspruch nicht durchgesetzt, die Haltung dahinter sehr wohl. Dass Hans beides war, ist Mutter Sagmeister gelungen zu vertuschen.

Alles Weitere ist eine exemplarische Erfolgsgeschichte aus dem Kapitalismushandbuch. Der kleine Zaunprinz erobert alle Ecken der Unterhaltungsindustrie, neben dem tröstlichen Zaunprinzbrevier erscheinen zahlreiche Karten- und Brettspiele, die auf den Sagmeister'schen Lehrsätzen fußen.

Es gibt ein Zaunquartett (Kategorien: Holz, Draht, Kunststoff, Flechtwerk, Schmiedeeisen, Gabionen, Mauern, Mischformen). Es gibt »Vollpfosten. Das Familienbrettspiel« und es gibt »Die Sagmeister-Methode. Anleitungen für einen Neustart« mit zahlreichen Übungen, aus dem Alltag auszubrechen. (Führen Sie ein fünfzehnminütiges Gespräch mit einem Garten- oder Küchengerät ihrer Wahl. Streicheln Sie den Zaun Ihres Nachbarn. Etc.)

Das Haus in Unterbrombachkirchen im Europaweg 7 wird demnächst ein Museum, eine Gedenkstätte für Zäune und deren kleinen Prinzen Hans. Romähn ist fixer Bestandteil der Museums-Crew und PR-Beauftragter, Mutter Sagmeister ist Direktorin, künstlerische und kaufmännische Leiterin, also Chefin des Unternehmens Zaunprinz, und Hans ist tot.

Hans wurde die Falle, die Murl das Leben kostete, wenige Monate, nachdem er unfreiwillig zu einem Phänomen in den sozialen Medien geworden war, ebenfalls zum Verhängnis. Der Schlag eines Brettes unter Spannung ließ ihn das Bewusstsein verlieren, nachdem er eines Mittwochs in Trance in den Garten getaumelt war. Den Rest erledigten die Siedlungskatzen, die Siedlungsfüchse und die Tiere des Waldes. Romähn streamte live.

ANHANG

Das große ABC des kleinen Zaunprinzen
(Auszug)

Alltag: Stabilität ist der Zement des Lebens, Wasser ist gesund, aber Sand im Getriebe macht den Alltag zu Beton.

Anrainer: Das Leben auf dem Land wär' viel feiner ohne Bauern, Priester und Anrainer.

Ärger: Ärger schärft die Sinne nicht.

Benehmen: Benehmen ist ein Geben, Verzichten und Unterdrücken.

Charakter: Charakter ist aus einer anderen Zeit. Heutzutage fährt man Ego.

Dummheit: In ihrer Dummheit Glückliche haben große zwischenmenschliche Qualitäten, können mühelos kommunikative Brücken in alle Richtungen schlagen.

Einfälle: Einfälle sind der erste Fall in der Grammatik der Kreativität.

Emotion: Affekt ist der Flaschenzug der Emotion.

Entschlossenheit: Entschlossenheit ist die Mutter des Muts.

Familie: Familie ist ein Negativgeschäft.

Familie: Familie ist unbedingte Haft lebenslänglich.

Floskeln: Im richtigen Moment ausgesprochen, hilft selbst eine Floskel.

Geduld: Geduld ist das Öl in der Pfanne Leben, in die wir alle gehauen werden.

Geduld: Geduld ist die Mutter des Erfolgs. Geduld ist der Vater der Einschlägigkeit. Geduld ist der Bruder der Gelassenheit und die Schwester des Ehrgeizes. Geduld ist eine komplexe Familie, aber kein Familienkomplex. Die Geduldfamilie ist die Harmonie in Person.

Gefühle: Gefühle sind der Honig der Aufstriche des Lebens.

Gespür: Gespür ist die Reinigungskraft im Psychohygienehaushalt.

Haltung: Haltung ist ein Pfosten.

Herz: Ein anarchistisches Herz würde auf der Stelle aufhören zu schlagen. Aus Protest!

Hunde: Hunde sind geil und dumm, nicht treu.

Instinkt: Instinkt ist tierisch, irren ist menschlich, Grenzen sind zaunisch.

Ja: Ja muss nicht, nein.

Kampf: Kampf ist der cholerische Bruder der Auseinandersetzung.

Kindheit: Kindheit ist das Sortieren der Schnüre, die sich durchs künftige Leben ziehen.

Leben: Kleine Albernheiten sind der Majoran des Lebens.

Mauer: Der große Bruder der Mauer ist der Fluss.

Moral: Moral ist der rote Faden im Lebenslabyrinth.

Nein: Nein geht immer.

Ordnung: Ordnung können auch die Dümmsten.

Pflicht: Pflicht ist der Kreuzknoten der Blumenampel Leben.

Politik: Politik ist ein weites Feld, das eingegrenzt gehört.

Prinzipien: Habe aus Prinzip keine Prinzipien, außer es spricht im Prinzip nichts dagegen.

Qualität: Qualität bedingt Qual, keine gute Nachbarschaftsernte ohne vorherige Qual.

Rasenmähroboter: Rasenmähroboter sind die Schafe in der Arche Noah KI.

Ratschläge: Ratschläge sind von Hobbyingenieuren gebaute Eselsbrücken.

Sex: Sex ist Vorsprung durch Technik und Vertrauen in das Material.

Stabilität: Stabilität ist der Zement des Lebens.

Technik: Technik ist ein Schlüssel für viele Tore der Erkenntnis.

Technik: Technik ist mitunter kurzzeitige Last aber stets langfristige Erleichterung.

Trennung: Einvernehmliche Trennungen sind Heuchelei.

Unterhaltung: Unterhaltung ist das Ei der Henne Frohsinn.

Veränderungen: Veränderungen sind die Tomatensoße der Pizza Alltag.

Verrückt: Wer behauptet gar nicht verrückt zu sein, ist am verrücktesten.

Vertrauen: Vertrauen ist die Wurzel der Pflanze Freundschaft.

Wahrheit: Wer die Wahrheit ausspricht, bringt sich selbst in Gefahr.

Wahrheit: Wahrheit ist den Menschen nicht zumutbar, aber Freundlichkeit geht immer.

Wut: Wut ist ein Verbrennungsmotor.

X-beliebig: X-beliebig ist ein dehnbarer Begriff.

Yoga: Yoga ist ein dehnbarer Begriff.

Zaun: Der Zaun ist das Goldketterl des Halses Haus.

Zaun: Der Penisring ist der Zaun des kleinen Mannes.

Sammle hier Deine eigenen Lehrsätze:

DANKE – dem Leselenz Hausach für ein Stadtschreiber-Stipendium, dem BMKÖS für ein Projektstipendium, Mieze Medusa für Beistand und Verstand, Matthias Schmidt fürs Tragen durch die diversen Fassungen und das Lektorat

Markus Köhle, geb. 1975 in Nassereith, Tirol, studierte Germanistik und Romanistik. Seit 2001 ist er literarisch, literaturkritisch, literaturwissenschaftlich und auch als Literaturveranstalter im In- und Ausland aktiv. Seit 2004 lebt und arbeitet er in Wien. Er ist Otto-Grünmandl-Preisträger, Literaturzeitschriftenaktivist (www.dum.at) und Poetry Slammer der ersten Stunde.
Zuletzt erschienen bei Sonderzahl: *Das Dorf ist wie das Internet, es vergisst nichts* (2023), *Zurück in die Herkunft* (2021); gem. mit Peter Clar: *Schneller, höher und so weiter* (2021); gem. mit Claudia Rohrauer: *_rohr_köhl_auer* (2019).